기자의 독서

허진석

서울에서 태어나 동국대학교 국어국문학과를 졸업하고 동국대학교 대학원에서 이학박사 학위를 취득했다. 주요 저서로 『농구 코트의 젊은 영웅들』(1994), 『타이프라이터의 죽음으로부터 불법적인 섹스까지』(1994), 『농구 코트의 젊은 영웅들 2』(1996), 『길거리 농구 핸드북』(1997), 『X-레이 필름 속의 어둠』(2001), 『스포츠 공화국의 탄생』(2010), 『스포츠 보도의 이론과 실제』(2011), 『그렇다, 우리는 호모 루덴스다』(2012), 『미디어를 요리하라』(2012·공저), 『아메리칸 바스켓볼』(2013), 『우리 아버지 시대의 마이클 조던, 득점기계 신동파』(2014), 『놀이인간』(2015), 『휴먼 피치』(2016), 『맘보 김인건』(2017) 등이 있다.

초판 1쇄 인쇄 2018년 8월 28일
초판 1쇄 발행 2018년 9월 6일

지은이 허진석
펴낸이 최종숙
펴낸곳 글누림출판사

책임편집 문선희 | **편집** 이태곤 백초혜 권분옥 홍혜정 박윤정 임애정
디자인 안혜진 홍성권 | **영업** 박태훈 안현진

주소 서울시 서초구 동광로46길 6-6(반포4동 577-25) 문창빌딩 2층(우06589)
전화 02-3409-2055(대표), 2058(영업), 2060(편집)
팩스 02-3409-2059 | **전자우편** nurim3888@hanmail.net
홈페이지 www.geulnurim.co.kr
블로그 blog.naver.com/geulnurim
북트레블러 post.naver.com/geulnurim
등록번호 제303-2005-000038호(2005.10.5)

정가는 뒤표지에 있습니다.
ISBN 978-89-6327-532-1 03800

* 이 도서의 국립중앙도서관 출판예정도서목록(CIP)은 서지정보유통지원시스템 홈페이지(http://seoji.nl.go.kr)와 국가자료공동목록시스템(http://www.nl.go.kr/kolisnet)에서 이용하실 수 있습니다.(CIP제어번호: CIP2018026784)

Reading by journalist

기자의 독서

허진석

머리말

이 책에 실린 글은 독후감들이다. 나는 초등학교와 중학교에 다닐 때 국어 선생님들에게 책을 읽으면 반드시 독후감을 써야 한다고 배웠다. 독후감에는 단지 책의 줄거리만 추려 정리해서는 안 되고, 글을 읽은 결과 내 안에서 무엇이 달라졌는지, 글을 읽는 동안 무슨 생각을 했는지, 그래서 이제부터 어떻게 할 것인지 같은 내용도 써야 한다고 했다. 나는 어릴 때 배운 기억을 오래 간직하는 편이고, 한 번 배우면 좀처럼 바꾸지 않는다. 자전거를 탈 때는 반드시 자전거의 왼쪽에서 왼발로 페달을 밟고 오른쪽다리를 들어 올려 안장에 오른다. 책도 몸에 밴 순서대로 읽어 나간다. 책은 존중받아야 하고, 지은이도 존중받아야 한다. 책은 가장 아름다운 대화 상대다. 사랑스런 숙녀와 대화하면서 그의 눈길을 피할 리가 있는가. 그가 하는 말을 절대 흘려들을 수 없다. 그러므로 책을 읽다 주변의 소란에 한 순간이라도 정신을 빼앗겼다면 반드시 그 부분을 다시 읽는다. 그리고 노트북이나 수첩, 일기장 같은 데에 때로는 길게 때로는 짧게 독후감을 쓴다. 독후감은 책이 주인공이 되기도 하고 글쓴이가 주인공이 되기도 하며 책이 하는 이야기가 주제가 되기도 한다. 그리하여 그 책과 저자, 주제가 나의 내면에 일으킨 화학작용을 조용히 관찰하면서, 마음이 이끄는 대로 정리해 나가는 것이다.

이 책에 실린 글은 공통점이 있다. 나는 서울시 중구 초동 아시아미디어타워 10층에 있는 내 사무실에 매주 도착하는, 여러 출판사에서 보낸 신간안내용 책들을 읽고 아시아경제 지면이나 온라인 공간에 서평 또는 독서 칼럼을 쓰고 있다. 그중에 2015년 봄부터 2018년 봄까지 쓴 글을 이 책에 모았다. 미디어 종사자의 책읽기는-이러한 일반화가 부당하다면 나의 책읽기는-특정 분야 전문가나 마니아의 독서와 다르다. 문화부 기자들은 매주 쏟아져 나오는 새 책들을 마감 시간에 쫓겨가며 빠르게 읽는다. 책의 제목과 내용, 출판가와 서점가의 흐름, 지적 호기심의 유행 정도를 파악하고 그 사실에 유념하면서 때로는 뉴스로, 때로는 서평이나 책 소개 형식의 다소 긴 산문으로 독자에게 소개한다. 기자들이 남다른 책읽기를 한다지만 방법은 저마다 다를 수 있다. 그러나 새 책의 본질을 파악하고 글쓴이가 의도한 방향과 논의의 진행 양상, 주제어Key Word를 찾아내기 위해 노력한다는 점은 흡사할 것이다. 이 방식에는 독서를 즐기는 보통 사람들이 참고해도 좋을 점이 적지 않다. 특히 능률이라는 면에서 그러하다. 요점 파악, 인용 대상 문구의 수집, 비교 대상의 추출 등은 독후감은 물론이고 보고서나 제안서에도 두루 활용될 수 있을 만큼 효과적인 독서 요령이라고 할 수 있다.

나는 언젠가 조용히 책을 읽어 나가다 나의 경험을 독자와 공유하고 싶다는 생각을 잠시 했다. 누구나 그렇지는 않겠지만 나에게는 내가 가장 중요한 존재여서 책이 누리는 사회적 평판 같은 것에는 관심이 없다. 책을 쓴 저자가 아무리 유명하고 존경을 받아도 나와는 크게 관계가 없는 과거나 현재의 생명체일 뿐이다. 나에게는 책을 만나는 반가움과 읽기로 결심하는 순간의 결단, 읽어 나가는 동안의 희열과 인내, 행간을 짚어 나가며 내 안에서 때로는 격렬하게 때로는 은근하게 근본을 바꿔 나가는 정신과 정서의 화학작용, 이러한 경험들이 훨씬, 아니 유일하게 중요하며 양보할 수 없는 고유의 생명활동이 된다. 솔직히 말해 나는 재미 삼아 책을 읽는 편이다. 책의 주장이나 지은이가 전달하려는 새 정보에 어지간해서는 설득되지 않는다. 내가 새 지식과 통찰을 발견하고 경험하는 장소는 책 밖에, 그러니까 나의 현실 속에 있다.

독서를 간접체험이라고 하지만 그렇게 간단하게 설명하기 어렵다. 독서는 체험을 돌이키기도 하고 체험 자체이기도 하며 낯선 초대이기도 한다. 나는 아주 오랜 시간 동안 행간 속에 빠져들어 상념에 잠기곤 한다. 이런 일은 한눈을 팔거나 다른 생각을 하는 일반적인 독서의 실종과 거리가 멀다. 예를 들어 『리스본행 야간열차』 같은 소설을 읽을 때. 이 소설은 수많은 복화술로 점철되어 있다. 나는 독자로서 특별한 경험을 한다. 그러한 경험은 지은이의 글쓰기라는 창조의 레일에서 벗어나는 일임에 틀림없다. 그래서 일탈이나 탈선을 떠오르게 하지만 사실은 훨씬 더 구체적이고 적극적인 독서행위라고 보아야 옳다. 수묵화의 배접을 분리하거나 그 사이에 스며들어 혹시 남았을지 모를 풀기를 손가락 끝에 찍어보는 물리적 실험, 여러 번 덧그린 유화의 표면에 뢴트겐을 조사照射하여 깊은 곳에 파묻힌 처녀의 청동열쇠를 찾아내는 일에 비유할 수 있을까. 특히 번역 소설을 읽을 때 이러한 경험은 생생하다. 나는 인상적인 작품을 읽은 다음에는 가능한 한 원래 언어로 출판한 책을 구입해 다시 읽기를 원한다. 물론 다국어를 익히지 못했기 때문에 이러한 일은 만용에 가깝다. 그러나 라틴계의 언어라면 한두

페이지쯤 도전해 보지 못할 이유도 없다. 그래서 나의 독서에는 사전이 많이 동원된다. 모국어로 쓴 글을 읽을 때도 사전은 곁에 두어야 한다. 나의 독서는 어디까지나 개인의 경험일 뿐이다. 내가 밥벌이를 하기 위해 책을 읽고 신문에 글을 쓸 때도 이 사실에는 변함이 없다.

그렇다면 독백과도 같은 책읽기 경험담이 독자에게 무슨 의미가 있느냐고? 사무적인 설명은 이미 앞서 했으니 반복하지 않겠다. 다만 생각해 보기를 권한다. 멋진 여행을 하고 온 사람은 가까운 사람들에게 허겁지겁 보고 듣고 맛본 이야기를 늘어놓지 않던가? 잘 알지 못하는 사람을 만나 서로 말문을 틀 때도 경험의 고백은 도움이 된다. "낙안읍성에 가 보셨나요? 아 아직 안 가보셨구나. 기회 되면 꼭 가보세요. 후회하지 않으실 겁니다. 저는 2012년에 처음 가봤는데요…" 때로 공통의 경험을 교환하는 자리라면 더욱 원만한 대화가 오고갈 것이다. "아, 거기를 가셨군요. 야아~ 거기는 웬만해서는 들르지 않는 곳인데 선생님도 저만큼이나 호기심이 많으신가 봐요. 어떠셨어요? 저는 아주 반했습니다만…." 그렇다. 나는 나의 독자와 그렇게 시간을 함께 보내는 상상을 한다. 내가 책과 지은이의 세계를 여행하는 동안 가본 곳에 대해, 거기에 어떻게 갔는지, 무얼 타고 언제 어떻게 가서 뭘 했는지 주절거리면서. 그러는 동안 혹시라도 독자가 내 여행의 경험과 기술 중에 베낄 것이 있으면 베끼고 외울 것이 있으면 외우는 것이다. 표절을 하든 훔쳐가든 뭐, 상관없다. 내 생명에는 지장이 없다.

내가 쓴 책이 세상을 만나는 데 산파가 필요했다. 변함없는 호의로써 내가 쓰는 글을 받아 주시는 이대현, 최종숙 대표께 감사드린다. 이태곤 편집이사와 안혜진 디자이너, 문선희 과장 등 글누림 가족 여러분의 응원과 격려는 한 자 한 자 적어 나가는 순간마다 힘이 되었다. 나는 오래 머무른 세검정을 떠나 인왕산 아래 서실을 열고 첫 봄을 지내며 원고를 다듬었다. 겹겹이 쌓인 인연과 은공을 새기며 깊이 고개 숙인다.

2018년 봄

萬學書室에서

차 례

2부 **시**

3부 **역사 · 철학**

4부 **문화 · 교양**

5부 **시인 · 작가**

6부 **독서**

1부

소설

김문수 소설집 『비일본계非日本界』

망언에 분개해 써내려간
'조선 어부 안용복' 이야기

2015-07-17

청암사青巖寺는 경상북도 김천에 있다. 증산면 평촌리, 불령산 북쪽 기슭이다. 신라 헌안왕 3년(859년)에 도선 스님이 창건했다고 한다. 비구니들이 수행하는 도량이다. 1985년 7월에 이곳에서 '창작교실'이 열렸다. 작가나 시인이 되려는 대학생들이 기성 문인을 초대해 작품을 합평하는 자리였다. 나는 소설을 가지고 참가했다. 노모를 모시는 일로 다툰 젊은 부부가 급한 일로 함께 지방에 내려가면서 갈등하고 화해하는 내용이었다. 대체로 좋은 평가를 받았다. 그러나 눈이 부리부리한 소설가에게 혼쭐이 났다. 부부가 화해하는 장면에서 '포니'라는 승용차를 운전하던 남편이 아내를 품에 안는 대목이 나온다. 그는 이 대목이 "음탕하다"고 비판했다. 그 소설가는 2012년에 세상을 떠난 김문수다.

대학생이 되었을 때 학교 도서관에서 빌려 읽은 김문수의 작품

가운데 「증묘蒸猫」가 있다. '증묘'란 도둑을 잡거나 애정에 얽힌 누군가를 해코지하려는 일종의 저주 기속奇俗이다. 고양이에게 저주하려는 대상을 알려주고 산 채로 솥에 가둬 삶으면 고양이의 원혼이 상대를 찾아가 화를 입힌다고 한다. 작품 속 주인공 '그'는 한국전쟁 당시 인민군 치하일 때 국군 소위인 삼촌이 숨은 곳을 적에게 알려 죽게 만든다. 그의 숙모는 증묘를 하며 남편을 앗아간 원수를 저주한다. '그'가 홀어머니를 잃고 고아가 되자 숙모가 거두어 상경한다. 그는 청년으로 자라면서 숙모와 동거한다. 잡지 기자로 일하는 친구가 장난삼아 '청춘 복덕방'이란 기사에 그를 좋은 신랑감으로 소개하자 많은 여자들이 그를 찾는다. 질투를 느낀 숙모는 또 증묘를 한다. "네가 이 지경이 되는 것은 우리 조카의 마음을 뺏은 여자 때문"이라며. 어느 날, 그는 젊은 여자와 길을 걷다 마주 오는 숙모를 발견하곤 맨홀 속에 숨는다. 그런데 근처 건물 공사판에서 던져대는 통나무들이 그 위를 덮어버린다.

나는 「증묘」를 읽고 대번에 어린 시절의 기억을 떠올렸다. 서울 중랑천 뚝방 판자촌에 사는 친구를 만나고 돌아오던 길에 고양이 잡는 광경을 보았다. 고양이를 잡는 이유는 알지 못했다. 철사에 목을 졸린 채 허공에 매달려 발버둥치는 고양이를 두려운 마음으로 바라보았다. 나의 부모는 나에게 "고양이는 영물이니 해치면 안 된다"고 가르쳤다. 고양이는 죽음이 가까워지자 몸부림을 그쳤다. 반쯤 감은 눈으로 몰려든 구경꾼들을 하나하나 새

기듯 둘러봤다. 나는 그 눈길과 마주칠까 두려워 황급히 달아났다. 걸음을 재촉해 집으로 돌아가는 동안 줄곧 고양이의 눈길이 떠오르면서 구역질이 났다. '창작교실'이 끝나 뒤풀이를 할 때 김문수에게 이 이야기를 했다. 그는 아무 말 없이 웃었다. 「증묘」는 그의 대표작이었고, 만나는 사람마다 이 작품에 대해 이야기해 불편했다는 말을 나중에 들었다.

세상을 떠난 지 이태가 훨씬 지난 올해 김문수의 작품집이 나왔다고 해서 놀랐다. 정확히는 소설 선집이다. 책의 제목은 『비일본계非日本界』인데, 표제작은 소설가가 세상을 떠나기 전에 발표한 중편 소설이다. '비일본계'란 일본의 지경이 아니니 곧 '조선지계朝鮮之界'라는 뜻이다. 조선의 어부 안용복이 대마도와 일본을 누비며 울릉도가 조선의 땅임을 역설하고 에도 막부의 관백으로부터 서계(공문서)까지 받아낸 사실史實이 소설의 뼈대이다. 김문수가 40여 년 전 청계천의 헌책방에서 안용복에 대한 짧은 이야기를 발견하고 받은 충격이 이 소설을 쓴 계기다. 그는 '창작노트'에 적었다.

처음 안용복 님을 알게 된 것은 40여 년 전 청계천 고서점에서다. 책 구경을 하다가 우연히 펼쳐 5분도 안 되는 시간에 다 읽은 짧은 얘기, 그러나 충격은 컸다. 소설로 쓰자! 자료를 찾았으나 용이치 않았다. 게다가 그 무렵 한호寒戶의 가장이 돼 밥 버는 일로 이리 뛰고 저리 닫다 보니 그만 안용복 님을 까맣게 잊고 말았다. 그러다 10여 년 전,

일본의 망언과 광언들이 그 잊었던 생각을 일깨웠다. 그래, 소설 '독도'를 쓴다! 사명감이 들끓었다. 그러던 중 이 작품을 쓸 기회를 얻었다. 소설 '독도'의 계획과는 다른.

『비일본계』에는 다른 작품도 실렸다. 그의 대표작이라 할 만한 「만취당기」도 있다. 1989년 동인문학상을 수상한 작품이다. 김문수는 '유머와 위트 끝에 번뜩이는 진실의 비수와 같다'는 평을 들었다. 그의 작품에는 과장된 논리나, 아슬아슬한 극적 구성이 거의 등장하지 않는다. 문학평론가 송재영은 "사회적으로 소외되고 학대받는 사회적 약자들의 사실적인 이야기를 통해 '고귀한 가치를 가져야 할 휴머니티가 얼마나 열성적으로 타락하는가'를 해학적인 문체를 통해 들려준다"고 했다. 작품을 해설한 방민호는 "작가로서 김문수는 선의의 사람들이 공동체적 질서와 모럴을 지켜가며 만들어가는 세계를 지향했다. (중략) 작가는 다시 우리들 작은 인간들의 선의를 믿고 그것을 성원하는 존재로 돌아간다. 많은 작품들 속에서 그 작품들이 암시하는 작가의 존재는 순수하고도 따뜻한 인간적 존재"라고 썼다.

나는 2009년 가을 서울 다동에 있는 일본식 선술집에서 김문수를 마지막으로 만났다. 그에게 남은 시간이 그토록 짧으리라고 상상하지 못했다. 내가 옛날에 그에게서 들은 작품평에 대해 말하자 그는 빙긋이 웃으며 "글쎄, 내가 왜 그런 식으로 얘기했을까. 더 정확하게는 '이런 식으로 써버릇하면 나중엔 결국 음탕한 글을 쓰게 된다'는 경계가 아니었을까"하고 말했다. 나는 그의 말이 맞다고 생각했다. 그리고 그때는 소설 쓰기를 그만두었기 때문에 별다른 감정이 없었다. 그 자리에는 시인 박제천도 있었다. 시인이 일하는 서울 동숭동 문학아카데미에 가서 김문수의 사진을 빌려왔다. 이번 주말에는 서점 몇 곳을 돌며 아직 서가에 꽂힌 그의 소설집을 사들일 생각이다.

데니스 루헤인의 『무너진 세상에서』

커글린 가문 3부작의 완결편

2016-02-26

낯익었다. "어디서 봤더라?" 곧 앤서니 홉킨스를 떠올렸다. 카메라를 바라보는 데니스 루헤인의 눈빛과 표정은 영화 〈양들의 침묵〉에 나온 홉킨스를 닮았다. 〈양들의 침묵〉은 멋진 영화다. 조디 포스터가 가장 매력적일 때 찍었다. 한니발 렉터 박사 역을 맡은 홉킨스의 연기는 신들린 듯했다. 「골드베르크 변주곡」에 실린 공포는 오랫동안 뇌리에 남아 이명처럼 웅웅거렸다.

루헤인이 발표한 첫 소설은 「전쟁 전의 한 잔A Drink Before the War」이다. 1994에 나온 이 소설로 1995년 샤머스 상을 받았다. 이 사람의 장기는 범죄소설 부문인데, 가장 최근에 국내에서 발간된 소설은 『무너진 세상에서World Gone By』이다. 책을 펴낸 황금가지 출판사는 보도 자료에 소설의 장르를 '갱스터'라고 소개했다.

루헤인은 보스턴 사람이다. 그는 보스턴을 사랑한다. 그래서 영화배우이자 감독인 벤 에플렉 같은 보스턴 토박이들이 루헤인의 작품에 열광하나보다. '마피아'는 대번에 이탈리아(시칠리아에 가면 마피아의 고향이라는 곳도 있다)와 시카고를 떠올리게 하지만 루헤인이 쓴 작품의 배경이 되는 도시는 보스턴이다. 보스턴과 마피아.

『무너진 세상에서』는 『운명의 날The Given Day』과 『리브 바이 나이트Live By Night』로 이어지는 3부작의 완결편이다. 『운명의 날』은 보혁 · 노사 · 인종 · 남녀 갈등의 정점이었던 1919년 미국 보스턴에서 벌어진 사상 최대의 경찰 파업을 배경으로 한다. 『리브 바이 나이트』는 금주법禁酒法 시대를 배경으로 어둠의 세계인 갱 조직을 사실적으로 다룬다.

『무너진 세상에서』도 비정하고 잔인한 갱 조직의 이야기다. 커글린 가문의 막내아들 조 커글린이 주인공이다. 조직의 자문으로서 지역의 다양한 분쟁을 조정하고 새로운 사업을 설계하는 등 잘 나가던 조는 어느 날 자신이 살인청부의 목표가 되었다는 사실을 알고 불안감을 느낀다. 그는 자신을 죽여 이득을 볼 사람이 누구인지 하나둘 짚어 본다.

고아와 다름없이 자란 조에게 조직의 동료는 곧 가족이다. 마약 밀매, 밀주 제조, 살인 등 공동의 범죄는 그들을 하나로 묶는다. 그러나 끝없는 상승욕구, 오직 한 사람으로 남으려는 의지(last man standing!)는 그들로 하여금 끝내 가족으로 남을 수 없게 한다. 그들은 '형제'를 바다에 처넣거나 목을 따고, 머리통에 총알을 박아 넣는다.

'갱스터'라니까 뭔가 있어 보이는가? 그래 봐야 '조폭', '조직폭력배'다. 한동안 국내에 조폭 영화가 많이 나왔는데, 등장인물들은 대부분 어딘가 결핍된 사람들이다. 조는 이렇게 이해한다. - "아버지." 토머스가 불렀다. "응?" "아버지는 나쁜 사람이에요?" 조는 토머스의 셔츠에서 구토 자국을 보았다. "아니다, 아들. 특별히 좋은 사람이 아닐 뿐이야."

사실 폭력이란 정상적인 방법으로는 세상을 살아갈 수 없는 잉여들의 자기 연민에 지나지 않는다. 나약함과 불안감을 폭력으로 감출 뿐이다. 범죄자들은 자신들이 여자와 아이는 죽이지 않는다는 규율을 지킨다는 데 자부심을 느낀다. 그러나 그들의 남편과 아버지를 빼앗는다는 사실은 모른다. 자신들의 아내나 아이들이 그런 처지가 될 수 있다는 사실도.

'갱스터'하면 프란시스 포드 코폴라가 감독한 영화 〈대부God Father〉가 떠오른다. 속편이 나오면서 '대부'의 자리는 돈 비토 콜레오네(말론 브란도), 마이클 콜레오네(알 파치노), 빈센트 만치니(앤디 가르시아)로 이어진다. 마이클은 〈대부〉에서 누이의 남편 카를로 리치(지안니 루소)를, 〈대부2〉에서 형 프레도(존 카잘)를 죽게 만든다.

이토록 무자비한 처형으로 점철하는 영화에서 '가족Family', '형제', '사랑'이라는 말이 '유도동기Leitmotiv'처럼 되풀이된다. 마이클은 카를로를 목 조르기 전에 이렇게 말한다. "걱정 마. 내가 설마 누이를 과부로 만들겠어?" 프레도를 죽이기 전에는 입을 맞추며 말한다. "형은 내 마음을 아프게 했어."

루헤인의 소설에서도 '가족'은 강박관념처럼 등장인물들의 뇌리에 박혀 있다. 자신이 청부 살인의 표적이 되었다는 사실을 안 조 커글린은 냉정하다. '누구든 살해당할 수 있다. 언제든, 무슨 이유로든.' 그를 정신 바짝 차리게 만드는 것은 죽음에 대한 공포가 아니다. 아들 토머스가 고아가 되어서는 안 된다는 절박함이다. 이런 대목, 이런 대화.

> "아들을 사랑하나?"
> "세상에서 제일."
> "아들은 언젠가 떠나. 늘 그래. 평생 같은 방에 앉아 있다 해도 아버지 생각은 눈곱만큼도 안 하니까."
> "나도 아버지한테 그랬소. 당신은?"
> "비슷해. 그렇게 어른이 되잖아? 아이들은 매달리고 사나이는 떠나고."

〈양들의 침묵〉에 나오는 한니발 렉터 박사도 가족에 대해 말했다. 그러나 영화 안에서가 아니라 밖에서. 그는 1992년에 로빈 윌리엄스, 워렌 비티, 닉 놀테, 로버트 드 니로 같은 경쟁자들을 제치고 오스카상을 받았다. 그는 수상소감을 "웨일스에서 텔레비전으로 이 모습을 보고 계실 어머니와 가족들, 11년 전 오늘 돌아가신 아버지"에게 바쳤다.

루헤인의 3부작은 순서대로 읽는 게 좋다. 시간이 없다면 『리브 바이 나이트』를 읽은 다음 『무너진 세상에서』를 읽어도 괜찮다. 나는 마지막 작품을 읽고 앞의 두 편을 거슬러 읽었다. 루헤인은 매정하다. 독자에 대한 위로 따위는 없다. 소설의 마지막 페이지를 넘긴 다음, 독자는 허무하거나 슬퍼진다. 루헤인은 복화술을 하듯 이런 문장을 묻어 두었다.

> 다들 잘 지내구려. 모쪼록 편안하기를. 그가 죽은 자들에게 말했다. 그래도 사과는 하지 않으리다.

마르코스의 『군터의 겨울』

독재에 가린
파라과이 역사 바로 보기

2016-07-02

파라과이에는 바다가 없다. 브라질과 아르헨티나, 볼리비아가 이 나라를 둘러싸고 있다. 우리에게 남미는 낯익지 않다. 남미는 어디서 시작되는가? 브라질과 아르헨티나를 '남미의 대표선수'처럼 느낀다. 축구, 삼바, 탱고…. 문학에 대해서도 전문가가 아니라면 자세히 알지 못한다.

콜롬비아의 가르시아 마르케스, 칠레의 파블로 네루다, 아르헨티나의 호르헤 보르헤스는 스페인어로 시와 소설을 썼다. 조제 마우루 지 바스콘셀루스는 『나의 라임 오렌지나무』를, 파울로 코엘류는 『연금술사』를 포르투갈어로 썼다. 거기서도 무라카미 하루키나 오르한 파묵을 읽을까.

"그래서 『군터의 거울』이 더욱 반갑다"라고 쓰고 싶었다. 그러나 그런 새빨간 거짓말을 할 수는 없다. 나는 파라과이 작가 후안 마누엘 마르코스를 모른다. (책에는 '마르꼬스'로 인쇄했지만 신문은 국립국어원의 표기법을 따른다) 거기다 번역이 가로막고 있다. 소설을 앞에 놓고 비로소 공부하기 시작한다.

표지를 보자. 하늘색 고양잇과 동물이 멀리 보이는 숲과 교회를 향해, 아니면 뒤표지에 있는 사람을 향해 으르렁거린다. 교회 벽은 희고 십자가는 분홍색이다. 사람은 발만 보인다. 발 모양으로 보면 땅에 등을 대고 누워 있다. 송장일지 모른다. 고양잇과 동물은 재규어다.

그림은 과라니족의 전설을 담았다. 세상이 끝날 때에 거대한 하늘색 재규어가 나타나 인류를 먹어치운다는 이야기다. 불火과 하늘색 재규어가 세상을 파괴하고 과라니족만 살아남는다고 한다. 군터의 겨울에서 이 신화 모티프는 비전이다. 옛 질서의 파괴와 새 질서의 창조. 소설의 줄거리는 이렇다.

솔레닷은 열여덟 살, 가난한 집 딸이다. 변호사 집 막내딸 베로니카와 친구인데 베로니카의 오빠 알베르토와 사귄다. 어느 날 베로니카 남매의 부모와 남매의 후견인인 군인 구메르신도 라라인이 살해되었다. 솔레닷이 살인 혐의로 구속돼 모진 고문을 받는다.

세계은행 총재 군터는 솔레닷의 고모부로, 워싱턴에서 산다. 군터의 아내 엘리사가 군터에게 말한다. 파라과이로 가라고. 군터는 파라과이에서 군인과 정치인, 종교인 들을 만난다. 그러나 솔레닷은 죽는다. 군터는 총재직을 버리고 파라과이에 남는다.

이토록 무겁고 암울한 서사는 작가의 체험을 반영한다. 마르코스는 파라과이 군부의 독재에 항거한 작가이다. 박해를 피해 스페인과 미국에서 망명 생활을 했다. 1989년 파라과이에서 민주주의를 지향해 쿠데타가 터지자 캘리포니아대학교 교수직을 버리고 파라과이로 돌아갔다.

소설의 무대는 아르헨티나의 도시 코리엔테스다. 파라과이가 코앞이다. 소설의 무대를 코리엔테스로 설정한 이유는 검열을 의식했기 때문이라고 한다. 소설은 1987년 아순시온에서 출간됐다. 독재 정권이 서슬 퍼렇던 시절. 작가는 파라과이에서 벌어지는 일을 직설적으로 쓰기 어려웠을 것이다.

시간적 배경은 아르헨티나가 영국과 전쟁할 때다. 우리에게는 '포클랜드 전쟁'이다. 어떻게 부르느냐에 따라 속한 곳이 정해진다. 포클랜드를 '말비나스'라고 부르는 소설이기에, 조금은 고통스럽게 읽어 나갈 수밖에 없다. 우리 언론은 시위대 뒤가 아니라 진압 경찰 뒤에서 취재하는 데 익숙하다.

소설은 다채롭다. 아르튀르 랭보, 조지 오웰, 월트 휘트먼, 어니스트 헤밍웨이, 헨리크 입센, 장자크 루소를 인용한다. 역사적인 사건들은 은유나 상징으로 이용한다. 폭력으로 얼룩진 파라과이의 과거, 잘 알려지지 않은 권력의 어두운 이야기를 통하여 역사의 진실을 드러내려 한다.

표지가 모든 것을 말한다. 하늘색 재규어는 솔레닷이다. 소설은 그녀가 재규어로 변신했으리라고 암시한다. 워싱턴으로 돌아가는 대신 파라과이에 남는 군터의 선택은 작가의 실존적 의지와 세계관을 반영한다. 인간의 행동과 참여, 문학과 정치 행위의 연대에 대한 믿음이 그곳에 있다.

민음사의 세계문학전집
350권 돌파를 지켜보면서

2017-07-21

박상익 우석대 교수는 2009년 중앙일보에 기고한 칼럼에서 번역에 있어 콘텐트의 중요성을 역설하면서 괴테의 사례를 든다. 괴테가 1825년 자택을 방문한 한 영국인에게 독일어의 우수성을 열정적으로 자랑하는 장면이다.

> "귀국의 젊은이들이 우리나라에 와서 독일어를 배우는 것은 좋은 일입니다. 왜냐하면 우리나라의 문학이 배울 만한 가치가 있다는 사실 때문만 아니라, 이제 독일어를 잘 이해하기만 하면 다른 말을 많이 알지 못해도 되기 때문이지요. (중략) 그리스어나 라틴어, 이탈리아어나 스페인어의 경우 이들 나라의 최고 작품은 훌륭한 독일어 번역으로 읽을 수 있기 때문에 특별한 목적이 없는 한 그 말들을 배우기 위해서 많은 시간을 들일 필요는 없는 것입니다. (중략) 우리나라의 언어는 매우 유연합니다. 그 때문에 독일어 번역은 매우 충실하면서도

완전한 것이 될 수 있는 것입니다. 또 한 가지 부정할 수 없는 사실은 일반적으로 좋은 번역이 있으면 시야가 매우 넓어진다는 것입니다."

박 교수는 칼럼에서 "우리도 한글의 우수성을 자랑한다. 그런데 우리의 한글 자랑과 괴테의 독일어 자랑에는 큰 차이가 있다. 우리는 한글의 '과학성'을 자랑하는데 괴테는 독일어의 '콘텐트'를 자랑한다. 과학성과 콘텐트 중 무엇이 더 중요할까"라고 묻는다. 물론 '답정너'다. 그가 보기에 "한글은 독일어의 원형인 로마글자보다 무려 2000년 뒤에 창제된 글자다. 최신형 컴퓨터가 우수하듯이 최신형 문자가 과학적으로 우수한 것은 당연한 일"이다. 그의 탁월한 안목은 다음과 같은 대목에서 빛난다.

"아무리 우수한 '그릇'이라도 그 안에 담긴 '음식물'이 함량 미달이라면 허망하다. (중략) 우리가 한글보다 과학성에서 뒤떨어진 영어를 배우는 이유는 콘텐트가 풍부하기 때문이다. 훌륭한 번역이 얼마든지 있어서 한글만 알아도 전 세계의 고급 지식을 얼마든지 섭렵할 수 있다고 자랑할 날이 우리에게는 언제 올까"

영어는 20세기 이후 세계를 지배하는 언어지만 엘리자베스 1세 시대 이전만 해도 유럽의 변두리에서 사용하는, 라틴 언어의 지독한 사투리였을 뿐이다. 영어의 극적인 지위 향상을 실감하게 해주는 사례가 셰익스피어다. 셰익스피어 연구자 스탠리 웰스는 "셰익스피어의 출생 기록은 라틴어로 돼 있지만 사망 기록은 영어로 돼 있다"고 썼다. 셰익스피어는 뛰어난 영어 콘텐트의 생산자로서 영국과 영어의 역사에서 가장 중요한 인물로 꼽힌다. 현대 극작과 극예술의 어떤 영역도 셰익스피어가 이룩한 업적을 우회할 수 없을 것이다.

번역 작업은 한 언어권에 속한 집단이 신속하게 콘텐트를 확충하고 문화 수용 속도를 높이며 그 수준을 향상시키는 방법 중에 하나다. 서구화를 기반으로 한 일본 문화의 근대화 작업은 메이지시대 지식인들의 헌신적인 번역 사업을 빼놓고는 설명하기 어렵다. 유럽의 르네상스조차 십자군 원정을 계기로 이루어진 이슬람 문헌의 번역을 통하여 그리스 로마의 고전을 역수입하지 않았다면 불가능했을지 모른다.

십자군 전쟁 이전 이슬람의 문화는 유럽을 압도했다. 박용진 서울대 교수가 2011년 5월 『신동아』에 기고한 글에 따르면 서기 750년에서 900년 사이에 아리스토텔레스와 신플라톤학파의 저작들이 이슬람어로 번역됐다. 그리고 12세기까지 이슬람의 여러 학자가 이 저작들을 해석했다. 이러한 이슬람의 학문적 업적은 십자군 원정을 계기로 유럽에 유입됐다. 12세기 스페인의 톨레도가 중심이 되어 아리스토텔레스의 저작들이 거의 모두 라틴어로 번역됐다. 이러한 번역을 통해 거의 모든 지식 분야에서 학문적 진전이 이뤄졌다. 그러니까 유럽은 십자군 원정을 계기로 이슬람의 학문세계를 접함으로써 그리스 철학의 유산을 온전히 되살렸다. 이는 학문과 문화의 빠른 발전으로 이어졌다.

문화 영역에서, 특히 학문과 예술의 영역에서 번역의 중요성은 아무리 강조해도 지나치지 않다. 지식의 발전 속도가 빠르고 예술 감성과 기법이 방향과 층위를 가리지 않고 두려움 없는 도전을 거듭하는 지금 번역은 가장 안전하면서도 믿을 수 있는 파이프 역할을 한다. 여기에는 고도의 지성이 개입하며 자의식이 작동한다.

일본의 지식인들은 메이지 시대를 관통하는 서구문명 수용 역사에 있어 주목할 사례를 보여주었다. 바로 서구어의 번역이다. 일본이 서양 언어를 번역하는 과정에서 탄생한 번역어가 일본의 근대 개념과 어휘의 뼈대가 된다. 우리가 지금 사용하는 '사회' '개인' '연애' '근대' '존재'와 같은 단어들은 이때 자리를 잡은 새로운 어휘들이다. 한국의 서구 문명 수용은 일본의 경험에 의해 걸러진, 다시 말해 일본에 의해 번역된 제2의 서구 문명을 이식받은 것이라고 볼 수 있다. 번역의 의미는 무엇인가. 한글의 우수한 발음 체계를 이용해 원어를 그대로 표기하면 되지 않는가. 하지만 번역은 단지 등가等價의 언어를 찾아내는 작업이 아니다. 그렇기에 『번역과 일본의 근대』를 번역한 임성모는 "번역은 단지 외국의 개념과 사상을 수용하는 지적 행위가 아니라 그 과정에서 이루어지는 타자와 대화를 통해 자기 정체성을 자각하는 문화적 실천"이라고 번역과 문화 정체성에 대한 탁견을 제시하였다.

나는 지금 민음사에서 낸 세계문학전집의 일련번호 350, 『오

헨리 단편선』을 내려다보고 있다. 출간 20여 년 만에 이룩한 위업이 아닐 수 없다.*

민음사의 세계문학전집은 지금까지 1,500만 부가 판매되었고 전체 8,400쇄를 인쇄했다고 한다. 작품 수는 278종, 30개국 작가 175명의 작품을 번역가 165명이 번역하였다. 이 가운데 노벨문학상 수상자 스물여덟 명의 작품 일흔네 권이 포함되어 있다. 가장 많이 팔린 책은 J. D. 샐린저의 『호밀밭의 파수꾼』으로 도합 50만 3,615부가 팔렸다.

민음사의 업적은 지난 1월 22일 84세를 일기로 세상을 떠난 박맹호 회장의 뛰어난 안목과 철학이 없었다면 불가능했을 것이다. 민음사를 창립해 이끌어온 박 회장은 서울대학교 불어불문학과를 졸업하고 1966년에 민음사를 세웠다. 서울 청진동 옥탑 방에서 오카 마사히로가 일본어로 번역한 인도 책 『요가』를 한글로 옮긴 것을 시작으로 '세계 시인선', '오늘의 시인 총서', '이데아 총서', '세계 문학 전집' 등 5,000종이 넘는 책을 펴냈다.

이 출판사는 문학을 꿈꾼 나의 청년 시절과 떼어 놓고 생각할 수 없다. 지금도 나의 서재 한편을 민음사에서 낸 시집들이 압도하고 있다. 나는 원어와 번역을 나란히 실어 인쇄한 세계시인선을 통해 영미 모더니즘 시인과 프랑스 상징주의 시인들의 작품을 읽고 외웠다. 오늘의 시인 총서에 이름을 올린 뛰어난 선배들

---

* 2017년 7월 현재.

을 본받고자 노력했다. 그러다 보면 나도 시인이 되어 언젠가는 그들처럼 시집을 출판하게 될 거라고 믿었다. 민음사에서 공들여 추린 시인들의 작품을 묶어낸 시집들은 지금도 안심하고 집어들 수 있다.

나는 대학교에 다닐 때 선배들이 일하는 여러 출판사에서 교정과 번역 등 이런 저런 아르바이트를 하면서 책을 만들며 늙어가는 인생을 잠시 꿈꾸었다. 서울 관철동에 있는 어린이와 청소년 책 전문 출판사에 놀러가 3층에서 일하는 선배가 빨리 일과를 끝내기를 고대할 때 소나기가 쏟아져 황혼을 재촉하곤 했다. 그때 낡은 책상에 엎드려 어린이 책을 만들며 늙어가는 인생도 사뭇 거룩하겠다는 생각을 했다. 금요일 저녁, 기자들이 모두 퇴근한 편집국에 앉아 어언 350권에 이른 민음사의 전집, 오 헨리의 유명한 단편소설을 마트에서 시식을 하듯 이것저것 들춰본다. 뛰어난 출판인의 신념에 대해 묵상하고 아련한 옛 기억을 떠올리며 향수를 느낀다.

박성원 소설집 『고백』

현실과 허구를 넘나드는 스토리텔링

2015-09-04

> 1969년 한 해에 미국 여성들이 핫팬츠 구입에 쓴 돈만 100만 달러가 넘었대. 1969년은 그런 해이고 그 기운을 받아 나는 태어났어. 인류가 달을 밟았고 한쪽에선 반전과 평화를 노래하고 있었지.

100만 달러는 2015년 현재 '네이버' 환율로 약 11억 8190만원이다. 서울 평창동에 있는 꽤 괜찮은 단독주택을 살 수 있다. 1969년이라면 더 엄청난 돈이었을 것이다. 그러니까 100만 달러는 상징이다. 권투선수 켄 노턴은 1973년 3월 31일 샌디에이고에서 무하마드 알리의 턱뼈를 부수고 나서 '100만 불 복서'가 됐다.

핫팬츠의 기운, 100만 달러어치 핫팬츠의 기운. 핫팬츠를 입은 여성의 골반은 벗었을 때보다 더 섹시하다. 핫팬츠가 누드를 이긴다. 그런 기운? 인류가 달을 밟았다는 시대는 그 만큼 어두운 시대였으리라. 그런 시대, 그런 기운. 반전과 평화를 노래하는 시대는 푸른 하늘을 네이팜탄Napalm bomb이 쉼 없이 날고 죽음에 익숙한 시대이다.

아, 1969년에 우드스톡 페스티벌The Woodstock music and art fair이 열렸다. 여기서 지미 헨드릭스가 미국 국가The Star Spangled Banner를 연주한다. 미국음악 전문가 박진열은 이렇게 썼다. "총성과 네이팜탄의 굉음을 짓이겨 처절하게 난도질 친 기타 선율은 베트남전의 광기 아래 스러져간 젊음에 대한 애도와 기성세대에 대한 야유로 타올랐다."

박성원* 의 소설집 『고백』에 실린 표제작품 18쪽 밑에서부터 넷째 줄에 시작되는 1969년은 아주 시크한 척하지만 사실은 '생양아치' 같은 '나'가 태어난 해다. 작품 속의 '나'는 갓 등단한 소설가. 한 달 중에 절반은 일하고, 절반은 여자와 자기 위해 여행을 다니는 그런 놈이었다. '나'는 친구의 권유로 소설을 쓴다.

친구는 '소설은 고백'이라며 말한다. "너는 신부님도 울릴 수 있잖아." 그래서 '나'는 '내가 좋아하는 것은 10월의 아침 공기다'로 시작해서 '대체 이 많은 사람들은 모두 어디로 가고 있는

---

* 소설가 박성원은 1969년 대구에서 태어나 1994년 『문학과사회』 가을호에 단편소설 「유서」를 발표하면서 작품 활동을 시작했다. 『이상(異常), 이상(李箱), 이상(理想)』, 『나를 훔쳐라』, 『우리는 달려간다』 등 소설집을 냈다. 『고백』은 박성원의 여섯 번째 소설집이다. '오늘의 젊은 예술가상', '현대문학상', '현대불교문학상', '한무숙문학상'을 받았다. 직업은 계명대학교 문예창작학과 교수다.

걸까?'로 끝나는 소설을 쓰고, 그 작품으로 등단한다. '나는 10월의 아침 공기를 좋아한다'고 쓰지 않았기 때문에 '나'의 문장은 번역 투다. 일부러 그렇게 썼을지 모른다.

'나'는 상당히 수상하다. 나는 소설에 등장하는 나를 으슥한 곳으로 끌고 가서 멱살을 잡은 다음 묻고 싶다. "너 … 박성원이지?" 이런 생각을 하고 있을 때, "에이, 아닙니다"라고 말하려는 듯 진짜 '박성원'이 등장한다. 자기가 쓴 소설에! 그러니까 진짜는 아니고, '나'와 흡사할 성 싶은 박성원이다. 소설가는 작품의 꼬리 부분에 '리본'을 달았다.

> "박성원은?" "응? 여기 있잖 …" 나는 그제야 고개를 돌려 그를 찾기 시작했어. 그러나 그는 J의 말처럼 정말 없더군. "조금 전에 아내와 통화하는 것 같더니 집으로 도망간 모양이야." (중략) 난 … 물었어. 이봐, 대체 저 많은 사람들은 모두 어디로 가고 있는 걸까? 라고. 그러자 박성원이 말했어. 글쎄, 하고 말이야.

'박성원'은 「고백」 뒤에 나오는 「더러운 네 인생」에도 등장한다. 이번에도 소설가다. '나'는 치매에 걸린 아버지를 만나기 위해 한 달에 한두 번 요양원을 방문하고 있다. 그러던 중에 단골 술집에서 '박성원'과 술을 마시는 여자 K를 만난다. '나'는 K를 보자마자 몸이 달아오른다. 그런데 K와 헤어진 뒤 '박성원'은 그녀가 '별로'라고 한다.

소설가 박성원은 여러 번 복화술을 써서 독자를 골탕 먹인다. 그의 복화술은 작품 안팎을 가리지 않는다. 가령 현대문학 9월호에 실린 대담. 그는 표절에 대해 말한다. 진행자인 이기호가 "문장이 동일하다는 것 말고, (중략) 아이디어와 구상을 갖고 왔지 않느냐, 그래서 표절이다 …"라고 물은 데 대한 답이다. 그는 김승옥의 「다산성」을 예로 들어 말한다.

> 순진한 숙이 씨 앞에서는, '숙이 씨, 니체를 아십니까?' 이렇게 말하지만 속으로는 계속 그 속생각이 나오는데, (중략) '저년을 당장이라도 풀밭으로 끌고 가 덮치고 싶다' '저년 턱주가리가 키스를 잘하게 생겼다' 이런 식으로 나와요.

박성원은 그러면서 프랑스 작가 미셸 우엘벡이 쓴 「플랫폼」을 끄집어내 주인공이 여성들에게 "아침에 미장원 다녀오셨네요. 좋은 냄새가 나네요" 하지만 속으로는 "저년 저거 당장에라도 …" 라고 하며, 심지어 비슷한 문장이 나올 정도라고 설명한다. 그러니까 김승옥은 우엘벡을 표절하지 않았다는 것이다.

나는 생각한다. 그의 말이 장황한 이유는 고민스럽기 때문이 아닐까. 예를 들어 현대문학과 대담을 시작하는 부분에서 그의 태도는 이렇다. "매번 그렇지만 저는 소설을 쓰면 보내고 나서 내 소설을 읽지 않는다는 것." "왜 안 읽으세요?" "부끄러워서요." (중략) "'작가의 말'을 안 쓰는 것도 그런 연유인가요?" "그렇죠." 짧다.

에리히 캐스트너 『하늘을 나는 교실』

여름에 읽는 겨울 이야기

2017-08-04

누군가 먼 곳을 그리워할 때, 그리움에는 근원이 있다. 우연의 산물인 듯한 행동에도 실마리는 있다. 실마리를 공안公案으로 삼아 성찰하면, 마침내 아리아드네의 실타래를 잡아당기듯 영원과도 같은 시간의 미로를 더듬어 과거의 어느 한 순간과 조우하게 된다.

그래서일 것이다. 나는 일 년에 몇 번 에리히 캐스트너가 쓴 『하늘을 나는 교실』을 읽는다. 청소년을 위한 아름다운 이야기다. 내 나이 또래라면 대부분 초등학교 시절 이 책을 읽었을 것이다. 나는 이 책을 초등학교 3학년 때 학급문고에서 빌려 처음 읽었다. 그때 제목은 '날아가는 교실'이었다. 독일어 제목(Das Fliegende Klassenzimmer)을 생각하면 어느 쪽도 이상하지 않다.

배경이 되는 계절은 겨울이다. 학생들이 성탄절을 앞두고 '하늘을 나는 교실'이라는 연극 무대를 준비한다. 연습에 열중하던 이들은 근처 실업학교 학생들과 한바탕 싸움을 벌인다. 친구 하나가 포로가 되고, 학생들은 친구를 구하기 위해 모험을 서슴지 않는다. 수수께끼의 인물 니히트라우허 아저씨와 유스투스 선생님의 우정, 겁쟁이와 먹보와 우두머리 등 어느 학교에나 있을 법한 친구들이 책갈피마다 숨어 있다 튀어나온다.

이 책을 수백 번 읽었을 것이다. 유년의 독서 경험이 절반 이상이다. 프로야구 타자의 타율에 빗대자면 봄에 쌓아올린 몰아치기 안타를 밑천 삼아 가을에도 3할대를 유지하는 식이다. 이 아름다운 책을 읽는 데는 두 시간도 채 걸리지 않는다. 중년이 되어 읽었는데도 여전히 따뜻한 감동이 일렁거린다. 어느 날 나는 문득 이야기의 배경이 되는 곳이 궁금해졌다.

『하늘을 나는 교실』의 배경이 되는 곳은 키르히베르크Kirchberg와 헤름스도르프Hermsdorf다. 키르히베르크는 등장인물인 소년들의 학교가 있는 도시, 헤름스도르프는 여러 주인공 가운데 한 명인 마르틴 탈러의 집이 있는 곳이다. 어린 나는 이 책을 덮으며 '언젠가 독일에 가겠다. 그러면 반드시 키르히베르크와 헤름스도르프에 찾아가겠다'고 결심했다.

오랜 시간이 지난 다음, 나는 캐스트너가 쓴 이야기 속의 키르히베르크와 헤름스도르프가 실재하지 않는 공간일지 모른다고 생각했다. 『하늘을 나는 교실』은 세 번이나 영화로 만들어졌다.

1954년, 1973년, 2003년. 나는 이 중에 흑백으로 찍은 1954년 버전을 가장 좋아한다. 키르히베르크가 나오는 장면은 오스트리아 티롤 지방에 있는 키츠뷔엘과 쿠프스타인에서 주로 찍었다고 한다.

그래도 크게 실망하지 않았다. 키츠뷔엘은 이 책을 읽는 사람에게 또 하나의 선물이다. 공간적 상상력…. 또한 실망만 하기에는 너무나 많은 아름다운 구절들이 쏟아져 나온다. 은사의 도움으로 고향에 돌아가 성탄을 보내는 가난한 소년 마르틴은 부모와 함께 저녁 거리를 산책하다 문득 멈추어 하늘을 본다. 그가 말한다. 그의 목소리가 들리는 듯하다.

> "우리는 몇천 년 전의 별빛을 보고 있어요. 저 빛이 우리에게 닿기까지 그만큼 시간이 필요하죠. 지금 보이는 별은 대개 예수님이 태어나기도 전에 사라졌을 거예요. 하지만 그 빛은 아직도 여행을 하고 있어요. 그리고 지금 우리에게 빛을 주고 있어요. 오래전에 식었거나 어두워졌을 텐데요."

나중에 나는 마르틴이 어린 시절의 캐스트너가 아닐까 상상했다. 캐스트너는 '독일인으로서는 드물게' 유머러스한 작품을 썼다는 평을 들었다. 드레스덴에서 가난한 직공의 아들로 태어나 라이프치히와 베를린 대학에서 장학생으로 공부했다. 1928년 첫 시집 『허리 위의 심장』을 발표해 작가의 길에 들어섰다. 『하늘을 나는 교실』은 1933년에 발표했다. 히틀러 집권 시기에 집필금지, 체포 등 수없이 박해를 받았지만 늘 희망 가득한 사나이였다고 한다.

오르한 파묵, 『내 마음의 낯섦』

위대한 도시의 연대기, 돌아갈 수 없는 과거의 순간들에 바치는 송가

2017-12-01

"번개가 치면서 하늘, 산, 바위, 나무, 사방이 먼 기억처럼 밝아졌다. 메블루트는 평생을 함께 보낼 아내의 얼굴을 처음으로 가까이 보았다."

오르한 파묵이 쓴 아홉 번째 장편소설 『내 마음의 낯섦』. 2017년 11월의 세 번째 주를 이 책을 읽는 데 바쳤다. 22쪽 윗줄에 나오는 이 문장이 좋았다. 어찌나 좋았는지 원어로는 어떻게 썼을까 궁금했다. 그러나 나는 터키어를 모른다. 네 번째 주 월요일이 밝았을 때, 나는 시내 책방으로 달려가 빈티지 출판사에서 낸 영어판A Strangeness in My Mind을 샀다. 그리고 몇 줄 읽기도 전에 깨달았다. 매우 뛰어난 번역가가 소설을 우리말로 옮겼으며, 파묵의 언어는 조금도 다치지 않고 지금 내 손에 들려 있음을.

"there was a flash of lightning, and for a moment, the sky, the mountains, the rocks, the trees - everything around him - lit up like a distant memory. For the first time, Mevlut got a proper look at the face of the woman he was to spend a lifetime with."(9쪽)

1969년, 중부 아나톨리아의 가난한 마을에서 태어난 열두 살 소년 메블루트가 아버지를 따라 이스탄불에 간다. 큰 키와 호리호리한 몸매, 맑은 눈, 보기 드물게 정직한 소년은 학교를 다니면서 아버지와 함께 열심히 요구르트를 판다. 그러던 중 메블루트는 사촌형의 결혼식장에 갔다가 '라이하'라는 시골 소녀를 보고 한눈에 반해 연애편지를 쓴다. 자그마치 3년 동안. 편지를 주고받으며 사랑에 빠진 라이하와 메블루트는 치밀하게 계획을 짜 한밤중에 도망을 친다. 사촌 쉴레이만이 운전하는 트럭을 타고.

오르한 파묵은 소설을 쓰는 기술자다. 어떻게 해야 독자를 붙들어 둘 수 있는지, 책장을 덮지 못하게 만들 수 있는지 잘 안다. 성공한 소설 『내 이름은 빨강』에서처럼 그는 독자를 놀라게 해서 뒤에 나오는 이야기를 궁금하게 만드는 수법을 쓴다.

"나는 지금 우물 바닥에 시체로 누워 있다. 마지막 숨을 쉰 지도 오래되었고 심장은 벌써 멈춰 버렸다. 그러나 나를 죽인 그 비열한 살인자 말고는 내게 무슨 일이 일어났는지 아무도 모른다."(『내 이름은 빨강』 13쪽)

이 문장을 읽고도 책장을 덮고 잠을 잘 수 있는 독자는 많지 않다. 하지만 파묵은 『내 마음의 낯섦』에서 조금 더 은근하면서도 함축적인 방법으로 독자의 직감을 건드린다. 섬광 속에 드러난 소녀의 얼굴은 메블루트를 단번에 사로잡은 그 눈빛의 주인이 아니다. 메블루트도, 독자도 뭔가 잘못되었음을 안다. 파묵은 때를 놓치지 않고 운명의 올가미를 던져 놓는다.

> "그는 평생 동안 그 순간을, 그 낯선 감정을 자주 떠올릴 것이었다.(He would remember the utter strangeness of that moment for the rest of his life)"

그런데… 메블루트는 내색하지 않는다. 담담히 운명을 받아들이며 라이하를 사랑하려고 노력한다. 그렇게 삶이 주는 놀라운 선물들을 인정하고 받아들인다. 그녀와 결혼을 하고 아이를 낳고, 가난하지만 행복하게 거리에서 보자(터키 전통음료)를 팔며 살아간다.

> "얼마나 많이 사랑을 나누고, 얼마나 많이 가까워지고, 얼마나 많이 이야기하고 웃었는지 자신이 이 세상에서 라이하를 가장 많이 안다는 것에 놀랐고 (중략) 사실은 편지를 그녀 같은 사람에게, 어쩌면 그녀에게 썼다고까지 점점 믿기 시작했다." (269쪽)

비가 내리던 그날 밤 번갯불이 운명처럼 진실을 드러냈듯, 감춰진 것은 드러나게 마련이다. 메블루트가 마지막 본 아내 라이하의 땀에 젖은 얼굴에는 '오래전 함께 도망치던 날 저녁에 보았던 죄책감과 당황한 표정'이 드리워져 있었다.

#『내 이름은 빨강』을 읽기 직전에, 나는 이스탄불을 여행했다. 그곳에서 여러 차례 강렬한 기시감에 사로잡혔다. 아야소피아에 갔을 때는 잘 아는 곳에 오랜만에 간 기분이었다. 2층에 올라가 대리석 벽에서 뜯어낸 십자가의 흔적을 보았을 때, 난간에 기대 1층을 내려다볼 때. 기시감이란 전생前生이 현재를 향해 보내는 신호일까. 나는 1층을 내려다보는 대리석 난간에 누군가 못 같은 물건으로 파낸 글자들을 발견했다. 그리스 문자였다. 거기서 아마도 영원한 사랑의 다짐이었을, 징표(♡)를 보았다.

우리가 이스탄불을 떠올릴 때, 그곳은 진짜 이스탄불이 아니다. 유럽 또는 미국 기독교 문화의 자장磁場에 사로잡힌 우리의 의식 속에서 그 도시는 콘스탄티노플이며 비잔티움이다. 오스만에 함락된 1453년 5월 29일 이전의, 그리스어를 사용한 동로마제국의 수도인 것이다. 오르한 파묵의 소설을 읽는 동안 우리는 천천히 오스만의 숨결이 생생히 살아 숨 쉬는 도시, 우리의 과거를 닮은 투르크의 도시와 대면한다. 또한『내 이름은 빨강』에서 이스탄불은 문향 가득한 오스만의 예도藝都가 아니었던가. 파묵의 여러 책들이 그렇듯이, 『내 마음의 낯섦』은 위대한 도시의 연대기이며 돌아갈 수 없는 과거의 어느 순간들에 바치는 송가이다.

어머니의 도시인 이스탄불에 대한 파묵의 사랑은 그의 작품 곳곳에 포도송이처럼 맺혀 향기를 내뿜는다. 오로지 이스탄불만을 위해 쓴, '도시 그리고 추억Memories and the City'이라는 부제가 붙은 에세이집 『이스탄불』은, 반드시 읽어야 한다. 『퍼블리셔스 위클리』는 이렇게 썼다. "한 도시에 대한 숨 막히는 초상이자, 죽어버린 문명을 위한 애가이자, 복잡하게 얽힌 관계에 대한 성찰. 위대한 도시의 영혼을 관통하는 문학적인 여행."

파묵은 정말 기억의 눈을 통해 도시의 이야기를 들려준다. 도시를 향한 그의 헌사는, 뉴욕 타임스가 썼듯이 '이스탄불의 눈에 보이지 않는 슬픔과 그것이 상상력 풍부한 한 청년에게 작동하는 방식에 대한 이야기'다. 우리는 거기서 서울을 찾아낼 수도 있다. 시골을 떠나 몰려든 가난한 사람들. 그들은 거대한 도시의 변두리에 무허가 판잣집을 짓고 하루하루 버티듯 반항하듯 힘겹게 살아간다. 『내 마음의 낯섦』에 등장하는 변두리 마을과 골목들은 이 땅의 가난한 아버지가 수은주 곤두박질치는 저물녘 봉지쌀을 옆에 낀 채 새끼줄에 꿴 구공탄 한 장을 들고 제 집을 찾아 스며들던 그곳이다.

텔레비전이 있는 집에 모여 축구 경기를 보고 유명한 가수의 노래를 듣는 이스탄불 사람들의 모습은 1970년대 서울의 변두리를 그대로 옮긴 듯 낯익다. 우리는 대청에 놓인 텔레비전의 브라운관 속에서 '쪽발이'를 혼내주는 김일의 박치기에 열광했고, '아씨'의 호된 시집살이를 연민하지 않았던가.

파묵의 이스탄불은 세계를 열광시켜 비로소 터키의 도시로 환원한 듯하다. 『카운터 펀치』는 『내 마음의 낯섦』이 이스탄불을 세계에서 가장 위대한 문학적 도시로 만들었다고 표현했다. 워싱턴 포스트의 논평은 더욱 결정적이다. "파묵의 이스탄불은 제임스 조이스의 더블린과 같다. 그는 도시의 외관과 느낌뿐만 아니라 문화, 신념과 전통, 민족의 가치까지도 담아내고 있다."

내가 『이스탄불』을 읽은 다음 얼마 지나지 않아 이스탄불에 갔을 때는 처음 그곳에 다녀온 지 10년이 지난 뒤였다. 처음 이스탄불에 갔을 때 느낀 기시감은 온데간데없이 사라졌다. 나는 거대한 미로에 빠진 듯 방향 감각을 상실했던 것이다. 세 번째 그 도시에 다시 간다면, 그러니까 『내 마음의 낯섦』이 아직 나를 사로잡고 있는 동안 그곳에 간다면, 나는 다시 길을 찾아내고 언젠가 들렀을 것만 같은 카페에 들어가 차이를 마실 것이다.

군말1 : 나는 시내 책방에 가서 컴퓨터를 이용해 『내 마음의 낯섦』이 있는 서가를 찾아냈다. 그러다가 민음사에서 나온 파묵의 번역 소설이 또 있기에 사가지고 왔다. 『하얀 성』*.

---

* 이 책의 번역은 『내 마음의 낯섦』만큼 뛰어나지는 않다. 가끔 문장이 흐리고 의미

『내 마음의 낯섦』이나 『내 이름은 빨강』, 그리고 『이스탄불』처럼 민음사에서 나왔고 번역한 사람은 이난아 교수이다. 이 교수는 한국외대 터키어과를 졸업하고 터키 국립 이스탄불 대학에서 석사, 터키 국립 앙카라 대학에서 박사 학위를 받았다. 현재 한국외대 중앙아시아연구소 전임연구원으로 일하고 있다. 그의 예에서 보듯 뛰어난 번역가는 한 언어 영역의 깊이와 다양성을 보장하고 무엇보다도 독자에게 안전한 지적 희열을 제공한다.

군말2 : 내가 일요일에 인터넷을 검색할 때는 광화문에 『내 마음의 낯섦』이 다섯 권 있다고 했다. 그러나 내가 책방에 갔을 때는 네 권만 남아 있었다. 일요일 오후 늦게 아니면 월요일 오전 일찍 책방 문을 열자마자 누군가 사갔을지 모른다.

전달이 불분명하며 오자도 자주 보인다.

오스카 와일드, 『오스카리아나』

2016-08-12

휴가를 다녀온 후배 기자에게 물었다.

"어디에 다녀왔니?"

"부산이요."

"해운대? 광안리? 하나도 안 탔네?"

"예, 호텔에서 책만 읽다 왔어요."

"응, 그랬구나. 뭘 읽었는데?"

"한강이 쓴 소설이요."

독서는 휴가를 보내는 좋은 방법이다. 나도 가끔 평소 별렀던 책을 가져다가 샅샅이 읽는다. 굳이 휴가까지 가서 읽을 필요가 있느냐고? 있다. 책 읽기는 연애를 닮았다. 첫눈에 반하는 순간이 있고, 친해질 시간도 필요하다. 공을 들일 때는 전력투구해야 한다. 사내들은 이 진리를 본능으로 안다. 그러기에 대학입시를 앞

둔 여드름 총각이 밤새워 그녀에게 편지를 쓰는 것이다. 『수학의 정석』이나 『해법수학』, 『성문종합영어』를 멀찍이 미뤄둔 채 '꽃 편지지'에 잉크로. 그렇게 책은 내 것이 되고 평생 나를 떠나지 않는다.

내가 아시아경제에 칼럼 따위를 쓸 때 인용하거나 예로 드는 책 가운데 상당수는 십대 때 읽었다. 노래가 많이 나오는 연극(뮤지컬은 아니다) 〈보물섬〉에 대해 쓸 때 초등학생 시절에 읽은 원작을 생각의 실마리로 삼았다. 창비에서 낸 조태일의 시집 『국토』에 대해 쓸 때는 중학생 때 읽은 춘원의 『무정』을 떠올렸다. 지금 당신이 읽는 그 책은 죽을 때 관에 넣어가야 할지 모른다. 어쩌면 이승을 하직할 때 그 책에 실린 한 구절만 계속해서 생각날지 모른다.

근사한 글귀를 인용하면 폼이 난다. 그래서 많은 글쟁이들이 아무개가 이렇게 말하였다 식으로 글을 시작한다. '여시아문如是我聞'의 반대인데, 근기가 허약한 사람의 글쓰기 방법으로 안성맞춤이다. 그러나 이렇게 남의 글이나 고사성어, 명언을 가져다 쓸 때도 '선구안'이 있어야 한다. 요즘 같은 시절에 '악법도 법이라고 했다'라든가 '로마에 가면 로마법을 따르라고 했다'든가, '팔이 안으로 굽는다고 했다' 같은 인용문으로 글을 시작했다가는 아무도 읽지 않을 뿐 아니라 다음부터는 쓸 기회도 없을 것이다. 인용도 글줄이나 읽은 사람이 잘한다.

책을 읽는 여러 방법이 있다. 옛 선비처럼 몸을 좌우로 흔들며 소리 내어 읽을 수도 있다. 낭독. 말없이 한 자 한 자, 한 줄 한 줄 눈길로 따라가도 좋다. 묵독. 소리 없이 눈으로 읽어도 우리의 뇌는 음성행위를 한다. 두개골 앞에 훤히 불이 들어온 프롬프터처럼 책을 쓴 언어가 은밀한 소리를 내며 지나간다. 그래서 책이 내게 전하는 메시지는 영겁에서 시작해 나를 스쳤다가 다시 영겁으로 가는 우주의 나그네가 된다. 책은 저자와 그 물리적 형태로부터 해방되어 추상이 되는 한편 명료한 체험으로 뇌리에 각인된다.

초서법은 책의 중요한 내용을 옮겨 적으며 읽어 내려가는 방법이고 정독법은 뜻을 자세히 살펴가며 읽어 내려가는 독서법이다. 또한 속독은 책의 내용을 문단이나 문장 단위로 빠르게 읽어 나가는 방법이다. 대개 내용을 흐름으로 좇는다. 이외에 발췌독拔萃讀이 있다. 책의 중요한 부분만을 골라 필요한 부분만 읽는 독서법이다. 발췌독도 독서로 쳐줘야 할지는 모르겠다. 발췌독을 하면 저자의 메시지를 짐작할 수 있을지 모르나 책의 내용을 안다고 하기 어렵다. 독자는 책을 읽으며 저자의 뜻을 헤아리거나 행간을 거닐며 사색하는 과정을 거를 수밖에 없다.

발췌독에 맛을 들이면 제대로 된 독서 습관을 들이기 어렵기 때문에 나는 누구에게도 권하지 않는다. 발췌독을 하느니 차라리 적독積讀을 권하겠다. 책을 읽지 아니하고 쌓아 두기만 함을 놀림조로 이르는 말인데, 책상에 책을 가져다 놓고 그 책을 자주 보는

(읽는 게 아니라) 것이다. 그러다 보면 책과 친해지고, '아는 책'이 된다. 자주 있는 일은 아니지만 어느 날엔가 그 책의 내용이 진심으로 궁금해져서 정말 읽게 될 수도 있다. 우리가 숲속에 있는 돌탑에 갇힌 채 잠든 얼굴 모르는 공주가 아니라 늘 지나치던 그 애와 곧잘 사랑을 꽃피우듯이.

요즘도 헌책방이나 지하철 역에 딸린 작은 서점에는 '명언집'이나 '고사성어', '사자성어' 책이 많다. 『오스카리아나』도 그런 책인가? 책소개를 보자. "천 개의 이야기, 천 가지 빛깔, 언어로 만든 황홀한 모자이크! 오스카 와일드의 작품과 기록에서 가려 뽑은 주옥같은 문장들. 오스카리아나는 명언, 경구, 아포리즘의 대명사처럼 여겨지는 오스카 와일드의 수많은 말들을 가리킨다. 이 책은 우리에게 더없이 익숙하면서도 낯선 오스카리아나를 한데 모아 제자리를 찾아 주고자 하는, 때늦은 그러나 꼭 필요한 시도의 결과물이다.", "우리가 생활 속에서 (중략) 어쩌면 매 순간 만나고 있는 오스카 와일드의 말들을 '제대로' 느끼고, 음미할 수 있는 기회를 놓치지 말자."

와일드가 언어의 마술사였음에는 틀림없다. 『오스카리아나』를 감싼 띠지 한 장만으로도 알 수 있다. 거기 이렇게 씌었다. "우리는 모두 시궁창에 있지만 그중 누군가는 별을 바라보고 있다." 가슴 찡한 말이다. 하지만 이 마술사를 세 치 혀가 파멸의 길로 인도했으니 얄궂다. 그는 동성연애자였는데 퀸즈베리 후작으로부터 소년 추행 혐의로 고소를 당했다. 후작은 더글러스라는 자의 아버지였는데, 아들이 와일드와 너저분한 관계를 맺는 데 분노했다. 와일드의 상대는 더글러스 말고도 더 있었던 모양이다. 검사가 질문한다.

"더글러스의 남자 시종과 키스한 적이 있습니까?"

"아뇨. 그는 불행히도 추남이었지요."

와일드는 재판에서 이길 거라 확신하며 이 말을 했으리라. 그러나 그는 자기 발에 덫을 채웠다. 재판정에 모인 사람들은 모두 그의 말을 시종이 못생겼기 때문에 키스를 하지 않았으며, 그렇지 않았다면 했으리라는 뜻으로 들었다. 와일드에게는 법정 최고형인 중노동과 징역 2년형이 선고되었다. 복역을 마치고 나온 그는 작가로서나 생활인으로서 파멸했다. 2년 동안 유럽을 유랑하며 술이나 구걸한 그는 1900년에 죽었다. 사인은 뇌수막염으로 알려졌다. 그러나 매독 같은 성병 후유증으로 보는 사람도 있다.

새 번역, 나쓰메 소세키의 『와가하이와 네코데아루』

2017-03-12

나는 고등학생 때 나쓰메 소세키夏目漱石의 소설을 읽기 시작하였다. 물론 첫 작품은 『나는 고양이로소이다』였다. '물론'이라고 한 이유는 이 소설이 나쓰메 소세키의 이름을 우리에게 알린 대표작이라고 믿기 때문이다. 가와바타 야스나리川端康成 하면 『설국雪國』, 미우라 아야코三浦綾子 하면 『빙점氷點』이듯이 소세키 하면 『나는 고양이로소이다』이다. 이 작품은 일반적으로 '고양이의 눈에 비친 인간의 어리석음과 지식인들의 속물근성을 야유한 풍자 소설'로 읽힌다. 중학교 교사 진노 구샤미가 키우는 고양이가 그 집 서재에 모이는 메이테이, 간게쓰, 도후 등 소위 배운 사람들의 말과 행동을 관찰해 보고하는 형식으로 썼다. 신랄한 풍자와 해학 속에 삶의 서글픔과 고독, 일본 근대 사회에 대한 비판을 담았다고 한다. 소설은 이렇게 시작된다.

'이 몸은 고양이다. 이름은 아직 없다. 어디서 태어났는지 전혀 짐작이 가지 않는다. 어쨌든 어슴푸레하고 축축한 곳에서 야옹야옹 울고 있던 일만큼은 기억하고 있다. 이 몸은 여기서 처음으로 인간이라고 하는 것을 봤다. 게다가 이후에 듣자니 그것은 서생이라고 하는 인간 중에서 가장 영악한 종족이었다고 한다. 이 서생이라고 하는 것은 때때로 우리를 잡아 삶아 먹는다고 한다. 하지만 그 당시는 아무런 생각도 없었기 때문에 별반 무섭다고도 생각되지 않았다. 다만 그의 손바닥에 태워져 쑤욱 들어 올려질 때 왠지 둥둥 뜬 것 같은 느낌이 있었던 것뿐이다. 손바닥 위에서 조금 안정되어 서생의 얼굴을 본 것이 이른바 인간이라는 존재를 처음 본 것이리라. 이때 묘한 것이라고 생각했던 느낌이 지금이 되어서도 남아 있다….'(민병훈 번역)

소설의 첫 줄, '와가하이와 네코데아루吾輩は猫である'가 책의 제목이 되었다. 민병훈은 저서인 『한 권으로 읽는 일본 문학사』에서 이 소설을 소개하였다. 『한 권으로 읽는 일본 문학사』는 일본 문학의 주요 작품을 통해 당대 문학 역사를 살펴본 책이다. 문학의 배경과 함께 작품의 원문 혹은 일본의 현대어 역을 싣고, 한국어 번역을 달아 엮었다. 민병훈은 이 책에서 작품을 소개할 때 『상실의 시대』나 『노르웨이의 숲』 같은 방법으로 제목을 쓰지 않았다. 무라카미 하루키村上春樹가 지은 책의 원래 제목은 '노르웨이노모리ノルウェイの森'이니까 '노르웨이의 숲'이 정확한 번역이다. 민병훈

은 소세키의 책 제목을 일본어 독음 그대로 소개했다. 말하자면 스콧 피츠제럴드Scott Fitzgerald의 소설을 '위대한 개츠비'라고 쓰지 않고 '더 그레이트 개츠비The Great Gatsby'라고 쓴 셈이다. 왜 그랬을까. 누구나 소세키의 재미난 고양이 소설을 『나는 고양이로소이다』로 알고 있는데.

누가 번역하든 소세키 소설의 내용이 달라지지는 않는다. 다만 옮긴이는 표기를 하는 데 몇 가지 노력을 기울였다. 우선 소세키를 '나쯔메 소오세끼'라고 표기하였다. 원어 발음과 가깝게 표기하기 위한 노력으로 본다. 물론 이렇게 써도 일본어의 소리값을 온전히 받아 적었다고 보기 어렵다. 나쯔메의 '쯔'는 사실 훈민정음에 있는 반치음에 가까운 소리, 쓰와 쯔의 사이에 낀 그런 소리가 아닐까 싶다. 그래도 옮긴이의 노력이 지향점을 어디에 두었는지 짐작하기는 어렵지 않다. 농구선수 마이클 조던Michael Jordan을 미국농구 해설가 한창도는 굳이 '마이클 졸던'으로 읽었는데, 나는 그가 왜 그랬는지 충분히 이해했다. 그런데 이번에는 소설의 제목을 아예 확 바꾸어버렸다. '이 몸은 고양이야'.

동양의 언어를 라틴계 언어로 번역하기는 매우 어렵다. 그 반대도 물론 어렵다. 메이지 시대 일본의 지식인들은 유럽의 지식정보 외에도 지식언어를 번역해내기 위해 악전고투했다. '사회社會', '개인個人', '자연自然' 등은 모두 그때 번역되어 일본은 물론 한국과 중국, 대만 등에서 대부분 그대로 사용하는 단어가 되었다.

야나부 아키라柳父章가 쓴 『번역어 성립사정』은 그 고투의 기록이다. '吾輩は猫である'는 영어로 번역할 경우 'I am a cat'이라고 쓸 수밖에 없다. 하지만 일본어 '吾輩は猫である'는 그렇게 멋없고 건조한 말이 아니다. '나는 고양이로소이다'라는 제목은 그래서 매우 훌륭하다. 익숙해진 정보에 반하는 새 정보가 강력하게 제시되면 약간 거부감을 초래할 수 있다. 나는 '이 몸은 고양이야'라는 제목이 거북했다. 번역자나 출판사에서 뭔가 새롭게 보이거나 의미를 부여한 듯이 보이고 싶어서 '오버'를 했나 싶기도 했다. 『희랍인 조르바』를 『그리스인 조르바』로 바꿀 때와는 경우가 다르니까.

옮긴이도 제목을 바꾸는 시도를 하면서 약간 걱정을 한 모양이다. 그는 '작품해설'의 마지막에 제목을 바꾼 이유를 설명하였다.

> 버려진 새끼 고양이가 …(중략)… 젠체하는 느낌을, 이 번역(나는 고양이로소이다)이 잘 살리고 있다고는 여겨지지 않습니다. 본문 역시 …(중략)… 38살 소오세끼가 한국의 독자들에게, 까칠하고 시건방진 새끼 고양이처럼 말을 건넨다면 어떤 말투일까를 상상하며 …(중략)… 옮겨보았습니다.

일본어를 오래 공부한 나의 딸에게 물었더니 "뉘앙스를 잘 살린 아주 좋은 제목"이라고 대답하였다. 그러니 내 일본어 실력으로는 옮긴이가 고민 끝에 정한 제목을 붙들고 늘어질 수가 없다. 다만 나는 새 번역이 읽기에 편하고 느낌을 잘 살렸다고 생각하지 않는다는, 개인의 의견을 이 글에 남겨 둔다. 또한 옮긴이가 우리말 문장 쓰기에 능숙하다는 생각도 하지 않는다. '잘 살리고 있다고는 여겨지지 않습니다' 같은 문장은 기쁘게 읽기 어렵다. 나라면 '잘 살렸다고 여기지는 않습니다' 정도로 고쳐 적겠다.

문장에 대한 선호는 사람마다 차이가 있다. 그리고 나에게는 선고를 할 권리가 없다. 책에 대해 글을 쓰면서 굳이 이름이 들어간 문패를 넣는 이유는 글에 자신이 있어서가 아니다. 오히려 그 반대이다. 선언적 언어를 사용할 만한 내공이 나에게는 없다. 그러므로 나의 글은 틀릴 위험이 늘 있다. 그러니 내가 다루는 책에 대한 글이 혹여 뭉그러지더라도 책이나 지은이, 옮긴이의 허물은 아니라는 사실을 분명히 밝힌다. 이름을 문패로 걸면 글의 주인이 누구인지 분명하니, 틀렸다면 비판받아야 할 사람도 분명해지는 것이다. 아무튼 『이 몸은 고양이야』는 낯선 책이다. 낯섦을 원했다면 기획자의 승리다. 그러나 나는 기왕에 나온 책, 소오세끼가 아니라 소세키가 쓴 책이 읽기 편하다. 고양이가 자신을 '이 몸'이 아니라 '나'라고 표현한 옛 소설이 읽기 좋다. 다만 이 소설의 감미로운 대목에서 열어 보이는 정서의 세계는 새 번역이 훨씬 아름답다고 느낀다. 그러한 부분을 지나갈 때는 마치 하이쿠를 읽는 기분이 든다. 띠지부터가 그렇다.

"태평스러워 보이는 사람들도 마음 깊은 곳을 두드려보면 어딘가 서글픈 소리가 나지."

최일남의 새 소설집 『국화 밑에서』

2017-09-22

최일남은 1953년 단편 「쑥 이야기」를 『문예』에, 1956년 단편 「파양」을 『현대문학』에 실어 소설가가 되었다. 등단한 지 올해로 64년째. 여든다섯 노장이지만 여전히 현역現役이며 그 사실을 증명하듯 새 소설집 『국화 밑에서』를 출간했다. 2004년에 『석류』를 낸 지 13년 만에 펴낸 그의 열네 번째 창작집이다. 2006년부터 2013년 봄까지 쓰고 발표한 단편 일곱 편을 묶었다.

최일남은 그가 숨 쉬는 시대의 사람과 풍경의 깊이를 해학과 유머 넘치는 명문장에 담아냈다는 평가를 받는다. 문학평론가 권영민은 「삶의 진실과 소설적 상상력」이라는 글에서 "최일남의 문학은 젊음으로 가득 차 있다. 여기서 말하는 젊음이란 작가의식의 치열성을 뜻하는 말이다. 그는 문단의 원로를 자처하지도 않으며, 붓을 내던진 채 작가 행세를 하지도 않는다"고 썼다.

권영민의 설명에 따르면, "최일남 문학의 젊음은 그의 작가적 시각이나 태도에 그대로 나타난다. 그의 소설은 어정쩡한 타협으로 이야기를 마무리 짓는 법이 없다. 가야할 길과 버려야 할 것들이 분명하다. 그러나 이것은 태도의 냉혹성을 말하는 것이 아니다. 그의 언어는 구슬리는 말이 더 많고, 그의 이야기 속에는 소박한 인간미가 깃들여 있다. 다만 현실의 비리와 모순에 대해서만은 비정의 냉혹성을 보일 뿐"이다.

『국화 밑에서』를 쓴 노령의 소설가는 어떻게 생각하는가. 최일남은 '작가의 말'에서 "내놓고 실토하기 무엇하지만 요즈음의 노년소설은 형식이 예전보다 많이 다른 듯하다. 객관적 서사敍事와 상상력의 단순한 비교를 두고 하는 소리가 아니다. 나같이 문단 데뷔 초장을 납鉛 냄새, 즉 신문사에서 보낸 사람은 더구나 처신이 힘들었다"고 고백하고 있다.

그의 새 소설집에서는 인생의 석양을 사는 사람들의 시선에 담기는 풍진 세상의 희로애락이 덤덤하게 펼쳐진다. 하루에 두 군데 장례식장을 방문하게 된 주인공이 상주와 대화를 주고받는 표제작 「국화 밑에서」는 장례를 둘러싼 풍속을 평하고 유년의 기억을 더듬는 이야기다. 소설가에게 세월에 따른 장례 풍속의 변화를 체감하는 일은 곧 자신을 둘러싼 실존과 죽음의 의미를 성찰하는 일과 다르지 않다.

하늘 아래 새로운 것이 없다는 문물의 내력에 비추면 새삼 놀랄 게 못 된다 이걸세. 말인들 다를까. 생성, 소멸의 계기와 유효기간이 각각 다른 사람의 입말을 누가 무슨 수로 내치고 들이나. 우리 연배는 돈 주고 배운 공력이 아깝고 그 말과 허물없이 지낸 정의情誼가 하도 깊어 쓰레기통에 버렸던 놈까지 다시 줍는 경우마저 있잖은가. 깨끗이 씻어 새말에 곁들이면 섞어찌개 같은 맛이 한층 구수하고.*

이 책에는 특별한 구석이 있다. 최일남은 '작가의 말'에서 "이번에 더 좀 유념한 것은 일본이다. 일본어 교육을 받은 마지막 세대의 한 사람으로 비망록備忘錄을 적듯이 썼다"고 털어놓았다. 일제강점기 일본어 사용을 강요받은 유년의 기억이 일본어의 자장에서 자유롭지 못한 스스로를 인정하여 그 시절 일본어에 대한 기억을 '비망록을 적듯이' 써낸 한편, 모국어에 대한 관심으로 이어졌을 것이다. 이는 또한 글쓰기의 본질을 향해 나아간다.

언문일치가 나쁘지는 않되 글 각각 말 각각의 내력은 어쩔 수 없다네. 터진 입으로 마구 주워섬긴 언어의 파편을 무수한 붓방아질 끝에 다소곳이 내미는 글과 어떻게 비교해. 게다가 이 사람아. 넓은 의미에서 비유는 글쓰기의 알파요 오메가라구. 잘빠진 비유 하나 열 문장 부럽지 않은 이치가 여기 있다네.**

---

* 21~22쪽.

** 「메마른 입술 같은」, 54쪽.

최일남의 새 소설집은 이렇듯 인문의 향기로 가득하다. 그러기에 문학평론가 정홍수는 "최일남 선생의 문학에서 소설의 지혜와 인간의 기품은 하나"라고 했을 것이다. 문학평론가 권성우는 또한 "『국화 밑에서』에 이르러 이 시대의 한국 소설은 노년의 실존과 내면에 대한 또 하나의 인상적인 경지와 단단한 묘사를 갖출 수 있게 되었다"고 평가했다.

토마스 만의 『로테, 바이마르에 오다』

2017-04-07

독자는 여러 가지 방법으로 토마스 만Thomas Mann을 만난다. 『마의 산Der Zauberberg』을 읽고 그의 글에 빠져들거나 『베네치아에서의 죽음Der Tod in Venedig』을 읽고 매혹된다. 『요셉과 그의 형제들Joseph und seine Brueder』은 어떤가. 그러나 『바이마르의 로테Lotte in Weimar』를 읽은 독자는 많지 않을 것이다. 국내에 번역된 사례가 없다.

이번에 창비에서 '창비세계문학' 시리즈의 쉰다섯 번째 책으로 내놓았는데 임홍배가 옮겼다. 제목이 『로테, 바이마르에 오다』이다. 이 출판사에서는 기존에 알려진 것과는 다른 제목을 자주 선보인다. 시리즈 54번, 나쓰메 소세키가 쓴 소설의 제목도 '나는 고양이로소이다'가 아니고 '이 몸은 고양이야'다. 그 제목은 일본어 '와가하이와 네코데아루吾輩は猫である'를 어감에 맞게 번

역했다고 하니 그런 줄 알면 그만이다. 하지만 『로테, 바이마르에 오다』는 언어 감각의 문제가 아니고 사실(史實 또는 事實)의 문제다. 눈치가 빠르다면 우리나라에 처음 번역돼 나온 토마스 만의 책이 어떤 내용인지 짐작할 수 있을 것이다.

괴테Johann Wolfgang von Goethe는 1775년 11월 작센바이마르아이제나흐 대공국의 군주 카를 아우구스트Karl August의 초청을 받아 바이마르에 갔다. 거기서 유럽 지성 세계의 슈퍼스타로 성장하였다. 그러나 정무를 맡아 일하는 동안 심신의 피로를 느낀 그는 이탈리아로 여행(1786년-1788년)을 떠난다. 이 여행은 훗날 『이탈리아 기행』으로 정리되었다. 이탈리아에서 남국의 태양과 에너지를 충전하고 아름다운 자연과 고미술 작품들을 접하면서 자극받은 그의 내면은 질풍노도Sturm und Drang의 시기를 지나쳐 독일 고전주의 문학의 완성을 향해 나아간다.

괴테는 여러 여성을 사랑한 정열적인 남자였다. 그의 생애에 이름이 샤를로테(로테는 애칭)인 여성 두 명이 등장한다. 하나는 샤를로테 부프Charlotte Buff, 또 하나는 샤를로테 폰 슈타인Charlotte von Stein이다. 아마도 우리 머릿속에는 괴테의 두 로테가 뒤죽박죽돼 있을 것이다.

괴테는 라이프치히 대학교에서 법학을 공부하고 법률실습을 위해 1772년 베츨라어 고등법원으로 갔다가 첫 로테를 만났다. 그녀의 나이는 열여섯, 요한 크리스티안 케스트너Johann Christian

Kestner란 사나이와 약혼한 사이였다. 괴테는 그녀를 뜨겁게 사랑했다. 그러나 로테는 괴테에게 "우정 이상은 바라지 말라"고 했다. 괴테가 고향인 프랑크푸르트(암 마인)로 돌아가 반년쯤 지났을 때, 베슬라에서 예루살렘이란 친구의 자살 소식을 들었다. 불행하게도 친구의 아내를 사랑한 예루살렘은 하필 케스트너에게서 빌린 총으로 목숨을 끊었다. 이 두 가지 경험이 『젊은 베르테르의 슬픔』으로 형상화되었다.

두 번째 로테는 괴테가 '지적 차원'에서 만난 최초의 여성이다. 그녀가 괴테의 전 생애를 지배하는 상징이자 잠재의식임을 1,500통이 넘는 편지가 말해준다. 그녀는 괴테의 삶에 등불 같은 존재였으나 예절과 관습을 존중했고, 괴테에게 누이 이상의 존재가 되지는 않으려 했다. 단막극 「남매Die Geschwister」와 서정시 「달에게An den Mond」, 「잔Der Becher」, 「사냥꾼의 저녁노래Jaegers Abendlied」, 「바다여행Seefahrt」 등은 모두 샤를로테 폰 슈타인과 관계가 있다. 괴테의 시(Warum gabst du uns die tiefen Blicke?) 한 대목은 지금 읽어도 가슴 깊은 곳을 울린다.

(전략)
그대는 내 존재 전부를 알았습니다.
어떻게 가장 순수한 현이 울리는지도 엿보았습니다.
눈길 하나로 나를 읽을 수 있었습니다.
인간의 눈이 간파하기 어려운 시선으로.

뜨거운 피에다 절제를 방울방울 떨어뜨려 주었고
길 잃은 거친 걸음을 바로잡아 주었습니다.
부서진 가슴은
그대 천사의 품 안에서 다시 안식을 취했습니다.
마술처럼 가볍게 그를 비끄러매어
나에게 많은 날을 요술로 꺼내 보여주었습니다.
(중략)
그리고 그 모든 것에 관한 기억 하나만이
흔들리는 마음을 아직도 맴돌고 있습니다.
오랜 진실이 마음속에서 영원히 변함없음을 느낍니다.
하여 새로운 상태는 그에게 고통이 됩니다.
하여 우리는 서로에게, 혼을 절반만 불어 넣은 사람들 같습니다.
가장 밝은 대낮에도 우리 주위는 어슴푸레 가물거립니다.
(후략)

1816년 가을, 노부인이 바이마르를 방문한다. 동생 부부를 만나기 위해서라고 했다. 딸과 하녀가 동행했다. 노부인은 호텔 숙박부에 '샤를로테 케스트너, 결혼 전 성 부프'라고 적는다. 『젊은 베르테르의 슬픔』에 나오는 그 '로테'가 왔다는 소식이 온 도시에 삽시간에 퍼졌다. 로테를 만나려는 방문객이 줄을 잇는다. 로테는 괴테와 관련이 있는 다양한 인사들을 차례로 만나 '예술의 사제'이며 '정신적인 존재'로 추앙받는 괴테에 대해 대화한다. 『로테, 바이마르에 오다』는 바로 200년 전의 어느 재회에서 소재를 얻어 쓴 책이다. 당대의 베스트셀러 『젊은 베르테르의 슬픔』을 낳은 젊은 날의 인연으로부터 44년이 지난 뒤 괴테와 로테가 재회한 것이다. 두 사람의 만남은 세상을 떠들썩하게 한 데 비해 특별한 이야기를 남기지 않았다.

토마스 만은 괴테와 로테의 재회를 심상하게 보아 넘기지 않았다. 소설 속에서 로테는 괴테를 새롭게 조명하며 그 거대한 존재를 환기하는 주체가 된다. 토마스 만은 인간과 생에 대한 철학적 통찰을 심도 깊게 전개한 작가로, 독일 문학의 전통을 계승해 세계 문학의 수준으로 끌어올린 예술가라는 평가를 받는다. 그는 이 책에서 괴테를 통해 예술과 예술가, 인간의 정신과 삶 같은 묵직한 주제들을 풀어낸다. 괴테의 작품과 관련 사료 들을 촘촘하게 엮어 넣으며 괴테를 탐구하는 동시에 자신의 문학적 주제들을 성찰하고 전진시킨다. 따라서 이 책을 번역하려면 괴테와 토마스 만이라는 문학사의 두 거인에 대한 폭넓은 이해가 필요하다. 아마도 그 어려움이 지나치게 커서 그동안 번역서가 나오지 않았을 것이다. 출판사의 책 소개는 참으로 적절해서 더 잘 쓰기 어렵다.

"이 작품은 괴테에게 사랑의 '원형'이라고 할 수 있는 로테를 중심으로 이어진다. 숱한 편력을 거친 노년의 괴테는 이제 '정신적으로 고양된 삶이기에 더 풍성한 사랑'을 한다. 이는 괴테의 사랑이 언제나 창작의 원체험으로서 한 개인이 아닌 더 높은 세계로 향하는 것이라는 의미이기도 하다. 그리고 이러한 점에서 누구보다 더 '위대함의 제물'이었던 로테를 통해 괴테의 삶과 예술을 여실하게 돌아볼 수도 있게 된다. 괴테의 세계를 관통하는 '구원의 여성성'이 이 소설에서는 로테를 통해 구현되며, 신의 자리에서 내려온 괴테의 모습을 드러내는 계기를 만든다. 그리고 로테는 '제물이자 제물을 바치는 사람'인 괴테와 마침내 화해하며 '수많은 이름을 가졌으나 결국 하나의 유일자'로서 자신의 사랑을 확인한다."

헤더 W. 페티,
『Mr. 홈즈 Miss 모리아티』

셜록의 숙적
모리아티가 여자였다면…

2016-08-29

제임스 모리아티James Moriarty는 아서 코넌 도일의 추리 소설 「셜록 홈즈 시리즈」에 등장하는 인물이다. 21세에 훌륭한 과학 논문을 작성할 정도로 높은 지적 능력을 가진 천재 수학자이자 명망 있는 강연자다. 로버트 다우니 주니어가 주연한 영화 「셜록 홈즈, 그림자 게임Sherlock Holmes: A Game of Shadows」에서 홈즈는 모리아티의 필적과 서명을 분석해 그의 내면을 이렇게 정리한다.

> 교수님의 필적을 심리적으로 한번 분석해 볼까요. P자, J자, 그리고 M자의 위로 향한 획은 천재 수준의 지적 능력을 나타내고, 하단부의 장식은 대단히 창의적이면서도 꽤 까다로운 성격을 말해주는군요. 하지만 글자의 전반적인 기울기와 표면에 가해진 압력을 관찰해보면 극도의 나르시시즘과 공감 능력의 절대적인 결여, 광기에 가까운 윤리 의식의 부재가 현저하게 드러납니다.

이 부분은 최근 서민 교수가 쓴 칼럼을 생각나게 만든다. 제목은 「독서가 취미인 대통령님께」. 서 교수는 『내 옆에는 왜 이렇게 이상한 사람이 많을까?』라는 책의 39쪽을 인용한다.*

> "어떤 남성 운전자가 고속도로를 달리고 있는데 라디오에서 고속도로에 역주행하는 차가 한 대 있으니 조심하라는 뉴스가 흘러나온다. 그러자 그 남자는 고개를 갸우뚱하며 이렇게 말했다. '한 대라고? 수백 대는 되겠다.' … 경계성 인격 장애, 자기애성 인격 장애, 그리고 반사회적 인격 장애가 있는 사람들은 자기 자신에게는 아무런 문제가 없다고 생각한다 … 사람들은 이들이 결코 변하지 않을 거라고 생각하기 때문에 결국에는 곁을 떠나게 된다."

천재라고 해서 모두 인격 장애인이라고 할 수 없듯이, 인격에 장애가 있다고 해서 모두 천재는 아니다. 후자는 쓸모조차 없어서 문제지만. 아무튼 인격 장애란 근본적으로 위험한 심리 현상으로서 치료가 필요하다. 소설이나 영화에 등장하는 천재 인격 장애인들은 보통 사람이 상상하기 어려울 정도로 두뇌가 명석할 뿐 아니라 신체적인 능력도 탁월하다. 한마디로 '일류싸움꾼'이다. 오죽하면 천하의 홈즈가 모리아티와 격투를 하다가 이기지 못하고 함께 죽어 버렸을까.

홈즈와 모리아티가 죽은 곳은 라이헨바흐 폭포Reichenbachfall다.

---

* 아마 동양북스에서 나온 『내 옆에는 왜 이상한 사람이 많을까?』일 것이다.

마이링겐Meiringen이라는 도시에서 약 1㎞ 떨어진 곳에 있는데, 낙차가 250m나 된다. 폭포 위에서 싸우다 아래로 떨어졌으니 안 죽으면 이상하다. 아서 코넌 도일은 「마지막 사건」이라는 작품에서 홈즈가 모리아티와 싸우다 폭포 아래로 떨어져 죽었다고 썼다. 그러나 독자들이 난리를 쳐서 후에 살려내지 않을 수 없었다. 결국 홈즈는 구사일생으로 목숨을 건져 절친한 친구 왓슨 앞에 모습을 나타낸다.

홈즈는 죽어서는 안 될 만큼 인기 있는 캐릭터다. 그러기에 코넌 도일이 죽은 뒤에도 홈즈가 등장하는 소설이 많이 나왔다. 지난해 나온 『셜록 홈즈 마지막 날들』(황금가지)도 그중 하나다. 홈즈는 아흔세 살 노인이 되었고 왓슨도 허드슨 부인도 모두 죽고 없다. 홈즈는 은퇴해서 서섹스에서 양봉을 하며 만년을 보낸다. 이 작품은 영화 〈미스터 홈즈〉의 원작이기도 하다. 영화에서는 〈반지의 제왕〉에서 간달프 역을 맡은 이안 매켈런이 홈즈로 나온다.

그런데, 『Mr. 홈즈 Miss 모리어티』는 이러한 소설군 가운데서도 특별하다. 홈즈의 숙적 모리아티(책에 모리어티로 나오지만 국립국어원 표기법에 따라 모리아티로 쓴다)가 여자였다는 가정에서 출발하는 소설이다. 홈즈는 하이틴인데 타인의 감정에 아랑곳없이 자신의 생각과 추리를 자신만만하게 꺼내놓는 점은 원작의 홈즈와 크게 다르지 않다. 다만 '여주인공' 모리어티와 하이틴답게 '밀당'을 해가며 짜릿한 로맨스를 꽃피우니 희한한 일이 아닌가.

둘 사이에 무슨 일이 벌어질까. 정분이라도 난다는 건가? 안 가르쳐준다. 사서 읽어보시길.

딱 하나, 귀띔하자면 소설 속에서 모리아티는 '나'다.

페터 한트케,
『보덴호수 말 타고 건넌 기사』

2016-03-18

나는 대학생이었다. 늦은 오후 수업, 국어국문학과 학생이 연극영화과 학생들과 함께 듣는 과목이니 시나리오 또는 희곡론이었으리라. 문과대 건물을 나서니 어둑했다. 연영과 여학생이 연극 팸플릿을 주었다. 〈보덴호수 말 타고 건넌 기사〉. 서울 운니동에 있는 실험극장에서 공연했다. 1984년 9월 5일. 마지막 날이었다.

그날 내게는 돈이 없었다. 필동에 있는 '이층집'(단골 식당 또는 술집)에서 소주를 한 잔 하면 집에 갈 차비조차 없을 터였다. 나는 터덜터덜 걸어서 덕성여대 근처에 있는 작은 극장을 찾아 갔다. 담배를 피우며 연극이 시작되기를 기다렸다. 지금도 이 연극을 생각하면 배고픔과 쓴 담배 맛이 떠오른다.

〈보덴호수 말 타고 건넌 기사〉는 페터 한트케의 작품(Der Ritt

uber den Bodensee)이 원작이다. 전설 속의 젊은 기사는 겨울밤에 말을 타고 살얼음에 덮인 보덴제를 건넌다. 그는 나중에 자신이 얼마나 큰 모험을 했는지 깨닫는 순간 말에서 떨어져 죽는다. 한트케는 작중인물들의 언어가 무의식과 기대와 태도를 강화하는 얇은 얼음과 같음을 보여준다. 장난으로 시작한 언어유희가 나중에는 인간의 행동을 지배하는 강제성을 갖는다.

'건축가 부부' 노은주 · 임형남은 지난해* 10월 '골목 발견' 연작의 일부로 운니동 골목을 다룰 때 이렇게 썼다. "1970년대 우리나라에는 연극이 문화의 상징이고, 정기적으로 연극을 보지 않으면 지성인으로서 결격이 되는 듯한 묘한 분위기가 있었다. (중략) 영화보다 훨씬 비싸고 내용도 어려웠는데도 많은 사람이 몰려갔다."

나는 1983년 5월 13일에 추송웅의 모노드라마를 본 뒤 연극에 빠져들었다. 그는 모교의 중강당에서 〈우리들의 광대〉를 공연했다. 봄 축전 행사의 일부였다. 추송웅은 신들린 듯 연기했다. 엄청난 에너지로 무대를, 소란하기 짝이 없던 그 큰 공간을 완전히 장악해 버렸다.

추송웅을 대표하는 작품 가운데 〈빨간 피터의 고백〉이 있다. 원작은 프란츠 카프카가 쓴 「학술원에 드리는 보고Ein Bericht fur eine Akademie」다. 내용은 이렇다. '아프리카에서 생포된 원숭이가

* 2015년.

인간의 말을 배우고 지식을 습득해 서커스 스타가 된다. 원숭이는 학술원 회원 앞에서 인간과 문명에 대한 환멸을 쏟아낸다.'

주호성이 2016년 3월 23일부터 4월 3일까지 서울 예그린시어터에서 〈빨간 피터〉를 공연한다는 소식에 대뜸 추송웅을 떠올렸다. 그래서 '가수 겸 탤런트 장나라의 아버지인…'으로 시작되는 신문기사는 눈에 들어오지 않았다. 나도 보러 간다. 배우의 연기가 훌륭했으면 좋겠다. 그래야 원작자와 작품, 먼저 전설을 남긴 대배우에 대한 예의를 다할 수 있다.

이태 전 여름, 독일로 출장을 가 도서관을 몇 곳 방문하고 자동차를 운전해 오스트리아로 넘어갈 때 보덴제를 지났다. 프라이부르크를 떠나 인스브루크로 가는 길이었다. 아내와 함께 갔다. 한여름 태양 아래 물결이 반짝였다. 자동차를 세우고 오랫동안 호수를 내려다보았다. 그때 대학생 시절에 본 연극과 추송웅을 떠올렸다. 아내에게 말했다.

"다시 오자. 허리까지 눈이 쌓인 추운 겨울 밤, 이곳 어딘가에서 길을 잃고 작은 주막에 들러 며칠이고 보덴제를 내려다보자"고.

조명이 쏟아지는 무대는 한 공간을 넘어 세계로 확장한다. 그럼으로써 배우 뿐 아니라 관객을 그 세계에 가둬 버린다. 명작이 강요하는 그 황홀한 고립은 시간과 세대를 뛰어넘어 실재하게 마련이다. 그렇기에 그 해 여름 나의 다짐은 빨간 피터와 광대, 배고팠던 저녁의 기억과 더불어 언제나 현재로서 내게 남아 있다.

2부

시

김광규, 『안개의 나라』

2018-01-26

대학교에 들어가 시를 배울 때 시집을 많이 사서 읽었다. 좋은 시집을 잇달아 내는 출판사가 세 곳 있었다. 문학과지성, 창작과비평, 민음사. 고려원 같은 데서 시집을 내기도 했지만 명이 길지는 않았다. 나의 시 공부에 가장 도움이 된 책은 주로 민음사에서 나왔다. 물론 이 도움은 출판사나 그곳에서 시집을 낸 시인의 역량과 무관하다. 또한 대체로 그렇다는 말이지 100%란 뜻은 아니다.

창작과비평에서 낸 시집에는 내 가슴을 달구고 눈시울을 뜨겁게 하는 시가 많았다. 『국토(조태일)』, 『저문 강에 삽을 씻고(정희성)』 『농무(신경림)』 『사평역에서(곽재구)』…. 문학과지성에서 낸 시집들은 솜씨를 베끼고 싶은 시를 여럿 담고 있었다. 나는 오규원이나 황지우의 시는 지식과 훈련의 결과물이라고 보았다. '나는 극좌와 극우의/양쪽 모서리를/함께 꾸욱 누른다//(중략)//극좌와 극우의 흰/고름이 쭈르르 쏟아진다(오규원, 「빙그레 우유 200㎖ 패키지」)'. 기술 하나는 끝내준다고 생각했지만 별로 감동하지 않았다.

그리고 최근까지 김광규도 마찬가지라고 생각해왔다. 그에 대한 인상을 바꿔야 할 여러 가지 이유와 사건이 있었지만 나는 고집을 부렸다. 그러나 김광규가 나에게는 교사였으며 지속적으로 나의 내면을 꾸짖는 시를 써왔다는 사실은 밝혀둔다. 나는 모교의 문예창작학과에서 시 창작을 강의할 때 학생들에게 김광규의 시를 많이 읽으라고 했다. 과제로 그의 시 다섯 편을 외게 한 적도 있다. 내가 대학생일 때, 소설가 정찬주가 대학로에 있는 '밀다원'으로 불렀다. 그는 나에게 읽을 만한 시집을 소개해달라고 했다. 소설가에게 가장 필요한 일 중 하나가 시 읽기라면서. 나는 김광규의 시집을 권했다.

아시아경제 문화 면에 들어갈 기사를 쓰느라 독일 시인 미하엘 오거스틴을 인터뷰할 때, 좋아하는 한국 시인을 물었다. 그는 친구 박제천과 김광규의 이름을 댔다. "김광규와 그의 아내가 내 시를 읽기 위해 번역했다. 김광규의 시는 잘 번역되어 독일에서도 널리 읽히고 있다. 그는 세련된 시인이다." 그러고 보니 김광규는 대학에서 독문학을 전공했다. 내가 읽기에 김광규의 시는 그의 나이(1941년생)보다 젊다. 나는 고은이 아니라 김광규가 노벨문학상을 탈지도 모른다고 생각한다.

나는 내게 시를 배우는 학생들에게 김광규가 쓴 「목발이 김씨」

를 반드시 읽힌다. 1983년에 나온 시집 『아니다 그렇지 않다』에 실린 작품이다. 시에 나오는 김씨는 지하 5층, 지상 30층짜리 '서울빌딩'을 지을 때 막일을 한다. 그러다 사고가 나 한쪽 다리를 잃는다. 그는 발을 헛디딘 13층 비상계단 입구의 공사가 어떻게 마무리되었는지 궁금해 서울빌딩을 찾아간다. 하지만 현관 앞에서 수위가 그를 가로막고, 쓰레기를 거두는 뒷문도 험상궂은 문지기가 막아선다. 시인은 묻는다. '김씨는 돌아서서/어디로 가나'.

김광규의 시가 젊다고 느끼는 이유는 그가 언제나 현재와 현실을 뚫어져라 바라보고 있기 때문일지 모른다. 최근에 나온 시집 『오른손이 아픈 날(2016)』에서도 그는 태도를 바꾸지 않는다.

> 무의미한 연명치료를 거부하는
> 사전의료지시서를 작성한 다음
> 시작할 엄두도 못 내고 오랫동안
> 미뤄왔던 문안을 이제야 몇 줄 적었다
> 변호사에게 맡기려고
> 다시 읽어보니 그러나
> 너무 통속적인 허튼소리 아닌가
> -나의 서재는 사후에 아르키프로 남겨라
> (후략) *

---

* 「쓰지 못한 유서」

김광규의 선집이 나왔다. 『안개의 나라』. 책을 받아들고 나는 걱정했다. '이제는 김광규의 시집이 더 나오지 않나?' 그래서 몹시도 싸늘한 아침나절, 언제 어디서든 줄줄 욀 수 있는 그의 시 몇 편을 찾아 활자를 눈에 새겼다. 그는 시 속에서 자주 묻는데, 대답하기 어려운 것도 있다. '우리는 모두 무엇인가 되어/혁명이 두려운 기성세대가 되어/넥타이를 매고 다시 모였다 … 부끄럽지 않은가/부끄럽지 않은가(후략, 「희미한 옛사랑의 그림자」)'. 이제 나는 묻는다. 김광규가 시의 문을 닫으면 나는 돌아서서/어디로 가나.

이시영, 『시 읽기의 즐거움』

김수영에 대한 여러 이야기

2016-07-11

포털 검색창에 '김수영'을 쳤더니 기사가 무더기로 뜬다. 〈미디어 펜〉이라는 데서 최근에 매우 열심히 써냈다. '김수영은 민중문학 희생양 … 우상의 가면 벗겨야 할 때', '복면 시인 김수영과 패션좌파의 지적사기 전성기', '김수영의 시 「풀」이 '민중'의 가면을 쓰게 된 까닭은?', '백낙청 · 염무웅, 김수영 시 살해를 당장 멈춰라', '김수영 · 강신주 붐과 패션좌파의 지적사기 전성기', '저항의 시인 김수영? …좌파문단의 불온한 띄우기', '분노 · 양심의 시인? '김수영' 신화 만들기' …. 목덜미와 귀 뒤쪽을 긁적거리며 몇 줄 읽다 그만두었다. 재미없다. 제목은 거창한데 글에 박력이 없다.

시인 오세영이 한바탕 후려친 적이 있다. 그는 『계간 시학』의 2002년 가을호에서 임화, 김수영, 김광섭 등 현대 시인들의 작품을 비판했다. "현대시 비평이 지나치게 이념 중심으로 작품에 접근하고 있다. 식민지 시대 프롤레타리아 시의 최고 전범으로 추켜세워진 임화의 「우리 오빠와 화로」는 문학적 유치함과 치졸성에 차라리 웃음이 나올 지경이다." 오세영은 김수영의 「풀」에 대해서는 '저급한 알레고리, 막연하고 불분명한 내적 감정, 비논리, 옹색한 상상력 등의 문제점'을 지적했다. 그에게는 김광섭의 「성북동 비둘기」도 저급한 정치시고 "이를 일급 시로 평가하는 것은 문단권력에 대한 아부이고 문단상업주의에 대한 영합"이었다.

이 글은 2005년에 『우상의 눈물』이라는 평론집에도 실렸다. 오세영은 책이 나올 즈음 언론과 인터뷰하면서 강조했다. "「우리 오빠와 화로」는 사춘기 소녀의 감상적인 편지글 수준을 뛰어 넘지 못한 글이에요. 김수영의 「풀」도 수준 낮은 시적 상상력의 산물이에요." 2014년에도 같은 말을 했다. "김수영을 좋아하지 않는 이유는 세 가지입니다. 일단 작품이 훌륭하지 않고, 둘째 참여시인이 아닌데도 참여시인이라고 주장을 하고, 셋째는 창비(창작과비평)그룹이 집단적으로 우상화한 것입니다. (중략) 김수영 씨가 1950년대 초에 시를 쓴 것은 일종의 아방가르드입니다. 「공자의 생활난」 등은 뭐가 뭔지 모르고 쓴 것입니다." '뭐가 뭔지 모르고 썼다'는 말을 나는 적어도 세 번 들었다. 김윤식, 이어령, 오세영에게서. 속으로 생각했다. "알았는지 몰랐는지 저희들이 어떻게 알아?"

자료를 뒤지다 재미있는 사실을 알았다. 한국시인협회가 2007년 10월 14일에 '한국의 10대 시인'을 선정했는데, 거기 김수영이 들어 있다. 김수영은 김소월, 한용운, 서정주, 정지용, 백석, 김춘수, 이상, 윤동주, 박목월 등과 함께 이름이 올랐다. 대표작은 「진달래꽃」, 「님의 침묵」, 「동천」, 「유리창」, 「남신의주 유동 박시봉방」, 「꽃을 위한 서시」, 「오감도」, 「또다른 고향」, 「나그네」 등이다. 김수영은 「풀」. 이때 한국시인협회장이 오세영이다. 오세영은 올해 6월에도 언론과 인터뷰하며 2002년과 다름없는 주장을 했다. 그가 14년이 지나서도 같은 주장을 해야 한다면, 아무것도 달라지지 않았다는 뜻이리라.

이시영이 쓴 『시 읽기의 즐거움』을 읽었다. 책의 1부에 네 번째로 '김수영의 「꽃잎」에 대하여'가 실렸다. 부제는 '임홍배의 해석에 대한 짧은 반론'이다. 이시영은 '누구한테 머리를 숙일까/사람이 아닌 평범한 것에/많이는 아니고 조금'이라는, 시의 앞부분을 제시한 다음 말한다. "이 시의 새로움은 바로 이 '평범'의 발견에 있으며, 사람 아닌 다른 것에 문득 고개를 돌리는, 아니 고개를 숙이고 싶어 하는 시인의 만년의 삶에 대한 뜻밖의 경외를 읽어내는 데에 우리 시 읽기의 핵심이 놓여야 할 것이다." 그리고 「풀」이 나온다. "「풀」이야말로 우리의 손쉬운 해석을 거부하는 진짜 '무의미 시'인지도 모른다. 거기서 '풀'과 '바람'은 (중략) '크나큰 침묵'을 안은 채 '세계와 대지의 양극의 긴장 위에 서 있"기 때문이라고.

나는 김수영을 다룬 글들 가운데 왜 장광설이 많은지 가끔 의아하다. 창비는 책을 3부로 나눠 편집했다. 나는 2부까지만 읽었다.

김승일 시집
『프로메테우스』

2016-04-26

대학에 가서 그림을 그리겠다고 결심한 나는, 5월이 되기도 전에 나라는 놈은 아무것도 아니며 진정 재능 있는 미래의 화가들을 불편하게 하거나 자리를 빼앗고 있다는 사실을 알았다. 철쭉이 만발한 남산에서 한동안 서울 시내를 내려다보다가, "에이 씨X"하고 끝내버렸다.

다음으로 기웃거린 곳이 문사(文士)들의 세계다. 재능이 없음은 분명했으나 현학들을 스승으로 모시고 좋은 선배를 만나 근근이 구차한 글귀나마 적게 되었다. 나의 기웃거림은 지금도 변함이 없거니와 재능과 무관한 객기가 여러 차례 천한 근본을 드러내어 화를 부르기 일쑤다.

대학에 들어간 지 얼마 되지 않아 시에다 잔뜩 욕을 써놓고 제 아비나 어미를 욕보이는 시인과 마주쳤을 때 한바탕 상소리와 주

먹을 앞세워 다툰 적이 있다. 한번은 다른 대학교에서 열린 가을 문학축전에 초대되어 시낭송을 듣다가 불뚝 성을 내 행사를 망쳐 버리기도 했다.

한 여학생이 "햇빛이 눈이 부셔 사람을 죽였을 뿐인데, 무어가 그리도 잘못이란 말입니까아~~"라며 웅변조로 읽다가 급기야 눈물을 흘리는 장면에서 더 견디지 못한 것이다. "니미럴 거 별 X같은 꼴을 다 보겠네, 이게 뭔 놈의 시야!"라며 자리를 박차고 나와 버렸다.

타임머신을 타고 다시 그 시간으로 돌아간다면 결코 그렇게 행동하지 않을 것이다. 반대로 내가 그 시인이거나 그 여학생이었다면, 그리고 누군가 그 시절의 내 앞에서 내가 한 것과 같은 행동을 했다면 결코 인내하지 않았을 것이다. 말보다 주먹이 앞섰을 것임에 틀림없다.

나는 「프로메테우스」라는 제호를 누가 정했는지 알지 못한다. 시인과 편집자가 고심 끝에 결정했으리라. 시집에는 쌍욕과 험한 말이 많이 나온다. 그러니 「프로메테우스」가 시집 전체를 아우를 만한 제목인지는 더 생각해 봐야 알겠다. 어찌 됐든 시집을 손에 쥐었을 때 가장 먼저 목차를 뒤져 페이지를 확인한 다음 표제시를 읽었다.

'당신과 나의 욕설도/무지막지한 주먹 앞에선 나약한 촛불에 지나지 않는다//분노를 훔쳐라//나는 불씨를 어금니에 물고 있

는 어둠이다' (「프로메테우스」 전문·107쪽)

나라면 더 졸여냈을 것이다. 바짝, 그래서 물기가 하나도 남지 않도록. 그렇지만 스타일의 차이를 인정해야 한다. 이 시는 뛰어난 시인의 좋은 시다. 나아가 시집 『프로메테우스』는 '니미럴!'이라며 책장을 확 덮고 던져버려도 좋을 그런 시집이 아니다.

횃불조차 쉽게 끌 수 있다. 하물며 촛불이랴. 요즘 같은 봄날에 마른 산을 뒤덮어 숲과 민가와 고찰을 송두리째 태워 없애는 대화재의 시작은 거대한 화염이나 폭발이 아니다. 저 깊은 곳에 숨어 있는지 없는지조차 분간 못할 불씨, 그 은밀한 기운이 생동하여 천지에 지옥을 펼쳐 보이는 것이다.

그러니 악문 불씨는 내밀한 기대와 희망, 숭고한 씨앗이며 잇몸 깊숙이 뿌리를 내린 어금니가 간직한 통증에 다름 아니다. 불씨와 냉기, 또는 촛불과 어둠을 병치倂置하지 않을 만큼 시인은 세련됐고 상투적인 기술자의 경지에서 멀리 벗어나 있다.

불씨는 프로메테우스의 일부이다. 프로메테우스는 흙을 취하여 인간을 빚되 신의 형상을 베낀 자다. 또한 그 허리를 곧추세워 흙이 아니라 한낮의 태양과 밤하늘의 뭇별을 바라보도록 한 자이다. 아테나가 숨을 불어 넣었으니 인간의 숨결은 신의 호흡이다.

나는 시집 『프로메테우스』를 읽기 전에 보도자료를 먼저 받았다. 자료는 시집의 사진과 함께 이메일에 문서로 첨부되어 내게 도착했다. 자료를 주욱 훑어보고 시집에 실린 시편들을 목차로 확인하면서 나는 「마그덴부르크의 저녁」이라는 시가 궁금해졌다. 그래서 이런 메모를 했다.

'시인은 왜 굳이 '마그덴부르크'라는 지명을 사용했을까? 독일 작센안할트주의 마그데부르크Magdeburg를 네덜란드어로 마그덴부르크Maagdenburg라고 표기한다. 어떤 언어든 대충 골라 쓰는 시인은 없다. 시인도 무심하게 사용하지 않았을 것이다.'

시를 읽어본 결과 그냥 네덜란드어 표기를 택한 것 같다. 마그데부르크라고 부르기가 싫었을 수도 있다. 'n'자 하나만 들어가도 어감이 확 달라지니까. 시는 흥미롭게도 1657년에 있었던 '마그데부르크의 반구Magdeburger Halbkugeln'에 대한 실험을 언급한다.

마그데부르크의 시장 오토 폰 게리케Otto von Guericke는 자신이 발명한 진공 펌프를 사용하여 대기 압력의 효과를 보여주기 위해 공개 실험을 한다. 구리로 된 두 반구를 맞추고 그 속의 공기를 빼어 진공 상태를 만든 다음 반구를 분리하는 데 필요한 힘을 측정한 실험이다.

반구를 분리하기 위해 양쪽에서 사람이 잡아당기거나 추를 다는 등 다양한 방법으로 실험했다. 그중 말을 이용한 실험이 가장 유명하다. 게리케가 1672년에 출간한 『진공에 관한 마그데부르크의 새로운 실험』은 모든 과정을 상세히 설명한다.

게리케에 따르면, 반구를 분리하기 위해 양쪽에서 각각 말 여덟 마리가 잡아당겼으나 쉽게 떨어지지 않았으며 마침내 떨어질 때는 총성과 같은 큰 폭음이 들렸다고 한다. 과연 진공은 접착제보다 강하며, 이로부터 시의 이미지를 취한다고 해도 이상한 일은 아니다.

시인은 운동장에 모인 학생들이 양팔을 벌리는 행위, 손끝과 손끝 사이 부는 바람, 뜨거운 물속에서 섞이는 차가운 물, 한쪽 반구에서 다른 반구로 흘러가는 구름들, 혼자가 또다시 혼자가 되는 낙엽과 구름, '나의 괄호'를 잇달아 제시한다. 그래서 읽다 보면 가슴이 아파온다.

시는 다음과 같이 끝난다. '창밖으로 머리를 내밀어 본다/다리도 내밀어 본다/누가 나를 쥐어뜯는 것 같은데/아무도 없다'. 아무도 없음은 곧 이유 없음일까? 진공과 공허, 부재의 속임수. 어제와 오늘이 펑 소리를 내며 갈라진다면 우스꽝스럽다고 말하겠지만 결국은 울 것이다.

진공 속은 거울 속과 마찬가지로 소리가 없다 (거울속에는소리가없소저렇게까지조용한세상은참없을것이오-이상) 진공과 거울. 아아, 시인은 진공 속에 제 영혼을 비춰 보고 있다! 심해와도 같이 제 영혼을 온전히 비춰 보는 침묵 속의 한 공간에 머무르는 것이다.

시인은 '고요한 해저를 어기적거리는/한 쌍의 엉성한 게 다리나 되었으면 좋았을 것을(T. S. 엘리어트)'이라고 노래하고 싶었는지 모른다. 새의 울음이 노래인지 비명인지 알 수 없듯이, 김승일 시인의 고통이 마침내 이르는 곳이 어디인지 나로서는 알 길이 없다.

시집 『프로메테우스』는 갑각류의 고백이다. 견고한 겉껍질, 험한 언어와 불친절한 가리개를 집게발처럼 휘두르며 '함부로 가까이 왔다가는 무사하지 못하리라'고 위협하지만 내면에는 쉽사리 상처를 받고야 말 속살을 숨겼다. 속살은 순결하며 탐욕스런 사냥꾼에게는 향기로운 자양분이다.

시인은 제 살肉을 헐어 우리에게 내민다. 선혈이 줄줄 흐르는 것 같지만 (내가 보기에는) 속임수다. 저 선혈은 향신료이거나 소스일 뿐이다. 아프리카의 초원에는 상처 입은 시늉을 해서 사냥꾼을 부르는 새가 있다. 무언가 숨기거나 보호하고 싶을 때, 새는 다친 시늉을 한다.

배수연 첫 시집 『조이와의 키스』

아련 또는 아찔… 박하향 나는 詩

2018-03-29

배수연은 2013년에 『문학수첩』이라는 잡지의 신인상을 받아 등단한 시인이다. 『조이와의 키스』는 그의 첫 시집이다.

출판사에서는 소개 글에 "박하사탕을 와작 씹었을 때 퍼지는 강렬한 향"이라는 표현을 사용했다. 시인의 글을 해설한 평론가의 글을 인용했으리라. 사실 박하는 맛보다 향이 먼저 폭발한다. 그리고 그 향기는 감각의 차원을 넘어 우리의 사고 속으로 스며든다. 그럼으로써 추상화하는 박하 향은, 수용자에 따라 아련한 추억이기도 하고 아찔한 유혹이기도 하고 말 못 할 절망이기도 하다. 이 모든 것을 함축하거나 두서없이 펼쳐놓거나. 박하 향이라…. 아무튼 배수연의 첫 시집에서 젊은 시인의 체취를 강하게 느끼지 못한다면 틀림없이 축농증 환자다.

딱 요즘 같은 계절에, 큰길에서 집으로 가는 골목으로 접어드는데 어디선가 크고 작은 눈송이와 꽃잎이 뒤엉켜 안경을 낀 얼굴에 마구 쏟아진다. 잠깐 뜸한 틈을 타 안경을 벗고 손수건을 꺼내 낯을 닦은 후 "도대체 어떤 놈이야?" 하며 주위를 살핀다. 아무도 없다 싶을 때 턱밑에서 기척이 들리고, 어린아이가 오른손에 든 꽃과 얼음 범벅을 건넨다. "아저씨도 한번 해보라"며. 아, 곤란하다. 어디다가 던진단 말인가. 받을 수 없다. 뭐라고? '너'한테? 안 될 말이다. 그럴 수 없다. 딱 그 기분으로 『조이와의 키스』를 읽었다.

내게는 버릇이 있다. 새 시집을 받으면 행운을 점치듯 책갈피를 펼쳐 만나는 첫 시를 공들여 읽는다. 가능하면 그 시는 외우려 노력한다. 배수연의 시집에서 읽은 첫 작품은 「오렌지빛 줄무늬 교복」이다. 출처를 짐작하기 어렵지 않은 정서가 오감을 어지럽게 한다. 또한 시인은 어마어마한 재능과 어찌나 순수한지 관능적이기까지 한 미숙함(또는 낯섦)으로 독자를 한편 짜릿하고 한편 서글픈 시간 속에 빠지게 한다. '오소리 같은 심장' '갈색 소스가 흐르는 싸구려 햄버거' '바짓가랑이 아래로 흐르는 베고니아 똥꼬의 유혹' '커서 엄마가 될지 담임이 될지 알려주지 않는 창문'….

얼핏 날것과 같은 이 느낌이 설령 미숙함이라 할지라도 그 미숙함은 결코 문학적 테크닉의 부족에서 오지는 않는다고 본다. 아마도 정서적 에너지의 과잉, 최후까지 붙들고 늘어지는 시인 내면의 그 무엇이 질긴 힘줄처럼 끊어지지 않고 남았기에 불가피

했을 것이다. 예를 들자면 사랑하는 사람에게 진심을 말하려 할 때 우리는 말을 더듬기 일쑤 아니던가. 아니면 완전히 어린애가 돼버리거나. "완전 · 최고 · 슈퍼 · 울트라 · 캡숑 · 짱이에요!" 시인에게는 시간이 필요한 것일까. 그렇지 않다면 시인이 시간의 어떤 부위를 붙들고 놓아주지 않거나. 불타버린 메모지에 남은 시인의 필적-살점.

시집을 만나기 전까지 배수연을 몰랐다. 시인은 대학교에서 서양화와 철학을 전공했다고 한다. 철학은 모르겠다. 그저 그의 시를 읽으면서 서양화가들이 유화를 그릴 때 자주 사용하는 몇 가지 기법을 연상하게 되었다. 먼저 임파스토 기법. 물감을 의도적으로 두껍게 칠해 생생한 붓 자국과 물감의 물성을 강조하는 방법이다. 다음은 글레이징 기법. 물감을 묽게 해서 이미 칠한 그림 위에 얇게 덧칠하는 방법이다. 글레이징은 밑그림이 완전히 건조된 다음에 해야 한다. 잘 활용하면 투명하면서도 광택이 나는 채색을 할 수 있지만 물감이 섞이면 탁해진다.

…
~~우우우우~~

원숭이들은
밤하늘을 보고 아름다움을 알까
원숭이들은 서로의 목덜미에

불을 가져다 대는 놀라움과 슬픔을 알까

여름밤의 폭죽을 봐
울음이 결국 우주의 먼지가 되는 것을
별들은 폭죽에 눈이 멀어
검은 화약 덩어리가 되었어
너의 목에 떨어진 불덩이를
장마는 처마에서 기다리고

나는 밤새 장마를 받아 적어
아무리 크게 읽어도
너는 빗소리밖에 듣질 못하고

그래도 상관없지…*

타고난 시인과 학습한 시인이 있다. 소설가가 되고 싶어 국문학과에 진학한 나는 선배들에게 시를 배웠다. 대학을 절반쯤 다녔을 때 이미 등단해 장학금을 받는 천재 시인들이었다. 등단을 하기 전이나 그 뒤로도 나는 배워서 시를 쓰는 시인의 한계를 여러 번 절감했다. 타고난 시인들은, 화가에 비유하자면 메워야 할 곳과 여백으로 남겨야 할 곳을 대번에 안다. 스케치를 여러 장 해볼 필요가 없다는 말이다. 배운 시인은 금속을 세공하는 장인처

* 「여름의 집」

럼 품을 많이 들여야 한다. 그런 면에서 배수연이 어떤 시인인지, 그의 첫 시집만 봐서는 모르겠다. 그리고 내게 시를 가르친 선배들이 배수연의 시를 읽는다면 뭐라고 충고할지 궁금하다.

책날개에 인쇄한 사진(김청수 촬영)을 보니 시인은 카메라를 바라보고 있다. 다른 사진도 찾아보았다. (짐짓) 아련하게 먼 곳을 바라보는, 그런 시선이 이 시인에게는 없다. 옆얼굴 사진도 있지만 곧 이쪽을 보거나 이미 본 얼굴이다. 표정으로 이쪽과 대화하고 있음이 분명하다. 그러니 '그래도 상관없지'라고 시인은 말하지만, 사실은 거듭해서, 점점 소리를 높여 우리에게 읽어주는데 그것은 다름 아니라 그의 마음속을 적셔가는 저 빗소리, 불꽃과도 같은 울음인 것이다. 사진만 가지고 판단한다면, 이 시인은 어떤 식으로든 독자를 속이지 않을 것이요, 혹여 속였다는 사실을 들켰을 때라도 '쌍욕'은 하지 않을 것 같다.

요즘 시집을 읽을 때 약간 아쉬운 점이 있다. 대개 평론가가 나서서 시인과 시에 대해 여러 가지 이야기를 하는 반면 시인의 말(글)은 지나칠 정도로 짧아 인색하다고 느낄 정도다. 시인이 지상의 언어를 사용하여 시를 썼을지라도 천국의 소인이 찍혀 있기 일쑤고, 그러므로 신탁oracle을 받아 적는 일을 평론가가 맡는 데 불만은 없다. 하지만 세이렌의 노래 같은, 마성의 언어 말고 오디세우스를 꾀는 인간의 언어도 들어보고 싶은데, 독자에게는 그 기회가 없는 것이다. 배수연이 쓴 '시인의 말'도 짧다.

너에게 줄 수 없는 것들의 목록을 쓰다 밤새 흰 뿔이 생겼다
이 예쁜 봉오리 좀 봐!
너는 길고 뾰족하게 입을 맞춘다.

곤충을 사냥하는 식물, 아니면 그 반대.

성선경 시집 『까마중이 머루 알처럼 까맣게 익어 갈 때』

2018-02-23

서점에서 시집을 사 읽는 독자는 많지 않다. 일반적으로 '독서'라면 대개는 소설이고 나머지는 교양 내지 실용서적일 것이다. 시집이 왜 안 팔리나? 주변에 물으면 대답이 늘 비슷하다. "시는 어려워서" 안 읽는다는 것이다. 어렵다고 하지만 더 솔직히 표현하면 분명히 우리말로 썼는데 무슨 소리인지 알 수가 없다는 뜻이리라. 도무지 알 수 없는 글을 예순 편 정도 모아 놓고 시집 맨 뒤에는 '해설'을 붙였는데 이 또한 알아먹기가 어렵다.

그러나 시란 늘상 어렵기만 한 것이 아니다. 이미지니 상징이니 암시니 운율이니 하는 기술적 장치로 범벅이 되어야만 좋은 시는 아니다. 대중이 사랑하는 몇몇 시편은 너무나도 쉬워 이해조차 필요 없을 정도다. '나 보기가 역겨워 가실 때에는 말없이 고이 보내 드리우리다' 하는 김소월의 「진달래꽃」이 어려운가? '하늘을 우러러 한 점 부끄럼 없기를'로 시작되는 윤동주의 「서시序詩」가 어려운가? 아름다움은 결코 어려움에서 시작되지 않는다.

> 외상술을 마시기에는 이미 너무 늦은 나이
> 외상술을 마시다 진주난봉가를 부르기에는 너무 늦은 나이
> 늦둥이를 위해 뜰에다 벽오동을 심기에는 너무 늦은 나이
> 책을 읽으며 밤을 새우기에는 이미 너무 늦은 나이
> 책에 쓰여진 대로 마음먹고 뜻을 세우기엔 너무 늦은 나이
>
> 그런데
> 술을 마시고
> 외상술을 마시고
> 진주난봉가를 부르고
> 뜰에다, 뜰에다 벽오동을 심는 저 화상
> 넌 누구냐?*

성선경이 쓴 이 시를 읽고 시인이자 뛰어난 독자인 채상우는 이렇게 풀어 썼다.

"자꾸 이런 생각만 든다. 그게 무엇이든 뭘 하기엔 너무 늦은 나이는 아닌가라고. 시인의 말처럼 호기롭게 외상술을 마시는 것도, 그러다 괜스레 기운이 뻗쳐 진주난봉가든 무슨 노래든 헐헐

---

* 「민화20」

부르는 것도 모두 객쩍은 일만 싶다. 그런데 정말이지 그러고 싶다. '외상술을 마시고' 온 동네가 떠나갈 듯 노래를 부르고 뜰에다 벽오동을 심으면서 껄껄 웃고 싶다. 다시 꿈을 꾸고 싶고 그 꿈에 취해 있는 힘 없는 힘 다 쓰고 그만 나동그라져 쿨쿨 자고 싶다."

성선경의 시도 채상우가 풀어쓴 글도 맺힌 곳 없다. 이 쉬운 글들은 우리 마음속에 스며들어 애틋한 감정을 우러나게 만든다. 콘크리트를 다져 지은 집에 물기가 새어들고 벽을 물들이고 퍼릇퍼릇 거뭇거뭇 곰팡이를 피워낼 때 우리는 어느 곳에 금이 갔는지 찾지 못한다. 다만 고요한 가운데 마음 한곳이 출렁이며 창밖에 내리는 비가 단지 거리의 소음만은 아니며 내 마음 깊은 곳을 적시게 됨을 실감한다. 시란 그런 것이다.

성선경이 새로 낸 시집 『까마중이 머루 알처럼 까맣게 익어 갈 때』에는 꽃들과 나무들이 지천이다. 어디를 펼치든 흐드러졌느니 동백, 매화, 복사꽃, 벚꽃, 금마타리, 노랑제비꽃, 두루미꽃, 금강애기나리, 장미, 봉선화, 사랑초, 달맞이꽃, 석류꽃, 하늘매발톱, 호랑가시발톱, 영산홍, 능소화, 호박꽃, 만데빌라, 작약, 모란, 함박꽃, 구절초, 억새, 까마중과 머루 알, 돌단풍, 조팝나무, 백당나무, 앵두나무, 벽오동 ….

채상우가 묻는다. "그런데 어찌하여 이 시집은 이토록 처연한가." 그리고 대답한다. "이유는 단 하나다. 목숨을 건 사랑 때문이다. 그러나 안타까워라. 사랑은 벌써 지나갔다. 너는 가고 나만 남았다. 꽃도 풍경 소리로 운다. 그러니 시인이 지금 할 수 있는 일은 오로지 잊지 않겠다는 생각을 잊으며 당신을 잊는 것뿐이다. 그것은 한 백 년쯤 밀물과 썰물 속에 자신을 유폐시키고 오만 평이나 되는 고독을 경작하는 일이다."

그의 말처럼 누군가는 시인이 제시하는 사랑의 양상이 지극히 낭만적이라고 말할 것이다. 자신이 실제로 경험했든 그렇지 않았든 시집 전체를 구조화하고 통어하고 있다는 맥락에서 그러하다. 잊지 않아야 할 사실은 이 도저한 낭만적 사랑의 근원에 '어찌할 수 없음'이 자리하고 있다는 점이다. 그러니 핵심은 사랑이나 이별이나 당신이나 칠월이 아니라 '못 본 척, 못 들은 척해도 어쩔 수 없는 어떤 정념에 휩싸인 상태'다.

평론가 이성혁의 해설은 헤아려 읽어야 한다. 그는 "실연의 아픔을 겪고 외로이 힘겨운 삶을 견디며 살아가는 시인이 태연자약에 접근할 수 있었던 것은 이 세계에 내장된 생명력에 대한 신뢰, 그리고 민화가 보여 주는 민중적 세계의 낙관에 대한 신뢰 때문이리라. 벽오동으로 상징되는 늦둥이는 새로운 생명의 탄생을 의미하는 것, 그렇게 시인은 이 시집을 새 생명을 낳는 대지의 흙 속에 벽오동을 심으며 들어가는 자신의 모습으로 끝맺는다"고 썼다.

연필로 베껴 쓴 조태일 시 『국토』 그리고 창비시선

2016-06-03

거실 서가에 꽂힌 시집이 몇 권인지 정확히는 알 수 없다. 그러나 내가 읽은 첫 시집이 무엇인지, 어디에 꽂혀 있는지 정확하게 안다. 만해 스님이 쓴 『님의 침묵』. 삼중당에서 펴낸 문고본이다. 판권에 가격은 없다. 장정일은 그의 시 「삼중당문고」에 150원이라고 적었다.

나는 이 시집을 1976년 여름(책이나 일기에 기록이 없다)에 문구점에서 샀다. 문구점은 서울 면목초등학교 정문에서 큰길을 건너면 있었다. 책방을 겸했는데, 전과나 수련장 같은 참고서를 주로 팔았다. 『님의 침묵』은 춘원의 『무정』과 함께 샀다. 나는 중학생이었고 때는 여름방학 기간이었다.

내 책상은 골목이 내려다보이는 창가에 있었다. 거기서 춘원의 소설과 만해의 시를 읽었다. 눈이 아프면 잠시 하늘을 보았다.

흰 구름이 흘러갔다. 나는 알고 있었다. 구름은 돌아오지 않으며 풍경은 오직 이 순간에만 볼 수 있다는 사실을. 일회성에 대한 인식은 오랫동안 나를 지배했다. 책 읽기는 어디까지나 개인적인 체험일 뿐이다. 그래서 책 소개나 해설을 성실하게 읽지 않는다. 독서 경험 역시 유일하며 일회적이다.

지금 『님의 침묵』은 시집들과 함께 꽂혀 있지 않다. 삼중당에서 나온 문고본들과 함께 있다. 귄터 그라스, 알베르 까뮈, 장 폴 사르트르, 프란츠 카프카, 이상 같은 작가들의 작품이 나란히 꽂혔다. 이 책들은 장정일이 썼듯이 깨알같이 작은 활자로 인쇄했고, 중학교 교복 호주머니에 쏙 들어갔다. 나도 장정일처럼 수업 시간에 교과서 사이에 끼워 읽었다.

호메로스가 노래한 "펠레우스의 아들 아킬레우스의 파괴적인 분노"는 양피지거나 파피루스에 포박되어 문자로 남는 순간 일회성의 숙명을 벗어나 재현 가능한 신화가 된다. 현대의 시집들은 문자가 붙들어둔 노래이다. 현대의 시가 이미지의 변주로서 내면화한 뒤에도 시인들은 여전히 무사이Musae의 성령에 사로잡혀 노래한다.

내 집 서가에 시집은 세로로, 또 가로로 꽂혀 있다. 위아래 칸 사이에 비는 공간에도 어지럽게 꽂았다. 그중에 다른 책과 어울리지 않는 시집이 한 권 있다. 이 시집은 세계에 오직 한 권뿐이다. 조태일의 『국토』. 창작과 비평사(창비)에서 낸 창비시선의 제

2번이다. 제 1번은 신경림의 『농무』이다.

나는 대학교 2학년 겨울방학 때 서울 답십리에 있는 내 방에 앉아 갱지에 연필로 이 시집을 베꼈다. 그때는 이 시집을 구하기 어려웠다. 김지하의 『타는 목마름으로』, 황명걸의 『한국의 아이』도 그랬다. 창비의 시집들은 '문지'에서 내는 시집들과 함께 문학청년들의 서가를 채워 나갔다. 민음사에서도 좋은 시집을 냈지만 번역본과 선집選集이 많았다. 게오르크 트라클의 시집을 사서 읽었다.

내게 시를 가르친 선배께서 1983년 겨울에 집에 오셨다. 나는 소설가가 되려고 대학교에 갔지만 그분을 만난 뒤 시 공부를 시작하였다. 선배는 내 서가를 살펴보았다. 내가 모은 시집은 100권 안팎이었다. 선배는 손으로 큰 네모를 그렸다. "이 정도 모으면 너도 시인이 되어 있을 거다." 500권은 모아야 할 것 같았다. 그러나 나는 시재詩才가 아니었다. 훨씬 많은 시집을 모은 다음에야 시단의 말석에 끼어 앉았다.

젊은 날의 예민한 신경줄은 사소한 자극에도 공명했다. 신경림이 쓴 「갈대」를 읽고 참기 어려운 비애와 엑스터시를 함께 느꼈다. 미친 듯이 창비의 시집을 사 모았다. 그러다 어느 순간 수집하기를 그만뒀다. 지금은 대학생 때만큼 시집 모으기에 몰두하지 않는다. 여전히 시집을 사지만 영혼 없는 장서행위를 거듭할 뿐이다. 감수성이 고갈되었기 때문이리라. 어지간해서는 시를 읽고 감동하지도 않는다.

1980년대 초반의 창비시선은 시인이 되고자 하는 청년의 의식을 지배했다. '깨어나서 외치는 뜨거운 함성'이 거기 있었다. 거칠다 싶게 베어 던지는 살 한 점, 그것이 시의 제 모습이라고 믿었다. "흐르는 것이 물 뿐이랴"하고 척 던져 놓고 시작하는 정희성의 「저문 강에 삽을 씻고」, 그 힘차고도 비감한 정서.

내가 연필로 베낀 조태일의 시집, 『국토』 시편은 「모기를 생각하며」로 시작된다. 그 둘째 연은 이렇다. "모기야 지난 여름/작은 음성으로 울어싸며/내 피를 맹렬히 빨아 먹던/네 입술만이 오직 내 것이다./내 능력이다. 사랑이다. 그리움이다." 두 가지 생각을 했다. 첫째 "이런 건 나도 얼마든지 쓰겠다", 둘째 "정권正拳에 굳은살이 잔뜩 박인 커다란 주먹 같네."

퇴계로에 있는 컴컴한 다방, 지금은 사라진 '신라'에서 청자 담배 연기에 눈물을 찔끔거리며 창비에서 낸 시집을 읽었다. 『농무』로 시작되는 시선을 차례로 읽어나갔다. 신문사나 잡지사에 신인상 응모작품을 보낸 뒤 쿵쿵 뛰는 가슴을 달래며, 언제 걸려올지 모를 전화나 전보를 기다리며. '언젠가 나도 창비에서 시집을 내야지'. 유일한 꿈은 아니었지만 일부이기는 했다.

창비에서는 여전히 시집을 찍어 낸다. 아시아경제 문화부에는 거의 매주 창비의 새 시집이 배달된다. 신간안내 쓰기를 마친 책은 한곳에 쌓아 둔다. 시집은 예외다. 내가 (혼자) 느끼는 시인들과의 유대와 문청시절 추억의 소실점, 조태일의 시집으로 집약되는 젊은 날의 순정이 향수와 부채가 되어 나를 압박한다.

'언젠가' 조태일과 그의 시집과 창비시선에 대해 쓰리라고 다짐했다. 지금 그 다짐을 실천하고 있다. 겨울밤 연필로 베껴 내려간 조태일의 시집은 아련한 그리움 속에 철없던 시절의 정서를 간직하고 있다. 풋내기 문청이 거칠게 훑고 지나간 수많은 시편과 페이지들이 하나하나 눈앞에 떠오른다.

시인을 자처하는 자들이 넘쳐나는 시대. 때로는 미세먼지만큼이나 번잡한 무리여서 정리해고가 필요할 지경이다. 낸들 무사하랴. 매주 책상에 와 쌓이는 창비의 시집들이 묻는다. 너는 누구냐. 30여 년 전 퇴계로 골목에 있는 컴컴한 다방 구석에서 흘린 너의 눈물은 무엇이었느냐. 1980년대에서 날아온 청구서가 내 의식의 출구를 지키고 섰다.

창비시선 400 기념시선집, 『우리는 다시 만나고 있다』

2016-07-29

1984년이다. 동네 서점에서 『마침내 시인이여』라는 새 시집을 뽑아들었다. 나는 대학생이었다. 시를 공부하면서 창작과비평, 문학과지성에서 나온 시집을 부지런히 모으고 있었다. 『마침내 시인이여』도 창작과비평에서 나왔다. 그 무렵 나는 '창비'에서 나온 시집들에 슬슬 물려가고 있었다. 그래도 『마침내 시인이여』를 사지 않을 수는 없었다. 여기 실린 시인들의 면면은 그 시대를 수놓은 시인들 가운데서도 올스타라고 할 만했다. 고은, 조태일, 김지하, 양성우, 정희성, 이동순, 허형만, 김영석, 송기원, 하종오, 이영진, 김정환, 나해철, 김용택, 김용락, 김희수, 이은봉. 책이 나온 내력은 다음과 같다.

1980년 계간 창작과비평 봄호가 서남동, 송건호, 강만길, 백낙청의 좌담을 마련했다가 계엄사 검열단에 의해 전문 삭제되어 발행된다. 그해 4월 양성우 시집 『북치는 앉은뱅이』가 판금된 데 이어 7월말 창작과비평이 신군부에 의해 폐간되었다. 시인들의 발표 지면이 갑자기 줄었고, 창작과비평사는 이 문제를 해결하기 위해 신작 시집을 기획했다. 1981년 13인 신작 시집 『우리들의 그리움은』이, 이듬해 21인 신작 시집 『꺼지지 않는 횃불로』가 나왔다. 세 번째로 나온 책이 『마침내 시인이여』다. '책머리에'는 이런 토로를 담았다.

> 새로운 연대에 접어든 지 벌써 다섯 해째를 맞는다. 계간 창작과비평이 폐간되면서 발표지면이 갑자기 줄어들게 된 상황에서 기획된 이 신작시집의 첫 권을 내면서 우리는 이러한 선집이 우리 시대의 삶에 대한 하나의 증언이 되기를 기대하면서 새 연대를 맞아 의욕적으로 펼쳐지기 시작한 한국시의 새로운 흐름을 그때그때 적절히 수용해 보고자 다짐했었다. 우리의 이러한 다짐이 얼마만큼 실현되었는지는 독자 여러분들께서 냉철히 평가해 주시리라 믿지만, 변명부터 앞세우자면 잡지도 아닌 하나의 작은 선집이 한시대의 시적 흐름을 주체적으로 주도해 나간다는 것이 상당히 벅찬 과업이었음을 솔직히 인정하지 않을 수 없다.

『마침내 시인이여』를 읽고 크게 감동하지는 않았다. 대부분이 당시 창비가 내는 시집에 실리는 작품들과 별 차이 없다고 생각했다. 초기에 나온 신경림이나 조태일 같은 시인의 시집을 빼면 읽을 만한 시가 드물다고 생각했다. (물론 이시영, 정희성의 시에 마음을 빼앗기고 곽재구의 '사평역'을 그리워했지만.) 젊은이가 뭘 조금 배우게 되면 무서운 게 없어지는 법이다. 어설프게 시 쓰기를 배워두고 내심 '등단'을 넘볼 무렵, 나는 태권도를 배워 이제 막 초록띠나 청띠를 두른 소년처럼 호전적이고 논쟁적이었으며 무모했다. 아마 그래서 이 시집에 실린 작품을 읽고 감동도 배울 것도 없다고 생각했을 것이다. 하지만 나는 그 시절에 사들인 시집을 요즘도 다시 꺼내 읽는다. 가끔은 당시에 굵은 손가락 마디로 빠져나가버린 감동을 다시 누린다.

나는 '책머리에'처럼 뭔가 꾹꾹 눌러 말하는 글을 좋아하지 않는다. 허풍, 거창하게 떠들어댄다는 생각을 한다. 창비에서 내는 시집들은 저마다 제 힘으로 독자를 만나 호소하거나 속삭인다. 그러니 뭉뚱그려 말하는 목소리가 귀에 들어오지 않는 것이다. 신경림이 「갈대」에서 노래했다. "언제부턴가 갈대는 속으로 조용히 울고 있었다. 그런 어느 밤이었을 것이다. 갈대는 그의 온몸이 흔들리고 있는 것을 알았다. 바람도 달빛도 아닌 것, 갈대는 저를 흔드는 것이 제 조용한 울음인 것을 까맣게 몰랐다. 산다는 것은 속으로 이렇게 조용히 울고 있는 것이란 것을 그는 몰랐다." 뭐라는 건가. 감동. 감동뿐이다. 성찰과 자각이 화학반응처럼 내면에 포말을 일으킨다. 그럼 닥치고 감동하면 된다. 조용히 속으로.

해설이나 서평, 작품평, 머리말, 편집후기 같은 글을 잘못 읽으면 - 좀 고약하게 말하자면 - 삐끼나 포주, 앵벌이 두목의 목소리를 듣고 만다. 이러저러한 과정을 거쳐 시인과 소설가와 지식인 등이 출판사와 소위 문화 권력의 소속 연예인이 되어가는 것은 아닌가? 서커스단의 광대처럼, 송곳니를 뽑힌 수사자처럼. 무대는 신작발표회, 출판기념회, 독자사인회, 시상식 등이고. 또한 시인과 소설가와 지식인 등은 이 무대에 서기를 얼마나 갈망하는가? 장래희망이 '연예인' 또는 '아이돌'인 어린이처럼 말이다. '배우가 되겠다'든가, '가수가 되겠다'든가 하는 말은 듣기 어렵다. 배우가 되겠다는 말은 연기를 하겠다는 뜻이다. 가수가 되겠다는 말은 노래를 부르겠다는 말이다. 스마트폰 가게 앞에서 나에게 손가락질하는 저 아가씨는 배우인가 가수인가?

(노래를 못해도 가수를 할 수 있고, 시가 뭔지 몰라도 시인이 될 수 있는 시대, 혀가 짧아도 연기를 하고 우리말을 몰라도 배우가 되는 시대에 나라는 인간은 이 무슨 덜떨어진 소리를 늘어놓고 있는가!)

이러한 사정 때문에, 나는 『우리는 다시 만나고 있다』라는 책을 받아들고 몹시 긴장했다. 좁은 골목에서 단둘이는 만나고 싶지 않은 친구를 마주친 것 같은 기분이 들었다. 띠지에 이렇게 쓰였다. '창비시선이 개척한 눈부신 시의 영토 40년, 400권.' 아 … 어떻게 이렇게 쓸 수가 있지? 습관이 된 불평을 하면서 책을 뒤적였다. 좋아하는 시인의 작품이 여럿 실렸다.* 그중의 하나. "좌

---

* 수록시인 : 나희덕, 문동만, 강성은, 이선영, 박후기, 안현미, 최두석, 남진우, 이문숙, 송경동, 이대흠, 조연호, 이정록, 정철훈, 이기인, 장석남, 이영광, 정복여, 이

판의 생선 대가리는 모두 주인을 향하고 있다. 꽁지를 천천히 들어봐. 꿈의 칠할이 직장 꿈이라는 쌜러리맨들의 넥타이가 참 무겁지."(함민복) 튼튼한 기본기를 가지고 잘 쓴 시, 단단한 시다. 이 아이디어는 "양쪽 모서리를 함께 눌러 주세요. 나는 극좌와 극우의 양쪽 모서리를 함께 꾸욱 누른다. 극좌와 극우의 흰 고름이 쭈르르 쏟아진다. 나는 지금 빙그레 우유 200㎖ 패키지를 들고 있다"(오규원)처럼 오래됐지만 안전한 기술이다.

그러나 나는 처음에 이 시를 잘못 읽었다. '좌판'을 '좌파'로, '꽁지'를 '꽁치'로. 그렇게 읽고 싶었는지도 모르겠다. 이 저렴하고 불량스런 감수성! 영원히 좋은 시의 영역 안에서 살기는 태생부터 글러먹은 것이다. 시나 문학, 예술 따위는 어깨너머로라도 배우지 말았어야 할 비루한 인간의 말로를 밝힌다.

40년, 400권은 역사다. 그 앞에 머리 조아린다.

세기, 이제니, 정호승, 김혜수, 김명철, 권지숙, 천양희, 김태형, 김윤이, 조정인, 유홍준, 송진권, 고은, 도종환, 이장욱, 이혜미, 최금진, 최정진, 박성우, 고광헌, 문인수, 이시영, 이상국, 문태준, 김선우, 백무산, 곽재구, 김중일, 김윤배, 진은영, 이병일, 문성해, 백상웅, 김주대, 고영민, 김수복, 김성대, 함민복, 주하림, 김성규, 김용택, 김정환, 엄원태, 박형권, 공광규, 민영, 정희성, 권혁웅, 신경림, 유병록, 황학주, 전동균, 정재학, 신미나, 손택수, 이창기, 김희업, 김사인, 최정례, 김재근, 박소란, 고형렬, 안주철, 이현승, 안희연, 박희수, 김언희, 이병초

3부

역사·철학

케이트 에번스, 『레드 로자』

2016-03-25

1983년 4월, 대학도서관에서는 아직도 목탄연료를 땠다. 시커먼 무쇠 난로 속에서 불기운이 이글거렸다. 난로의 몸뚱이와 함석연통이 연결되는 곳은 벌겋게 달아올랐다. 나는 그곳에서 아놀드 하우저나 가스통 바슐라르의 책을 두서없이 읽어댔다. 가끔은 책에 붙들려 수업시간도 점심시간도 지나쳐버리곤 했다.

어느 날, 불행히도 내가 기록하지 않은 그 어느 날, 나는 임화의 시를 읽었다. 책장을 넘길 때 종이 부스러기가 손가락에 달라붙을 것처럼 낡은 책장을 뒤적이며. 아주 이상한 시인이라고 생각했다. 「우리 오빠와 화로」 같은 시는 분명 여성의 감성으로 읊조리는 듯한데 거기 강인한 메시지가 잠복했다. 그러나 정말 나의 시선을 붙든 작품은 「담-1927」이다.

'부르죠아지의 ××-/1918/이백만의 푸로레타리아를 웰탄 요새에서 ××한/그놈들의 ××행위는 악학惡虐한 수단은/스팔타키스트의 용감한 투사/우리들의 '칼', '로-사'를 빼앗았다./세계의 가장 위대한 푸로레타리아의 동무를/혁명가의 묘지로 몰아넣었다./그러나 강철 같은 우리의 전열은/×인자-그들의 폭학暴虐도 궤멸케 하지를 못하였다.'

복자伏字가 여럿 등장하지만 뜻은 헤아릴 수 있다. 이 시는 1927년 11월에 나온 『예술운동』의 창간호에 실렸다. 문학 연구자들은 이 작품에 임화가 추구한 정치문학의 정수가 들어 있다고 본다. 한기형은 "고양된 혁명의식과 절제된 사실묘사가 결합돼 혁명적 모더니티의 직설적 간결함을 드러낸다"고 했다.

두 가지 점에서 나의 기억에 생생하다. 첫째, 고등학생 때 읽은 이상의 시와 흡사한 부분을 발견하고 놀랐다. '13인의아해兒孩가도로로질주疾走하오'로 시작되는 「오감도-시 제1호」. 「담-1927」에는 '제1의 동지는 뉴욕 사크라멘트 등지에서 수십 층 사탑死塔에 폭탄 세례를 주었으며/제2의 동지는 …(중략)//제8의 동지는 …(후략)'이라는 구절이 나온다.

한기형은 임화는 혁명의 도미노가 전 세계로 확산될 것을 연속되는 수자의 지속적 배열을 통해 암시했다고 본다. 흥분과 긴장을 고조시키며 종말론적 절박함을 연상시키는 임화의 수사 전략은 이후 이상의 「시 제1호」로 연결되었다는 것이다. 김윤식은 이 시를 미래파 및 다다이즘의 세례가 프롤레타리아 시의 예술성에 기여한 전형적인 사례로 설명했다.

며칠 뒤 개가식 도서관에서 다시 이 책을 꺼내 읽을 때는 두 손이 부들부들 떨렸다. 그날 오전, 막 점심시간이 시작될 때쯤 한 여학생이 중앙도서관의 4층 유리창을 부수고 난간에 나와 유인물을 뿌렸다. 선혈이 손목에서 솟구쳐 4월의 공기 속에 안개처럼 흩어졌다. 교내에 상주하던 사복경찰들이 이내 여학생을 붙들었다. 나는 그 여학생을 알고 있었다.

다시 꺼내 읽은 임화의 시에서 '로자'라는 이름이 고개를 들고 나를 마주보았다. 로자 룩셈부르크. 그는 1871년 3월 5일 폴란드의 자모시치에서 태어났고 1919년 1월 15일 독일의 베를린에서 죽었다. 사전은 그를 '폴란드 출신의 독일 마르크스주의, 정치이론가', '사회주의자, 철학자 또는 혁명가', '레닌주의 비판자', '독일 사회민주당의 이론가'라고 설명한다.

흔히 그를 폴란드인, 유태인, 다리를 저는 장애인, 여성이라는 4중고와 싸우며 성장한 혁명가라고 한다. 절름발이 유대인 여성으로 태어나 평생을 투옥과 항쟁으로 점철했다는 것이다. 로자의 장애는 체 게바라의 지병을 떠올리게 한다. 피델 카스트로와 더불어 쿠바혁명을 완수했으며 볼리비아에서 죽은 체 게바라는 평생 천식 때문에 고통을 받았다.

체가 그랬듯 로자도 실패와 타살로 삶을 마감했다. 그는 집권 사민당이 제국주의전쟁에 동조해 계급전쟁과 프롤레타리아 국제주의의 이념을 배신하자 '스파르타쿠스단'을 결성해 1919년 1월 봉기를 주도했다. 봉기는 실패했고 로자는 옛 동지였던 사민당 우파 세력에 의해 살해됐다. 시신은 베를린 란트베어 운하에 버려졌다.

5월 31일에 떠오른 로자의 시신은 베를린 프리드리히스펠데 공동묘지에 안장됐다고 한다. 그런데 지난 2009년 독일 언론은 베를린 자선병원 법의학연구소가 의학사박물관에서 로자로 보이는 시신을 발견했다고 보도했다. 베르톨트 브레히트의 추모글은 예언이 됐다.

'붉은 로자도 사라졌네/ 그녀의 몸이 쉬는 곳조차 알 수 없으니/ 그녀는 가난한 사람들에게 자유를 말했고/ 그 때문에 부자들이 그녀를 처형했다네.'

오늘 로자는 체가 그러하듯 클리셰cliche다. 젊은이들은 체의 얼굴이 들어간 티셔츠를 입는다. 자신이 남다르다고 생각하거나 주장하고 싶은 걸까. 권력은 내버려둔다. 젊은이도 권력도 체가 안전한 허영임을 안다. 아무도 진짜 체 게바라처럼 살고 싶지 않으리라. 로자에 대한 매혹도 비슷하지 않을까?

그래서 나는 평전이나 그와 비슷한 책을 즐겨 읽지 않는다. 근사하게 적어 내려갔지만 플라톤식으로 말하자면 모방의 모방에도 못 미친다고 생각한다. 로자에 대해 알고 싶거나 이미 매혹되었다면 그가 남긴 글을 읽는 일만으로도 충분하다. 「사회 개혁이냐 혁명이냐」, 「자본의 축적」을 읽어라. 그런데 ….

나는 왜 이틀 전 도착한 『레드 로자』를 붙들고 놓지 못하는가. 모르겠다. 어쩌면 이 계절, 4월의 문 앞에서 김수영처럼 '혁명은 안 되고 나는 방만 바꾸어 버렸다'는 사실을 시인하지 않을 수 없으며 그러기에 '어째서 자유에는 피의 냄새가 섞여 있는가'를 다시 생각해야 하는 비통한 시대의 한복판에 당신들과 함께 서 있기 때문일지 모른다.

로자 룩셈부르크의 무덤이 있는 베를린의 사회주의자 묘역에 높이가 4m나 되는 추모비가 있다. 거기 이렇게 쓰였다. '죽은 이가 우리를 깨우친다Die Toten mahnen uns.'

메리 비어드,
『로마는 왜 위대해졌는가』

2017-06-13

로마를 이해하는 데 도움을 줄 수 있는 책이 여럿 있다. 티투스 리비우스의 『로마사Ab Urbe Condita Libri』는 꼭 읽어야 한다. 총 142권 중에 1~10권과 21~45권이 남았다고 한다. 안타까운 일이지만 남은 부분만으로도 로마를 가장 가까이서 들여다볼 수 있는 렌즈가 된다. 니콜로 마키아벨리가 『로마사』의 1~10권을 읽고 쓴 논평이 『로마사 논고Discorsi sopra la prima Deca di Tito Livio』이다. 마키아벨리는 로마의 정치적 · 군사적 제도와 대외정책을 상세히 분석하고 군주정보다 인민의 자유와 정치참여를 존중하는 공화정이 위대한 국가에 이를 수 있는 정치체제라고 주장한다.

테오도르 몸젠이 쓴 『로마사Roemische Geschichte』는 로마 건국에서 율리우스 카이사르의 사망까지 다룬 책이다. 역사적 근거를 제시하기 위한 노력을 했기에 좀 더 실증적이며 객관적이라는 평가를 받는다. 몸젠은 이 책으로 노벨 문학상을 수상했다. 에드워드 기번이 쓴 『로마제국흥망사Decline and Fall of the Roman Empire』는 이야기체 서술 방식을 택해 부드럽게 읽히지만 입문서는 아니다. 술술 읽힌다는 말은 상당한 기반지식을 갖춘 사람에게 해당된다. 여러 출판사에서 번역해 국내에서도 쉽게 구할 수 있다. 『로마혁명사The Roman Revolution』는 키케로가 카틸리나의 역모를 막아내 '로마의 국부'가 되는 기원전 63년부터 아우구스투스가 죽는 기원후 14년까지를 다룬 책이다.

시오노 나나미가 쓴 『로마인이야기』는 국내에 번역 출판된 뒤 베스트셀러가 되었다. 이 책이 대중적으로 성공하면서 독자들의 로마 역사에 대한 관심이 부쩍 커졌다. 베스트셀러가 된 책은 어느 정도 시간이 지나면 비판적인 독자들에게 분석의 대상이 되기도 한다. 나나미의 책도 예외는 아니다. 고대 그리스를 서술한 부분이나 로마의 속주 통치를 미화한 부분에서 오류 내지 관점에 문제가 있다는 지적과 아울러 시오노 나나미의 주제의식과 문체가 정치적으로 우경화되어 특히 청소년들에게 편향적인 영향을 줄 수도 있다는 주장도 있다. 서울대학교 서양사학과 주경철 교수는 『테이레시아스의 역사』에서 나나미를 일컬어 일본 우익 제국주의 성향을 온전히 가지고 있는 작가이며, 일본 제국주의에 대한 향수를 가지고 있는 것으로 보인다고 비판하였다.(130~148쪽)

나나미의 책에서는 제2차 세계대전에 대한 일본의 책임을 인정하지 않는 듯한 태도가 여러 곳에 걸쳐 드러난다. 그는 로마인 이야기에서 로마가 치른 수많은 전쟁을 다루면서 "전쟁에는 승자와 패자만 있을 뿐 선과 악은 존재하지 않는다"고 주장한다. 『나의 친구 마키아벨리』에서는 용병 제도의 한계를 지적하면서 시민군의 창설을 희구한 마키아벨리의 관점에 동조하는 태도를 보인다. 마키아벨리는 피렌체 공화국 제2서기관으로 일할 때 시민군을 조직하기도 했는데, 나나미는 그가 조직한 시민군이 처음 대오를 갖춰 훈련하는 날을 "마키아벨리의 삶 중 제일 행복한 날이었을 것 같다"고 했다. 이 행복에 대한 나나미의 공감은 자위대를 전쟁을 할 수 있는 나라의 병력으로 새롭게 자리매김하려는 아베 신조의 야욕과 같은 위도에서 국가의 폭력 수단을 이해하고 있다는 증거가 된다.

많은 한국인에게 나나미는 불결한 인물이다. 그의 '일본군 성노예' 발언은 열도주의 극우인사의 면모를 노골적으로 드러낸다. 그는 지난 2014년 보수 성향의 월간잡지 『문예춘추』 10월호에 기고한 글에서 "네덜란드 여자들까지 위안부로 삼았다는 이야기가 퍼지면 큰일"이라며 "그 전에 급히 손을 쓸 필요가 있다"고 주장했다. '급히 손을 써야 한다'는 말은 사과와 배상을 촉구하는 뜻이 아니다. 진실이 세계적으로 널리 알려지지 않도록 단속해야 한다는 뜻이다. 그뿐 아니라 나나미는 일본군의 위안부 강제동원을 인정하는 기사를 게재한 『아사히 신문』 관계자와 위안부 동원에 대한 일본의 국가적 개입을 인정한 1993년 고노 담화 관련자들을 모조리 청문회에 세워 제재해야 한다고 주장했다.

최근에 번역돼 나온 메리 비어드의 글로벌 베스트셀러 『로마는 왜 위대해졌는가』는 나나미식의 로마 이야기에 싫증난 독자를 설득할 수 있는 책이다. 비어드가 제공하는 담론의 수준과 깊이는 나나미가 써낸 이야기책에 비할 바가 아니다. 원래 제목은 'SPQR'인데, 로마를 설명하는 세나투스 포풀루스케 로마누스 Senatus Populus Que Romanus, 곧 '원로원과 로마 인민'을 뜻한다. 비어드는 로마의 쇠퇴와 붕괴에 주목한 기번과 달리 로마의 성장과 함께 어떻게 장구한 세월에 걸쳐 제국을 유지했는지 주목하면서 로마의 건국에서 시민권이 부여된 212년까지 1000년에 이르는 역사를 세밀히 살폈다. 비어드가 쓴 로마 역사는 자신의 관점이나 해석을 객관화된 설명처럼 포장해 서술하는 기존의 역사가들이나 역사 소설 작가들이 남긴 책과 매우 다르다.

이 책을 펴낸 출판사에서는 "비어드에게 하나의 거대한 '로마사'는 존재하지 않는다. 로마의 세계가 이탈리아 밖으로 멀리 뻗어 나갔을 때 '로마의 역사는 로마의 지배 아래 있던 브리튼의 역사나 아프리카의 역사와 다르다.' 따라서 각기 다른 지역에 대해서는 물론 '서로 다른 시기에 대해서는 각기 다른 종류의 역사가 쓰여야 한다.' 그리고 그것을 위해서는 항아리 조각이나 돌에 새겨진 몇 개의 글자 같은 증거 하나하나를 쥐어짜 이야기를 대담하게 재구성해야 한다는 것이 비어드의 지론이다"라고 했다. "(저자는) 자신의 해석이나 사료의 신빙성에 대한 의문을 독자에게 절대로 강요하듯 지시하지 않는다. 독자 나름 스스로 생각할 수 있도록 문제를 던져주며, 그런 과정에서 독자는 저자와 동류가 된 듯한 느낌마저 받게 된다"는 설명도 덧붙였다.

『로마는 왜 위대해졌는가』는 '카틸리나의 음모'로 시작된다. 공화정 말기에 일어난 국가 전복 음모다. 명문가 출신인 카틸리나는 집정관 선거에서 막대한 돈을 쏟아 붓고도 변방 출신의 신출내기 키케로에게 져 뜻을 이루지 못한다. 선거에서 잇따라 져 빈털터리가 된 카틸리나는 사병을 동원해 키케로를 암살하고 로마공화정을 전복할 계획을 세운다. 그러나 사전에 정보를 입수한 키케로는 원로원에서 카틸리나의 음모를 폭로한 뒤 반란 가담자들을 재판도 없이 모두 처형한다. 그러나 로마는 엄격했다. 카틸리나를 재판 없이 처형한 행위는 '로마의 모든 인민은 누구나 정당한 재판을 받을 권리를 갖는다'는 원칙을 위배했다. 이는 또한 절대 권력에 대한 야심을 드러낸 것으로 간주되었다. 키케로는 결국 추방당했다가 1년 만에 로마로 돌아갔지만 참혹한 최후가 기다리고 있었다.

비어드가 말하고 싶었던 것은 'SPQR'이라는 제목에 있으리라. 황제조차 원로원과 로마 인민이 건재한 이상 절대 권력자가 될 수 없다. 원로원과 시민의 승인으로 통치권을 위임받는 존재일 뿐이다. 집정관, 원로원, 민회라는 로마의 공화정은 황제의 정치가 독재로 변질되는 것을 방지하기 위한 견제와 균형을 갖춘 효율적인 시스템이었다. 여기에 로마에는 피정복민과 이해로 얽힌 정치세력들을 융합하는 유연성과 자신감이 있었다. 로마와 끊임없이 대결한 갈리아인의 후손이나 북아프리카 유목인의 후손, 심지어 노예 출신조차도 로마의 시스템으로부터 소외되지 않았다. 서기 212년 카라칼라 황제가 로마 제국에 살고 있는 모든 사람에게 시민권을 부여함으로써 '로마'는 단지 한 도시의 이름이 아니라 제국의 이름이 되었다. 이 책은 로마 원로원과 인민이 나누는 대화이며 우리는 독서를 함으로써 그 일부가 된다.

이재석,
『박정희, 독도를 덮다』

2016-08-08

① 두 나라(한국과 일본)가 독도를 자국 영토라고 주장하는 것을 인정하며, 동시에 그것에 반론하는 데 이의를 제기하지 않는다.
② 장래에 어업구역을 설정할 경우 두 나라가 독도를 자국 영토로 하는 선을 긋고, 두 선이 중복되는 부분은 공동수역으로 한다.
③ 한국이 점거한 현상을 유지한다. 그러나 경비원을 늘리거나 새로운 시설을 증축하지 않는다.

'독도밀약'. 박정희가 일본과 체결한 독도에 관한 밀약이다. 한국이 일본의 독도 영유권 주장을 용인하는 것처럼 읽힌다. 그래서 '박정희가 독도를 일본에 넘겼다'는 비판이 있다. 두 사람이 독도 밀약의 내용을 공개했다. 김종락과 시마모토 겐로. 김종락은 한국 측 대표로 협상장에 나간 김종필의 형이다. 시마모토는 당시 요미우리신문 특파원으로서 협상 참관인이었다. 두 사람은 언론 인터뷰와 기고문 등으로 독도밀약을 증언했다. 당연한 일이지만 증거를 내놓지는 않았다. 그리고 두 사람은 모두 세상을 떠났다.

세월이 흘렀다. 독도밀약을 통해 한국과 일본이 합의했다는 내용은 모두 현실이 되었다. 두 나라는 ① 각자가 영유권을 주장하고 반론했다. 1995년까지 영유권 주장을 담은 외교문서를 주고받았다. 일본 방위성이 작성해 나카타니 겐 방위상이 2016년 8월 2일 각의에 보고한 2016년 일본 방위백서에는 "우리나라 고유 영토인 다케시마(일본이 주장하는 독도의 명칭)의 영토문제가 여전히 미해결된 채로 존재하고 있다"고 나와 있다. 그들은 2016년 현재까지 12년 연속 독도 영유권을 주장하고 있다. ② 1998년의 어업협정을 통하여 독도 주변 바다에 한일 양국이 공동으로 수산자원을 관리하는 공동수역을 설치했다. ③ 독도에 시설이 증축되지 않았다. 한국 내에서 발생한 독도 개발계획은 지속적으로 회피 또는 억제되고 있다.

확인되지 않은 밀약과 달리 한일 어업협정의 내용은 선명하게 공개되었다. 당시 한국과 일본은 독도의 영유권 문제를 놓고 격론을 벌였으나 명시적으로 언급하지 않았다. 영유권 문제는 '차후' 해결하기로 하고, 협정문에 독도를 지명으로 표기하지 않는 대신 좌표로만 표기했다. 그래서 일본이 영유권을 주장할 수 있는 근거가 남았다. 결론적으로 독도를 기선으로 한 배타적 경제수역EEZ을 확보하지 못했다. 독도는 한국 전관수역에서 배제된 채 중간수역에 포함되었다. 독도 영유권의 배타성을 훼손했다는 비판을 피할 수 없다. 그래서 '김대중이 독도를 팔아먹었다'는 욕을 먹는다. 그런데 밀약이 사실이고 그 내용이 독도 영유권의 훼손, 독도 팔아먹기였다면 이미 옛날에 박정희가 해치웠다는 뜻이다.

『월간중앙』 2007년 4월호의 보도에 따르면, 독도밀약은 1965년 1월 11일 서울특별시 성북동 박건석 범양상선 회장 자택에서 정일권 국무총리와 우노 소스케 자유민주당 의원 사이에 이루어진다. 독도는 한일정상회담에서 한일기본조약을 체결하는 과정에 풀기 어려운 장애 중 하나였다. 독도밀약은 이튿날 박정희의 재가를 받았다. '미해결의 해결'이라는 대원칙 아래 이루어진 밀약은, 지난해* 12월 28일의 '위안부 문제 타결'을 닮았다. 한일 정부가 위안부 문제에 대해 합의한 내용은 크게 세 가지. 아베 신조 일본 총리 명의의 사죄 표명과 일본 측의 위안부 지원 재단 설립 기금 출연, 양국 정부 간의 최종적·불가역적 해결 확인 등이다. 그러나 우리 국민은 '아베의 사과'를 들어보지 못했다. '기금'과 '불가역적 해결'은 한국의 대일 역사청산 외교에서 결정적인 약점으로 작용하는 '한일기본조약'과 '청구권'을 떠올리게 한다.

『박정희, 독도를 덮다』를 쓴 이재석은 일본 외무성 문서를 통해 밀약의 진위를 가린다. 결론은 한일 양국의 밀사가 서울에서 비밀리에 만나 독도 문제 처리 방안을 논의했다는 것이다. 외무

---

* 2015년.

성 문서에 기록된 막후교섭의 참석자들과 그들이 만난 장소와 일시 모두 김종락과 시마모토가 밝힌 내용과 일치한다. 이재석은 그들이 만났던 장소 또한 실존함을 확인했다. 외무성 문서에는 독도밀약 조항이 언급되지 않는다. 중요한 대목은 먹칠이 되어 있다. 하지만 다른 내용들이 일치하는 점으로 미루어볼 때 밀약의 내용 역시 사실일 것으로 추론한다. 그리고 밀약에 대한 해석을 시도하는데, 읽는 사람에 따라 수긍하거나 혐오감을 느낄만한 내용이다.

이재석이 보기에 독도밀약은 '일종의 신사협정 내지는 휴전협정'이다. 결판이 안 나는 문제니 더 이상 싸우지 말고 그대로 두자는 판단이라는 것이다. 일본은 독도밀약 전이나 후나 변함없이 독도가 자기들 땅이고 한국이 불법점거하고 있다고 주장해왔다. 한국도 그 전이나 후나 독도를 실효 지배하고 있는 건 변함이 없다. 양국 모두 뚜렷한 해결을 시도하지 않음으로써 독도 문제를 덮었다. 그의 인식은 이렇다.

> 그때의 독도 처리는 한국의 실효 지배를 영구화할 수 있는 토대가 된다. (중략) 우리가 그들에게 내준 것은 '주장할 수 있는 권리'지만, 그들이 우리에게 내준 것은 '실제로 지배할 수 있는 권리'였다.*

---

* 175쪽.

판단은 당신의 몫이다. 나는 『박정희, 독도를 덮다』를 몹시 괴롭게 읽었다. 이 책을 덮은 다음 졸저 『스포츠공화국의 탄생』에 적은 한 대목을 다시 읽었다. "박정희가 1961년 11월 미국을 방문하기에 앞서서 일본을 방문했을 때, 당시 일본 총리였던 이케다 하야토池田勇人를 만난 자리에서 했다는 말은 매우 의미심장하다. 박정희는 '나는 메이지 유신을 지도한 일본 지사들의 기개를 본받아 앞으로의 행동을 결정하겠다'라고 다짐했다는 것이다. 이 말은 박정희가 집권기간 내내 견지한 통치이념의 본질을 드러내고 있으며 그 이념이 한국사회 전반에 실제적으로 미친 영향을 헤아릴 수 있게 할 뿐만 아니라 그 지향점마저 짐작하게 해준다."

『반동적 근대주의자 박정희』를 쓴 전재호는 박정희 시대 근대화의 성격을 서구의 근대성이 지닌 진보성 · 혁명성 · 합리성 · 민주성이 거세된 불완전한 근대화라고 규정한다. '반동적 근대주의'는 근대성을 기술만으로 한정시킨 저발전국가에서 등장했다. 전재호가 보기에 박정희의 군사정권은 반통일 세력으로서 구조적으로 분단 고착화, 분단강화에 이바지했다. 그 행태는 민족주의와는 대립적인 '국가주의'의 행태로 드러났다. 독도밀약은 박정희의 정체성, 그 내면의 모순을 드러내는 노두露頭이며 상처투성이 우리 역사의 한 모서리다.

『비잔티움 제국 최후의 날』과 『부의 도시 베네치아』

로저 크롤리가 쓴 베네치아와 비잔티움의 역사

2016-04-18

하늘이 어둑하다. 바다는 검다. 에스메랄다호가 석호를 가로지른다. 검은 연기를 뿜으며, 황소처럼 긴 울음을 토해낸다. 저 멀리 갯벌이 드넓다. 강박관념처럼, 털어낼 수 없는 상념처럼 주제선율이 흐른다. 구스타프 말러의 교향곡 5번, 4악장 아다지에토.

루치노 비스콘티가 감독한 영화 〈베니스에서의 죽음〉은 이렇게 시작한다. 원작은 토마스 만의 동명 소설(Der Tod in Venedig)이다. 나는 소설의 주인공, 구스타프 아셴바흐처럼 음울한 표정으로 낡은 여객선을 타고 베네치아를 방문하는 상상을 오랫동안 했다.

현실은 달랐다. 나는 지난해* 9월 8일 쾌속선을 타고 한낮에 도착했다. 선착장은 관광객들로 북적였다. 뭍에 오르자 그림자가

* 2015년.

무릎 아래 매달렸다. 카페 '플로리안'에서는 주문을 잘못해 알코올이 들어간 커피를 마셨다. 곤돌라에 올랐을 때는 취기와 피로가 함께 몰려왔다.

다시 베네치아를 여행한다면 곤돌라를 타지 않으리라고 결심했다. 나는 걷겠다, 리알토 다리도 걸어서 찾아가겠다고. 한때 지중해를 지배한 해상공화국, 그 위대한 역사는 바다에서 썼지만 기록은 뭍에 남았다. 베네치아공화국의 상징은 물고기가 아니라 날개를 단 사자다.

두칼레 궁전과 산마르코성당에서 내려다보면, 이 공간이 여전히 세계의 중심으로 남아 세계를 소환하고 있다는 상상에 빠진다. 산마르코성당의 입구, 지붕 아래 날개를 단 사자가 책갈피를 펼쳐 들었다. '복음을 전하는 자 마르코여, 그대에게 평화가 있기를Pax Tibi Marce Evangelista Meus'.

사자의 발아래 청동마 네 마리가 광장을 굽어본다. 금방이라도 박차고 달릴 듯하다. 청동마 네 마리는 원래는 콘스탄티노플에 있었다. 제4차 십자군 원정 때 콘스탄티노플을 점령한 베네치아군이 약탈한 문화재다. 십자군의 콘스탄티노플 함락은 동부지중해의 역사를 바꿔버린 사건이다.

6세기 훈족에 쫓긴 로마인들이 리알토 섬을 중심으로 지중해의 석호 위에 나무기둥을 박아 베네치아를 세웠다고 한다. 쾌적하고 낭만적인 도시가 아니라 생존을 위해 분투해야 하는 삶의 최전선이었다. 요한 볼프강 폰 괴테는 『이탈리아 기행』에 이렇게 썼다.

“가옥들은 밀집한 수목과도 같이 점점 더 높이 솟아올랐다. (중략) 한 줌의 땅을 다투면서 처음부터 협소한 공간에다 억지로 집어넣었기 때문에, 도로의 폭은 겨우 양편의 집들을 구분하고 시민에게 꼭 필요한 통로를 확보하는 것 이상은 될 수가 없었다.”

내다 팔 물건이라고는 봉골레(조개) 뿐인 베네치아가 지중해의 제왕이 된다. 이 공화국의 위대한 역사에 주춧돌을 놓은 두 인물이 있다. 피에트로 오르세올로와 엔리코 단돌로. 베네치아공화국의 국가원수인 도제Doge들이다.

로저 크롤리가 쓴 『부의 도시 베네치아』(다른세상)는 ‘오르세올로의 출항’으로 시작한다. 서기 1000년, 오르세올로는 아드리아해의 해적을 쓸어버리고 달마티아를 획득해 교역항로를 확보한다. 이 승리 이후 수세기 동안 아드리아 해에는 베네치아에 도전할 경쟁자가 없었다.

단돌로는 1204년 십자군 원정대를 움직여 콘스탄티노플을 점령한 다음 막대한 부와 이권을 베네치아로 옮겨다 놓았다. 베네치아만 생각하는 사나이였다. 앞을 보지 못했지만 안목이 있었다. 그 안목은 현장 경험에서 나왔다. 단돌로는 비잔티움 제국의 황제가 될 수도 있었지만 거절했다. 그런데 시신은 콘스탄티노플, 아야소피아에 묻혔다.

어떤 국가나 조직, 보병 소대나 분대, 록밴드 같은 동아리도 성공을 보장받으려면 뛰어난 리더가 필요하다. 로마는 스키피오 아프리카누스가 있었기에 한니발을 이기고 카르타고를 극복했다. 스포츠 팀이라면 철학과 지도력이 출중한 감독이 있어야 한다. 우리는 거스 히딩크가 축구대표팀을 어떻게 바꿔 놓았는지 안다.

크롤리는 2009년 미국의 외교전문지 『포린폴리시』가 선정한 '세계 100대 글로벌 사상가' 중 한 명이다. 그는 비잔티움 제국의 멸망에 대해서도 쓴다. 『비잔티움 제국 최후의 날』(산처럼). 크롤리가 자신의 대표작으로 추천한 책이다. 어렵지 않다. 순 전쟁 이야기니까 『삼국지(연의)』를 읽듯 하면 된다.

비잔티움 제국은 1453년 5월 29일 콘스탄티노플의 함락과 더불어 멸망했다. 오스만 제국의 술탄 메흐메드 2세는 정규군 8만을 포함한 15만 대군으로 콘스탄티노플을 공격했다. 비잔티움 제국은 베네치아와 제노바의 지원군을 포함하여 불과 7,000여 명으로 맞섰다. 중과부적.

그런데 궁금하다. 비잔티움 제국이 대군에 맞서기는 처음이 아니었다. 수많은 야만족의 침입을 앞선 군사기술(액체화약 같은)과 든든한 성벽에 기대 잘 막아내지 않았던가. 십자군이 점령해 라틴 제국을 세웠지만 끝내 되찾지 않았는가. 『부의 도시 베네치아』를 읽으면 비잔티움 제국의 깊은 곳에 들어찬 피고름이 보인다.

그러니 『비잔티움 제국 최후의 날』을 이어서 읽다가 목에 가시가 탁 걸리는 느낌을 받게 된다. 크롤리는 102쪽에 이렇게 썼다. "황제는 자기네 왕가조차도 제대로 통제하지 못했다." 나라가 망할 때 보면, 왕이나 재상 같은 자들의 집구석부터가 엉망이다. 모든 위험 가운데 오너 리스크가 가장 크다.

그래도 콘스탄티누스 11세는 황음무도한 황제가 아니었다. 제국을 수호해야 한다는 의지가 투철했다. 그는 전장에 목숨을 내놓았다. 오스만군은 그의 시신을 찾지 못했다고 한다. 황제의 표식을 모두 떼어버렸기 때문이다. 그래서 천사들이 콘스탄티누스 11세를 구해 대리석상으로 만들었다는 전설이 생겼다. 그렇다면 단지 불운했을 뿐인가?

내가 이 글을 쓰는 지금은 국회의원 선거가 끝난 지 이틀 뒤다. 그 결과를 놓고 의견이 분분하다. 우리는 국가의 성쇠가 지도자에 달렸음을 안다. 그들이 곪아 있을 때, 국가도 곪는다. 그래서 모두 복기를 하듯 살펴본다. 누가, 무엇이, 왜 이런 결과를 만들었는가. 그리고 나는 왜 나온 지 오래 된 이 책들을 들춰보고 있는가.

이광수,
『인도에서 온 허왕후, 그 만들어진 신화』

2017-01-22

한국인에게 시조설화는 창조신화 못잖게 중요하다. 처음으로 한반도에 도착한 무리는 아마도 유라시아의 대륙을 정처 없이 가로질러왔겠기에, 근원에 대한 기억과 향수를 본능으로 간직했으리라. '단일민족'을 자랑스러워하면서도 소위 문중마다 위대하거나 신비로운 시조 사를 계보의 첫머리에 적음도 근원을 돌아보는 우리의 특징 가운데 하나일 것이다. 이와 같은 돌아봄이 물론 유일하지는 않다.

마케도니아의 왕 알렉산드로스가 헤라클레스의 후손임을 주장하였고, 로마 제국을 세운 무리는 아이네이아스를 조상으로 내세웠거니와 그는 그리스 연합군에 의해 멸망한 트로이의 장수이다. 이 사람 또한 신의 자손이니 아프로디테와 트로이 사람 안키세스의 아들이다. 아이네이아스는 트로이가 함락된 후 식솔을 이

끌고 이탈리아 반도로 피신하였다. 로마의 시인 베르길리우스는 서사시 「아이네이스(혹은 아이네이드)」에서 극적으로 노래하기를, 아이네이아스가 트로이를 떠난 뒤 카르타고에 닿아 그곳의 여왕 디도와 사랑을 나누는 등 7년 동안의 유랑 끝에 이탈리아의 라티움에 상륙하였다고 했다. 아이네이아스가 로마 로물루스와 레무스의 자손이라는 로마 건국 신화도 있고, 아이네이아스의 후손이 영국에 건너가 최초의 왕이 되었다고도 한다.

나는 어릴 때 "시조 할머니가 인도의 공주님이었다"는 이야기를 재미있게 들었다. 나의 속살이 검은 이유가 아마 시조할머니 때문인지 모른다는 상상도 했다. 어지간히 먹물이 든 다음에는 수로왕과 허황옥 왕비의 결혼설화는 '한반도 토착세력과 해양세력의 결합'을 반영했으리라는 추정을 하는 정도였다. 그래도 '시조 할머니=인도 공주님'의 등식은 나의 무의식 속에 신비로운 전설로 남아 있었다. 아마 그래서 지난해* 큰 인기를 모은 tvN의 드라마 〈응답하라 1988〉에서 주인공들인 바둑기사 최택과 쌍문동 골목의 홍일점 성덕선의 사랑 이야기 밑바닥에 수로왕과 허황옥 왕비의 결혼설화가 코드로 잠복했다는 그럴 듯한 주장이 그토록 재미있게 들렸을 것이다.

『인도에서 온 허왕후, 그 만들어진 신화』는, 출판사의 책소개에 의하면 "역사의 국가주의화와 사이비 역사학을 비판적으로 고

---

* 2016년.

찰해온 저자 이광수가 왜 유독 허왕후 신화만 역사적 사실로 받아들여지는지, 허왕후 신화가 처음 만들어진 이후 현대에 이르기까지 1,000년이 넘는 시간 동안 끊임없이 증식하고 확장한 이유가 무엇인지에 관해 역사적으로 분석한 책"이며 "역사학과 사이비 역사학의 문제, 사이비 역사학이 어떻게 만들어지고 그것이 사회에 어떠한 영향을 끼치는지에 대한 문제까지 날카롭게 지적한" 책이다. 앞의 부분에 주목해 책을 읽으면 저자가 이유를 해명하기보다는 신화의 불합리함을 논증하는 데 더 집착했다는 느낌을 받는다. 뒷부분에 주목해서 보면 사이비 역사의 생산과 유통에 대한 담론을 위하여 허왕후 신화가 유일하고도 적절한 사례인지 묻고 싶어진다. 이에 대해서는 논쟁할 학식과 안목이 없으니 도전하지 않겠다.

나는 그저 저자가 왜 이토록 집요하게 신화를 물고 늘어져야 했는지 궁금하다. 물론 머리말을 비롯해 책이 곳곳에 그럴 만하다 싶은 이유를 설명하고 있지만 그런 부분들은 냉철한 학문적 비판의 형식을 견지하고 있다. 이 책은 제목이 모든 것을 말해줄 뿐 아니라 모든 장에 걸쳐서 한결같은 톤으로 신화의 허구성을 규명하는 데 천착하고 있다. 그래서 다른 주제를 다루는데도 같은 이야기를 반복하는 듯한 느낌을 받는다. 개인적인 느낌일 뿐이지만, 나는 저자의 서슬 퍼런 시선과 '원한(?)'에 가까운 거부감을 감지했다. 그 뜨거운 분노와 응어리에 압도되어 극심한 긴장과 피로를 느꼈다. 200쪽 겨우 넘는 짧은 책을 읽고서도 기진맥진해졌다. 또한 나의 느낌에 누군가 다른 독자도 공감한다면, 저자의 집착과 분노에 그럴 만한 이유가 틀림없이 따로 있기 때문이리라고 짐작했다.

출판사의 책소개 글 중에 보이는 다음의 부분이 아마도 힌트가 될 터이다. “허왕후 신화는 …(중략)… 역사학자들이 자신의 연구 분야 외에 관심을 쏟지 않거나 남이 한 연구를 무비판적으로 인용하면서 의심의 눈초리와 비판력을 상실하는 한, 앞으로도 계속 살아서 움직일 것이다.” 이 지적대로라면 저자의 선비다운 연구혼이 역사학계의 풍토를 참아 넘길 수 없었으리라고 믿는다. 한편으로 우리 사회나 학계에서 허왕후의 신화를 둘러싸고 이 정도 수준의 본격적인 비판서를 써내야 할 만한 논쟁이 벌어진 사례가 있는지 궁금해졌다. 물론 저자는 책의 여러 곳에 이에 대하여 설명하고 있는데, 논쟁의 무대가 매우 후미진 곳처럼 느껴져서 실감을 하지 못하였다. 이제부터라도 논쟁이 어떻게 전개되는지 지켜보겠다는 결심을 했다.

나의 두 아이가 어릴 때, 나도 ‘당연히’ 인도 공주님의 설화를 말해 주었다. 아이들은 내가 어른들에게서 얻어 들은 내용에 살도 붙이고 드라마도 가미해서 얘기해주면 재미있게 들었다. 아마 둘 중에 하나는 제 아이들에게 다시 인도 공주님의 이야기를 해주리라. 그건 그냥 그렇게 흘러가게 놓아두면 그만인 그런 이야기다. 그래서 이렇게 엄격한 비판을 담은 책을 굳이 아이들에게 읽어보라고 권하고 싶지는 않다. 사족이지만 과학이 발달하면 피 한 방울로 김해 김씨와 김해 허씨, 양천 허씨 등 수로왕의 후손들이 정말 인도 공주의 피를 받았는지 '한 방'에 규명할 수 있는 날이 오리라고 믿는다. '미토콘드리아 이브'를 찾아내는데 허황옥 공주의 유전자쯤이야. 다만 나 역시 (분야는 전혀 다르지만) 역사를 공부하는 사람으로서 저자의 치열한 문제의식과 자료에 접근하는 태도, 단단한 글쓰기를 본받아야 하겠다고 생각했다. 무릇 저서를 남기겠다는 사람들은 방대한 지식을 옳게 담아낼 훌륭한 문장가여야 한다. 저자는 이런 점에서 흠을 잡을 곳이 없다. 출판사의 엄정한 편집이 이러한 장점을 철저히 뒷받침하고 북돋웠으리라는 짐작도 해본다.

조영남, 『덩샤오핑 시대의 중국』 시리즈

2016-09-30

인터넷에서 '톈안먼사건天安門事件'을 검색하면 매우 많은 정보를 얻을 수 있다. 이 사건 자체는 짧게 요약된다. 예를 들어 박문각에서 나온 『시사상식사전』은 "1976년 4월 4, 5일 톈안먼天安門 광장에서 중국 국민들이 중국 정권에 항거하여 폭력적인 유혈사태를 일으킨 정치적 사건"이라고 정리했다. '국민들이 폭력적인 유혈사태를 일으킨 정치적 사건'이라면 주체가 국민이라는 얘기다. 논쟁이 있을 수 있으나 아무튼 정권에 대한 항거를 전제한다. 조금 더 긴 설명을 보자.

> 1976년 4월 4일 저우언라이周恩來를 추도하기 위해 톈안먼 광장에 모인 군중이 '인민영웅기념비' 주변에 화환을 바치는 가운데 마오쩌둥毛澤東과 장칭江青 등 문혁파文革派를 비난하는 표어와 구호가 나붙었

다. 이에 북경시 당국이 5일 새벽 저우언라이를 추도하는 화환을 철거하자 청년 학생들이 방화 등을 하며 시위, 마오쩌둥 · 장칭 집단은 톈안먼 광장에 광장 주위 정규군 3개 사단과 약 4만 명의 민병을 투입하여 유혈 진압함으로써 3,000여 명이 사망 · 부상 · 체포당했다.*

시민 3,000명 이상이 희생된 사건이 그냥 덮일 리 없다. 이 사건의 결과는 이렇다. 톈안먼사건 이후 덩샤오핑鄧小平이 배후에서 조종했다는 비판을 받고 실각했다. 화궈펑華國鋒이 새로 총리에 취임했다. 하지만 1976년 10월 장칭 등 4인방四人幇이 체포되자 덩샤오핑이 이 사건과 관련 없음이 발표되고 1977년 7월 당 제10기 3중전회에서 덩샤오핑은 당 부주석에 복권되었다. 사회주의 국가에서 벌어진 권력투쟁의 일부로만 보기 어려운, 중국 현대사에 에너지를 불어넣은 강력한 격발이다.

1.

1976년에 일어난 일을 '톈안먼사건'으로 알고 있는 한국인은 많지 않다. 우리 뇌리에는 1989년에 '천안문사태'로 알려진 중국 민주화운동이 선명한 기억으로 남아 있기 때문이다. '제2차 톈안먼사건'이다. 1989년 4월 15일 후야오방胡耀邦 총서기가 죽자 그의 명예회복과 민주화를 요구하는 시위가 일어났다. 후야오방의

* 박문각, 『시사상식사전』

민주화를 위한 노력을 기억하는 대학생들은 부패와 관료주의 척결을 내세우며 궐기했다. 전국에서 모인 대학생들은 5월 13일부터 톈안먼 광장에서 단식 연좌시위를 했다. 중국 당국은 학생들의 시위를 난동으로 규정하고 계엄을 선포했다.

덩샤오핑이 역사의 소용돌이 한복판에 등장한다. 그는 학생들의 요구에 유연한 태도를 보이는 공산당 총서기 자오쯔양趙紫陽을 숙청하고 6월 4일 시위대를 향해 발포할 것을 명령했다. 덩샤오핑은 "인민의 군대가 인민을 해쳐서는 안 된다"는 당 원로들의 만류를 외면했다. 중국 정부는 이 사건으로 인한 희생자가 300여 명이라고 발표했다. 당시 시위 참여자 1,600여 명 이상이 유죄 판결을 받았다. 1976년의 '톈안먼사건'이 민주화 운동으로 평가받은 데 비해 1989년의 민주화 운동에 대한 언급은 중국에서 여전히 금기로 남아 있다.(살림출판사, 『홍콩-천 가지 표정의 도시』)

2.

지난* 5월 3일, 『포커스뉴스』는 '톈안먼 사태 마지막 수감자, 오는 10월 석방된다'는 제목으로 흥미로운 기사를 게재했다. 인권단체 '두이화 재단'을 인용해 먀오더순이 감형을 받아 풀려날 예정이라는 내용이었다. 올해 나이 쉰한 살인 그는 톈안먼사건 때 불타는 탱크에 바구니를 던졌다는 이유로 방화죄를 선고받고

* 2016년.

복역했다. 선고는 군이 시위대를 진압한 지 2개월 뒤 내려졌다. 처음에는 2년 유예 사형선고를 받았다가 나중에 무기징역으로 감형받았다. 이후 1998년과 2012년 두 차례 더 감형을 받았다.

두이화 재단은 미국 샌프란시스코에 있는 인권단체다. 두이화 재단은 3일 성명을 통해 올해 초 재단 측이 중국 정부에 먀오더순의 상황을 전해 달라고 요구하면서 그의 석방 소식을 알게 됐다고 발표하였다. 미국의 월스트리트 저널과 호주의 오스트레일리안 파이낸셜 리뷰AFR 등이 이 사실을 보도했다. 두이화 재단의 존 캄 이사장은 성명에서 "먀오더순의 석방 소식을 환영한다. 그가 필요한 도움을 받아 정상적인 생활을 재개할 수 있기를 희망한다"고 했다.

지금까지 톈안먼 시위로 수감됐다 석방된 이들은 일부는 순탄한 삶을 살아간 반면 누군가는 의문사를 당하는 등 다양한 길을 걸었다. 시위대 지도자 중 한 명이었던 왕쥔타오와 왕단은 비교적 짧은 수감생활을 마치고 해외로 나가 자신들 나름의 삶을 살았다. 반면 또 다른 지도자 천 즈밍은 2014년 사망할 때까지 베이징에서 당국의 감시 아래 생활했다. 그런가 하면 톈안먼 시위 참가자 리왕양은 2011년 석방된 뒤 일 년 만에 병원에서 의문사했다. 먀오더순은 B형 간염과 정신 분열증을 앓고 있다고 한다.

3.

조영남은 2002년 이후 서울대학교 국제대학원에서 교수로 일해왔다. 적잖은 중국 관련 저술을 통해 학문적 업적을 이룩해온 그는 최근 거시적 관점에서 개혁기 중국의 정치변화를 분석하기 위해 중국 정치의 전개와 발전, 중국의 권력 구조와 운영, 중국과 동아시아 국가의 정치발전을 연구하고 있다. 그는 『용과 춤을 추자』를 통해 중국에 대한 우리의 잘못된 인식들을 수정해 주었다. 『중국의 꿈』에서는 시진핑이 주장한 '중국의 꿈'의 실체와 그 배경이 되는 '안정된 엘리트 정치', 새롭게 등장한 '탈혁명 인문사회형' 5세대 지도자들의 성향을 분석하였다. 『덩샤오핑 시대의 중국』 시리즈는 중국을 이해하는 데 필요한 핵심 키워드를 짚어온 조영남의 연구 성과를 집약한 필생의 역작이다. '톈안먼사건'은 이 시리즈의 세 번째 주제다.

『덩샤오핑 시대의 중국』 제 1권인 '개혁과 개방'은 4인방이 체포된 후부터 1982년 공산당 12차 당대회까지의 시기를 다룬다. 제 2권 '파벌과 투쟁'은 1987년 공산당 13차 당대회까지의 시기를 다룬다. 제 3권 '톈안먼사건'은 1989년에 발생한 톈안먼 민주화 운동과 1992년 덩샤오핑의 '남순강화南巡講話'에 대해 자세히 설명한다. 조영남의 저서들은 중국 출판사에 판권이 수출되어도 검열에 걸려 출간하지 못하고 있다고 한다. 중국공산당의 검열을 통과하기 어려운 내용을 많이 담고 있기 때문이다.

조영남은 톈안문사건을 '제한된 범위의 민주화 운동'으로 규정한다. 그가 보기에 학생은 운동을 촉발하고 추진하는 중요한 역할을 하지만 "전체 상황을 파악하여 활동 계획을 수립하고, 집권 세력과 민주 제도의 도입을 둘러싼 협상을 벌이는 등의 역할은 정치 조직과 사회단체의 몫"이다. 그런데 "중국에는 바로 이것이 없었던 것이다." 이들이 "개혁 개방의 공산당 노선과, 공산당 일당제의 현행 정치체제를 부정하거나 비판한 것은 아니었기" 때문이다. 따라서 정부 진압 후에 학생운동은 급속히 소멸될 수밖에 없었다. 이는 개혁 개방이 성공하면서 나타난 현상이다. 이런 점에서 1989년의 민주화 운동이 실패한 근본 원인, 반대로 공산당이 운동의 진압에 성공한 근본 원인은, 개혁 개방의 성공이었다.

그래서 톈안먼사건과 깊은 관련을 맺고 후에 노벨평화상을 탄 류샤오보는 "1989년의 항의운동, 그것은 결코 위대한 민주운동이 아니라 노예들의 반항운동"이라고 비판했다. 물론 1989년의 운동은 분명히 민주화 운동이다. 부패 등 현실 문제를 비판하고, 이를 해결할 대안으로 자유와 민주를 주장했기 때문이다. 다만 현행 공산당 일당제를 중심으로 하는 사회주의 정치체제를 체계적으로 비판하고, 그것을 대신하여 선거 민주주의 혹은 자유민주주의의 구체적이고 종합적인 대안을 제시하지 못했다는 점에서는 분명한 한계가 있다. 그래서 조영남은 이를 '초보적인 수준' 혹은 '제한된 범위'의 민주화 운동이라고 불렀다.

『중세의 죽음』

인문학자가 바라본 중세 죽음의 여덟 가지 풍경

2015-12-31

토마스 스턴스 엘리엇. 그가 쓴 「황무지The Waste Land」는 어려운 시다. 무식하면 이해 못한다. 그리스-로만 클래식과 중세, 르네상스를 모르고 이 시를 읽기는 불가능하다. 에즈라 파운드의 시집 『칸토스Cantos』도 마찬가지다.

「황무지」를 읽기 위한 지성의 기초체력을 쌓는 일은 영화 〈프리티 우먼Pretty Woman〉에 나온 줄리아 로버츠가 금세 배운 식사예절과는 달라서, 정말로 쉽지 않다. 엘리엇은 「황무지」의 첫 줄부터 단단한 벽을 쌓아 독자의 앞을 가로막는다. 독자는 대부분 여기서 기가 팍 질려서 해설서를 찾는다.

> "나도 한 번은 쿠마에서 그 무녀가 조롱 속에 매달려 있는 것을 보았지요. 애들이 '무녀야 넌 뭘 원하니?'하고 묻자 무녀는 대답했지요. '죽고 싶어.' - 보다 나은 예술가 에즈라 파운드에게"

그리스 신화에 등장하는 무녀Sybil에게는 앞날을 점치는 힘이 있다. 특히 쿠마의 무녀는 유명했다. 그는 아폴로 신으로부터 손에 든 먼지만큼 여러 해를 살 수 있는 수명을 허락받았다. 그러나 젊음도 함께 달라는 청을 잊었기에 쪼그라든 채 조롱 속에 들어가 구경거리가 된다.

무녀에게는 희망이 있다. 모래시계를 채운 먼지는 언젠가 모두 흘러내릴 것이다. 그는 "죽고 싶다"는 소원을 이룰 것이다. 물론 마지막 순간 죽음을 대면하고 공포감을 느낄지 모르겠다. 상관없다. 죽음이 반갑든 두렵든 결과는 마찬가지다.

모든 생명체는 태어나는 순간 죽음을 마주본다. 탄생 과정 자체가 죽음의 위험을 동반한다. 성장기는 죽을 확률이 높은 시기다. 인간 가운데 그 누구도 죽음을 피할 수 없다. 이 필연적이고도 보편적인 현상이 지극히 다양한 양태를 보인다는 데 삶과 죽음의 신비가 있다.

"모든 사회, 모든 사람의 삶의 방식이 다른 만큼 죽음의 방식도 다르다. 그러므로 삶에 대한 진지한 성찰은 곧 죽음에 대한 진지한 성찰과도 다르지 않다." - 서울대학교 중세르네상스연구소는 첫 번째 공동 연구의 주제로 죽음을 택한 이유를 그렇게 설명했다.

도서출판 산처럼이 펴낸 『중세의 죽음』은 유럽의 중세와 르네상스 시대를 연구하는 학자들이 쓴 책이다. 문학, 철학, 역사학,

예술, 미술사 연구자 여덟 명이 참여했다. 그들은 '중세의 죽음'을 연구함으로써 유럽 문명 내면에 존재하는 핵심 요소를 파악하고자 했다.

학자들은 '참혹하면서도 따뜻하고, 신비로우면서도 정치적인' 중세의 시공간에서 벌어진 죽음의 풍경을 흥미롭고도 아름답게 그려냄으로써 유럽 중세의 죽음에 직면한다. 『중세의 죽음』은 학자들과 동행하기 위한 가이드북인 동시에 자유여행을 위한 네비게이터다.

책은 크게 두 부분으로 나뉜다. 1부는 역사와 철학 분야의 글 네 편으로 구성했다. 중세 '죽음의 춤'에 대한 분석, 연옥이라는 '제3의 장소'의 탄생, 미술의 주제로 등장하는 예수의 죽음, 죽음에 대한 12세기 유럽의 철학적 담론 등을 다루었다.

2부는 문학 분야다. 아서왕의 죽음, 귀네비어와 란슬롯, 햄릿의 죽음, 돈키호테의 죽음 등을 다룬다. 저자들은 "중세는 그냥 흘러가 버린 먼 과거가 아니라 근대 세계를 잉태한 시공간이고, 죽음은 모든 것이 끝나는 종말이 아니라 새로운 시작을 여는 태초와 같다"고 했다.

고유경,
『독일사 깊이 읽기-독일 민족 기억의 장소를 찾아서』

토이토부르크 숲에서 베를린 장벽까지

2017-01-14

공간이란 인간의 자유와 실재성의 깊이의 차원과 관계한다. 자유는 공간의 구속으로부터의 해방을 의미하고, 공간은 존재의 실재성의 조건이 된다. 비판적 지리학의 견지에서, 공간이란 무엇보다 힘(권력)과 연계됨을 보여주고 있다. 즉, 공간의 힘과 인간의 운명은, 물리적 지역과 자연환경에서부터 지속되는 문화와 지역전통에 이르기까지 많은 면에서 서로 연결되어 있다. 인간적 삶과 공간의 연관은 인간존재의 근본조건이다. 메를로-퐁티의 표현처럼, 우리의 신체는 공간 안에 있다고, 더욱이 시간 안에 있다고 말해서는 안 되며, 공간과 시간 안에 거주하는 것이다. 그곳은 인간과 무관하게 거리를 두고 있는 무정한 사막 같은 공간이나 기계적 공간이 아니다. 도리어 인간이 실존하면서 뭇 존재자와 만남이 가능한 역동성·사건성·관계성·맥락성을 지닌 유정有情한 공간, 즉 의미로 충만한 살아 있는 공간이다.

철학자 강학순(안양대학교 기독교문화학과 철학교수)은 2011년에 출간한 『존재와 공간』을 통하여 인간 존재의 전제이자 숙명으로서 공간에 대하여 힘차게 선언한다. 인간이 시간과 공간 안에 거주하는 한, 세계는 오롯이 역사의 그릇이 되어 그 안에 인간을 인간으로 존재케 하는 의미의 생명수가 출렁이게 한다. 그와 같은 맥락에서, 독일사학자 고유경(원광대학교 역사교육과 교수)이 『독일사 깊이 읽기』를 통하여 소환하는 독일의 오랜 역사는 '기억의 장소'라고 하는 지나치게 구체적이기에 추상적일 수밖에 없는 공간의 담론이 된다. 그의 아름다운 필치는 독자를 숙고와 반추의 황홀경으로 몰아넣기에 충분하다. 다만 독자의 지식과 지성의 정도에 따라 감지하는 수심에 큰 편차가 있을 터인데, 어느 층위에서 고유경의 언어에 사로잡히든 큰 문제는 없다. 『독일사 깊이 읽기』는 푸른역사 출판사가 '우리 시각으로 읽는 세계의 역사' 시리즈 가운데 열세 번째로 펴낸 책으로 부제는 '독일 민족 기억의 장소를 찾아'이다.

고유경은 이화여자대학교 사학과를 나와 독일 튀빙겐 대학교에서 「교육에서 선전으로: 바이마르 공화국 시기 슈투트가르트 노동자문화운동에서 아마추어 연극과 영화Zwischen Bildung und Propaganda. Laientheater und Film der Stuttgarter Arbeiterkulturbewegung zur Zeit der Weimarer Republik」를 써서 박사학위를 받았다. 논문의 제목은 매우 레인지가 큰 그의 학문 영역을 압축해서 보여주는 듯하다. 그의 학문적 관심은 19세기 후반 이래 근대성에 도전해온 소수자들의 노력에 집중되어 있다는데, 각별히 독일 근대 민족의식의 성립과 그 문화적 재현 양상에 주목해왔다고 한다. 그는 『독일사 깊이 읽기』에서 독일 정체성의 요람이 된 기억의 장소 아홉 곳을 '깊이' 읽고자 시도한다. (출판사 책소개) 고유경은 '독일이란 과연 무엇인가'라는 의문, 독일의 정체성에 대한 질문을 피에르 노라가 쓴 『기억의 장소』의 문제의식으로 연결한다. '기억의 장소'의 관점은 정체성의 형성과 관련된 실재하는 공간은 물론 상징적 장소들인 시간, 인간, 이념, 상징 등을 포괄하기에 이른다.

고유경은 토이토부르크 숲과 키프하우젠 산, 독일 아이제나흐 남쪽에 있는 고성 바르트부르크, 포츠담과 라인강, 라이프치히와 랑에마르크, 그리고 바이마르와 베를린 장벽으로 독자를 안내한다. 토이토부르크 숲은 서기 9년 초가을 라인강 동쪽에서 로마군의 침입을 격퇴함으로써 로마제국의 북쪽 판도를 라인강 서쪽으로 결정해버린 한 사나이에 대한 기억을 환기한다. 그는 게르만의 영웅 헤르만이며 라틴어로는 아르미니우스이다. 그는 위대한 레지스탕스로서 불굴의 독일 정신을 상징하는 첫 아이콘이니 패배하지 않은 베르킨게토릭스, 생포되지 않은 윌리엄 월러스이다. 키프하우젠 산은 붉은 수염을 휘날리는 신성로마제국 황제 프리드리히 1세의 예수를 연상시키는 죽음과 부활의 염원을 표상한다. 포츠담은 사라진 철혈의 왕국 프로이센과 연결되고 라인강은 프랑스에 대항하는 19세기 독일 민족주의의 구심점이다. 1813

년의 라이프치히 전투는 나폴레옹 전쟁 즉 '해방전쟁'의 결정적 장면이며 랑에마르크는 1차 세계대전의 전장이다. 바이마르는 독일사의 명암을 극단적으로 대비시키고 베를린 장벽에는 독일과 세계 현대사가 고스란히 아로새겨졌다.

바이마르를 다루는 고유경의 필치는 독자의 마음을 사로잡기에 충분하다. 그가 보기에 바이마르는 '포츠담과 더불어 정신Geist이라는, 독일인에게는 자긍심과 연관된 단어와 결합된' 도시이다. '바이마르 정신'은 독일 고전주의의 거장 괴테와 실러에 대한 기억과 연결되며 이에 대한 독일인의 자부심은 정파와 세대를 초월했다. 그러나 나치 독재는 이 정신의 도시에 부헨발트 수용소의 끔찍한 기억을 덧씌웠다. 1945년 4월 16일 바이마르의 시민 약 2,000명은 에리히 클로스 시장의 인솔로 도시 북서쪽 10㎞ 거리에 있는 에터스베르크 산에 건설된 나치 강제수용소 부헨발트를 방문한다. 산더미처럼 쌓인 시체, 타다 남은 뼈와 재들은 시민들을 경악하게 만들었다. 훗날의 노벨문학상 수상자 임레 케르테스는 "그들은 아무 것도 몰랐다. 아무 것도, 그 어떤 것도 알지 못했다"고 썼다. 하지만 고유경은 묻는다. "바이마르 시민들은 과연 굳게 닫힌 수용소 철문 안에서 벌어진 끔찍한 일들을 전혀 몰랐을까?" 고유경은 단단한 문장으로 정리해 나간다. "바이마르와 부헨발트, 독일사의 명암을 이토록 뚜렷하게 보여주는 장소는 없다. 그럼에도 불구하고 이 두 이름은 필연적으로 연결되어 있다.

부헨발트는 바이마르에서 출발한다. 휴머니즘과 야만, 민주주의와 독재, 세계적인 문화의 요람과 인류 역사상 가장 끔찍한 학살의 장소, 둘은 샴쌍둥이처럼 분리할 수 없다." 그리고 강인한 삶의 의지로 수용소의 고난을 극복한 사람들의 생생한 육성을 통해 인권과 자유의 가치를 되새긴다.

나는 이 책을 단숨에 읽었다. 그러나 책이 품고 있는 무한대의 공간을 내면에 수용하기 위해서는 오랜 되새김질이 필요함을 깨닫는다. 로마제국 시대로부터 베를린 봉쇄로 상징되는 동서 냉전 시대를 아우르고 그 위에 현대를 세웠기에 방대한 역사적 지식을 동원해야 저자가 구축한 담론의 세계에 입장할 수 있다. 전쟁사, 철학사, 종교사, 예술사, 인물사를 망라한 서술을 꼼꼼한 각주와 미주, 적절한 시각자료들이 뒷받침한다. 그럼에도 텍스트와 주문, 사진만으로 책의 내용을 모두 이해하기 어렵다. 그만큼 깊은 책이다. 독일이라는 국가 개념이 지니는 광대하고도 추상적인 일면과 강역을 단정하기 어려운 특징 때문에 독일사를 공부하는 길은 많은 인내를 필요로 한다. 종합적 이해에 도달하는 일은 긴 시간과 역사 주변 학문의 조력을 얻어야 가능하다. 그러나 누구나 경기장에 입장할 필요는 없다. 스타디움 안에는 선수도 있고 관중도 있다. 맘편히 저자의 필치를 따라가기만 해도 맥락을 이해하고 독일 역사의 심연을 엿보기에 충분하다. 고유경의 문장은 정직하고 차분하며 그럼으로써 정돈된 역사학자의 학식과 정신성을 드러낸다.

4부

문화·교양

수잔 스튜어트, 『갈망에 대하여』

작은 기념품이 품은 거대한 기억

2016-01-22 09:04

우리는 자주 착각 또는 실수를 한다. 책을 읽어 지식을 쌓겠다고. 책을 읽으면 영혼이 살지고 교양이 풍부해진다고. 그러나 꿈에서도 가능하지 않은 일이다. 꿈 깨라. 책에 대한 헛된 기대를 품고 첫 장을 함부로 열었다가는 골병들기 딱 좋다.

물론 책은 정보의 덩어리다. 시간을 죽이기 위해 읽는 잡스런 책이 아니라면. 정보라는 영양분은 이를 섭취하여 삭여낼 준비가 됐을 경우에만 유용하다. 그렇지 않다면 몸만 괴롭고 마음까지 상한다. 잘못 삼켰다가는 다 게워내야 한다. 위로든 아래로든.

『갈망에 대하여』를 읽기 위해서는 상당한 준비가 필요하다. 어려우니까. 준비가 되어 있지 않다면 대략 30쪽, 좀 버텨 봐야 50쪽 근처에서 책장을 덮을지도 모른다. (이 구간을 돌파해야 숨통이 트인다) 매력적인 표지 디자인과 카피처럼 쓴 부제목(아니면 진짜 카피)은 속임수 같다.

'미니어처, 거대한 것, 기념품, 수집품에 관한 이야기'.

이걸 읽고 "아, 김정운 교수가 쓴 『남자의 물건』 비슷한 책인가 보다"하고 생각했다. 그러나 많이 다르다. 『갈망에 대하여』는 그 입구부터 깔깔해서 열고 안으로 들어가기가 쉽지 않다. 구차하지만 출판사에서 공들여 쓴 해설문을 읽어도 큰 도움은 안 된다.

"『갈망에 대하여On Longing』는 '갈망이라는 일종의 통증' 혹은 '죽은 것을 산 것으로' 만들려는 '서사의 욕망'에 관한 것이다. 미니어처 책, 18세기 소설, 톰 섬의 결혼식, 허풍스러운 이야기, 관광이나 노스탤지어의 대상 등 다양한 문화적 형태를 주제로 삼고 있다."

당장 '서사의 욕망'이 목구멍에 딱 달라붙지 않는가. 책을 쓴 수잔 스튜어트는 시인이자 비평가다. 디킨슨대, 존스홉킨스대, 펜실베이니아대 같은 곳에 다니며 영문학, 인류학, 시학을 공부해 석·박사 학위를 취득했다. 나에게 그의 글은 다양한 전공 때문인지 몹시 어렵다.

스튜어트의 '갈망'이란 '간절한 욕망', '임신 중 여성이 느끼는 공상 섞인 열망', '소유물 또는 부속물'이다. 그는 우리가 무언가를 이야기할 때 그 밑바닥에 고여 있는 욕망에 주목한다. 이야기에 새겨진 욕망의 구조를 미니어처, 거대한 것, 기념품, 수집품 등을 대상으로 삼아 유형화한다. 그 과정에서 서사의 도구인 언어와 그 특성으로서 '기호'에 주목한다.

"기호의 자의성을 교환가치의 자의성과 비교해볼 수 있을 것 같다. 교환가치에는 상품의 물질적 속성이나 상품이 형성되기까지 투입된 노동의 양과는 아무런 본질적 연관성이 없으나, 그 가치가 사회적으로 결정된다는 점에서 보면 결코 자의적이지 않다."

'기호의 자의성'에 대한 담론은 구조언어학에 대한 지식을 전제로 한다. 구조언어학의 관점에서 언어는 사회적인 규칙이다. 내가 마구 짖어대는 개를 '빡'이라고 부를 수는 있지만 누구도 알아듣지 못한다. 페르디낭 드 소쉬르는 사회적 규칙으로서 언어를 '랑그Langue'라고 했다. 랑그는 언어활동의 체계적 측면이다. 개인적이고 구체적인 발화의 실행과 관련된 측면은 '파롤Parole'이다.

그런데 개를 '개'라고 부르는 대신 모두가 '빡'이라고 부르기로 약속했다면, 개는 '개'가 아니고 '빡'이다. 이렇게 볼 때 기호는 지시하는 대상과 아무 상관도 없다. 소쉬르는 이것을 '기호의 자의성'이라고 했다.

스튜어트는 언어가 모든 사람에게 같은 것을 지시할 수 없으며 발화라는 구체적인 실천 행위 안에서 기능한다고 주장한다. 아직 입 밖으로 나오지 않은 추상적인 말이 생각이고 생각이 문장 단위로 실현된 것이 발화이다.

저자가 보기에 인간의 삶방은 언어의 불안전성에서 싹트다 기표signifiant와 기의signifie, 혹은 물질성과 의미의 관계가 탄생하는 지점과 초월되는 지점이 갈망의 서사가 닿고자 하는 곳이다. 그리고 기념품은 모든 서사에서 드러나는 노스탤지어, 즉 기원을 향한 갈망을 보여주는 사물이다.

엽서, 사진, 코르사주에서 떼어낸 리본, 에펠탑 모형 같은 기념품은 물리적 축소와 서사를 통한 의미 강화를 이용해 특정한 순간을 하나의 물질 안에 보존한 결과물이다. 사람들은 기념품이 '실재성을 상실해 이야기 속에 꾸며내야만 존재하는 사건들의 흔적'이 되어 주리라 믿는다.

"기념품은 갈망이라는 언어를 통해 원본의 맥락에 말을 건다. 기념품은 필요나 사용가치 때문에 생겨난 물건이 아니라 노스탤지어라는 충족될 길 없는 욕구에서 비롯되는 물건이기 때문이다."

『갈망에 대하여』를 읽느라 진을 뺐다. 나에게 책은 과제물처럼 성가셨다. 다른 책을 열어 확인해가며 읽어야 할 부분도 있었다. 이 책을 다 읽고 영양보충을 했다는 뿌듯한 감정 같은 것은 없다. 그런데… 특별한 체험이 없지는 않았다.

책이 어려워 '난삽한 책'이라는 누명을 씌워 던져버리고 싶은 순간이 있었다. 40쪽쯤 읽자 싫증이 났다. 그런데 43쪽을 지날 즈음 나는 행간 속에 빠져들어 책과 무관한 상상을 했다. 스튜어트는 여기서 손 글씨와 일기에 대해 말하고 있다.

> "손으로 글을 쓴다는 것은 (중략) 개인적인 부분과 직결된다. (중략) 목소리가 시간에 남기는 흔적이라면, 손 글씨는 공간에 남기는 흔적이다. 자기 편지나 일기를 태우는 것에 도덕적 정당성이 있다면 (중략) 자살의 도덕적 정당성에 가까울 것이다. 그러나 나머지 다른 것들과 함께 한꺼번에 태울 수 없는 기록은 곧 기록될 수 없는 기록이다. 일기 속에서 헤아려 셀 수 없는 시간이 있다면 바로 일기를 쓰는 시간이다."

나는 이 책을 읽기 일주일 전에 용인에 계신 스승의 댁에 갔다가 만난 시인 윤제림을 떠올렸다. 그는 재킷 가슴주머니에 연필을 꽂고, 주머니에는 작은 공책을 넣고 있었다. 그는 "글을 쓰고 메모를 할 때 손 글씨가 아니면 안 된다"고 했다. 나는 키보드가 익숙하다.

윤준호, 『고물과 보물』

금성라디오, 삼표연탄,
락희치약, 반달표 스타킹…

2015-06-16

“잘 가라! 그대는 내가 소유하기에는 과분하고/그대는 그대의 가치를 충분히 알지니/그대의 가치를 담은 계약서는 그대를 풀어주나니/그대와 나와의 인연은 이제 모두 끝났도다.”

윌리엄 셰익스피어의 소네트 87번. 그 첫 단락에서 영문학자 공성욱은 문학에 대한 함의를 본다. 그는 “문학은 작가가 의도한 가치 속에 매몰된 것이 아니라, 클로드 레비스트로스의 표현을 빌리자면, 항상 열려진 공간으로 존재해야 한다”고 했다. 아치볼드 맥리시가 「시법Ars Poetica」에서 말했듯, “시란 의미하는 것이 아니라, 존재하는 것”(A poem should not mean But be)이다. 시의 의미는 독자, 극이라면 관객이 부여한다. 이를 자크 데리다는 ‘의미의 산종’(dissemination)으로, 해롤드 블룸은 ‘창조적 수정작용’(act of creative correction)으로 보았다.

재춘이 엄마가 바닷가에 조개구이집을 낼 때
생각이 모자라서, 그보다 더 멋진 이름이 없어서
그냥 '재춘이네'라는 간판을 단 것은 아니다.
재춘이 엄마뿐이 아니다
보아라, 저
갑수네, 병섭이네, 상규네, 병호네.

재춘이 엄마가 저 간월암看月菴 같은 절에 가서
기왓장에 이름을 쓸 때,
생각나는 이름이 재춘이 밖에 없어서
'김재춘'이라고만 써놓고 오는 것은 아니다.
(중략)
재춘아, 공부 잘해라!"

윤제림의 시, 「재춘이 엄마」다. 시를 읽지 않는 독자라도 낯설지 않으리라. 맞다. 텔레비전에서 보았다. SK그룹이 2009년 9월부터 'OK! SK, 당신이 행복입니다'라는 슬로건으로 캠페인 광고를 내보낼 때 등장한 '카피'다. 메시지는 명료하다. '자식의 이름으로 사는 엄마의 행복'. 시인 최형심은 "진솔함 하나만으로 읽는 이를 압도해 버리는 시"라고 했다. 그러나 맥리시식으로 읽으면 의미를 부여하고 자시고 할 것 없다. 그렇다면 시인 윤제림에게 시와 카피, 시와 산문의 거리는 멀지 않은 것도 같다.

윤제림은 올해* 봄에 산문집 『고물과 보물』을 냈다. 부제는 '20세기 브랜드에 관한 명상'이다. 그는 시인 윤제림, 서울예술대학교 교수 겸 카피라이터 윤준호로서 산다. 『고물과 보물』은 윤준호의 이름으로 냈다. 그럼으로써 그는 이 책을 '시인의 산문'이라는 올가미에서 빼낸다. 하지만 시인의 산문 쓰기에 대해 묻자, 그는 꽤 길게 말했다. 청나라 시인 오교吳喬를 인용했다. "산문은 밥이요, 시는 술이다". 윤제림은 설명하기를, "쌀이 있으니 '밥을 짓자'고 하면 산문을 쓰는 자다. '술을 빚자'고 하면 시인이다"라고 했다. "시인의 영혼과 카피라이터의 본능이 100% 컨버팅되는가." 그는 "최소한 섞이지 않는다"고 했다. 그가 산문을 쓰는 이유는 "술로 연명할 수 없기 때문"이다.

『고물과 보물』은 사물에 대한 산문이다. 윤제림은 산문을 통하여 사물에 대한 인식을 드러낸다. 그는 '물활론'이라고 했다. 책의 서문에 썼다. "그것들이 말했다"고. 윤제림은 "내 글쓰기는 '받아쓰기'다. 사람, 짐승, 식물이 나에게 대신 말해 달라고 외치고 떠들고 속삭인다. 그래서 감각기관 중에 귀가 가장 중요하다." 윤제림의 시에는 상품의 이름이 자주 등장한다. 그의 첫 시집은 『삼천리자전거』다. 『고물과 보물』은 '금성라디오', '락희치약', '반달표 스타킹' 같은 상품에 대해 말한다. 「삼표연탄」을 읽자.

* 2015년.

연탄은 희생과 겸양의 태도를 가르칩니다. 그렇게 소중한 운명을 타고나서도, 연탄은 그 누구한테도 젠체하거나 비싸게 굴지 않습니다. 거지 아이의 동전 몇 개에도 제 몸을 내줍니다. 1970년의 어느 연탄 광고에는 이런 카피가 보입니다. '해마다 서울 백만 가정의 겨울을 지킵니다.' 아, 일 년이면 몇 장이나 되는 연탄이 스스로 소신공양燒身供養을 한 것일까요. 모든 연탄 광고가 한결같이 '화력 좋고 오래 탄다'는 것을 강조할 때, 그 약속을 지키기 위해 연탄은 그 뜨거운 불속에서 얼마나 참고 견뎠을까요.

윤제림은 서문을 통하여 생각을 먼저 드러낸다.

전화기가 신체의 일부처럼 되어서 동서남북 통하지 않는 곳이 없다며 신기해하던 선배가 소통이 되지 않는 세상이라고 목소리를 높입니다. 눈뜨면 문자메시지를 찍어 날리고 쉼 없이 메일을 주고받는 젊은이가 외롭다고 눈물짓습니다.

그의 글 어딘가에 '눈물 같은 것'이 더러 비친다. "그러니까 '오늘'의 내가 '내일'의 나로 나아가려면 '어제'의 나를 반추해보는 일이 의무라는 것!"이라든가, "고물이 보물이 되는 데는 우리들 정신의 즉흥성이, 우리들 심신의 가벼움이 한몫을 했을 것이다. 새것을 좋아할 수는 있으나 해묵은 것, 때 전 것들이 그렇게 너절하고 고약한 것만은 아님을 우리들은 왜 모르고 컸단 말인가" 같은 출판사 서평은 실없다.

윤제림을 지난 일요일(14일) 오전에 이태원에 있는 그의 집 근처에서 만났다. '카피' 의뢰를 받아 토요일 저녁부터 밤을 샜다고 했다.

김화성의 『전라도 천년』

홍탁의 추억 돋는 글,
오매! 징한 거

2018-02-09

서울 충무로. 대한극장 앞에서 제일병원 입구 쪽으로 걷다 보면 윤신근 박사 사진이 걸린 동물병원이 나온다. 그 옆골목으로 20여m 걸어 들어가면 '홍탁' 집이 있다. '옛날5가' 라는 빨간 글씨가 선명해 금세 찾는다. 실내 분위기는 곰삭은 느낌이 들지 않는다. 하지만 이곳이야말로 나의 오랜 홍탁 편애가 시작된 장소다. 홍탁집은 원래 장충동 앰배서더호텔 뒤라고 해야 어울릴, 약간은 퇴락한 듯한 골목에 있었다. 나는 1980년대의 문이 막 열렸을 때 이 집에 처음 갔다. 대학가 주변에는 늘 매캐한 최루탄 냄새가 고여 있었다. 청바지에 해진 운동화나 낡은 가죽신을 질질 끄는 병역미필자들, 야전잠바를 검게 물들여 사시사철 그것만 걸치고 다니는 예비역들이 그 골목들을 누볐다. 얼굴은 창백하고 우울해 보였으나 눈빛만은 잔뜩 벼린 칼끝 같았던 청춘들에게 홍탁은 아무 때나 맛볼 수 있는 음식이 아니었다.

학교를 졸업하고 취직한 선배들이 가끔 학교에 왔다가 후배들을 낚아채 홍탁집으로 가곤 했다. 대학 시절 나에게 홍어 맛을 보인 선배들이 모두 전라도 사람은 아니었다. 홍어를 좋아하는 시인 윤제림은 인천, 정희성은 서울 사람이다. 정광호는 제천에서 서울로 유학했다. 아무튼 나는 선배들에게서 홍어를 배웠고, 그 미각의 이미지는 전라도였다. 나뿐이랴. 요즘도 내가 홍어를 먹자고 하면 열에 아홉은 "집이 전라도냐"고 묻는다. 나도 아주 오랜 시간이 지난 다음에야 전라도 사람이 모두 홍어를 즐기지는 않는다는 사실을 알았다.

함경북도에서 나고 자란 아버지가 '왜정' 말기에 유학을 마치고 귀국해 정착한 곳은 부산이다. 아버지는 부산에서 사업을 크게 일으켰다. 이때의 일을 이야기할 때, "함께 일하던 직원에게 속아 큰 손해를 보았다"는 말씀을 잊지 않았다. 그 직원은 '전라도 사람'이며, "항상 듣기 좋은 말만 했지만 결국은 배신을 했다"고 '주의'를 주었다. 나는 거의 세뇌가 되다시피 했다. 그러나 나의 운명은 아버지의 경고를 지키기 어려운 방향으로 흘렀다. 대학생이 된 나는 전라도에서 온 선배들에게서 상상하기 어려울 만큼 큰 사랑을 받았다. 그들은 홍어뿐 아니라 문학과 세상을 보는 태도를 가르쳤다. 그들에게서 '광주'를 듣고 배웠다. 그러니 젊은날의 내 삶과 평생에 걸친 문학은 그들을 떼어놓고 생각하기 어렵다.

이런 이유 때문에, 나는 전라도에 대한 어떤 험담도 마음 편하게 듣기 어렵다. 험담과 경계에는 우리 사회가 불치병처럼 앓는 지역주의와 차별의 기제가 잠복했다. 장차 통일이 되면 또 어떤 종류의 차별과 지역주의가 우리를 병들게 만들지 걱정스럽다. 우리에게는 수많은 한국인이 있다. 남북은 물론 재일한국인, 재미한국인, 재유럽한국인, 만주의 한국인, 중앙아시아의 한국인…. 최근 몇몇 영화와 문학작품에서 보이는, 재중국 동포들에 대한 편견을 조성하는 내용은 역사의 관점에서 볼 때 부정적인 영향을 남길 것이 분명하다. 예술의 자유는 존중하지만 그 결과는 결과다. 홍어를 보라. 보수(라고 부르기조차 역겨운) 집단 일부에서 입에 담을 때 이 생선의 이름은 추악하기 짝이 없는 언어가 되어 진짜 악취를 뿜는다.

김화성이 최근 발간한 책을 받아들고 대번에 홍어를 생각한 이유는 그가 전라도 사람이어서가 아니다. 그를 마지막으로 만난 장소가 늦은밤 서울 경복궁역 근처, 소금구이집 옆에 있는 홍탁집이었다. 그는 동아일보 기자였고, 중앙일보에 펜화를 그려 명성을 떨치는 안충기 화백이 곁에 있었다. 그날 주인아주머니는 막 문을 닫으려다가 우리가 들어가 홍탁을 달라고 하자 다시 앞치마를 걸쳤다. 나는 김화성을 신문기자가 된 다음에 만났다. 전북 김제에서 태어난 그는 선비의 기질이 느껴지는 문화인으로, 뛰어난 저서를 여럿 남겼다. 멋진 주사酒士이며 산악인이기도 한 그가 새로 낸 책을 받으니 기뻤다. 책의 제목이 근사하다. 줄이면 『전라도 천년』, 길게 읽으면 『오매! 징허고 오지게 살았네, 전라도 천년』이다. 오매, 징한 거!

김화성이 쓰기를, "1018년, 고려의 현종이 처음으로 전라도라는 말을 사용하면서 천년의 역사가 시작되었다"고 했다. 조선팔도 중에서 두 번째로 생긴 이웃 경상도(1314년)보다도 무려 296년이나 앞섰다고 한다. 김화성은 『전라도 천년』에 전라도의 기원부터 전라도가 탄생시킨 인물들과 흥이 넘치는 지역민들의 삶, 생각과 사상, 전라도 자연의 신비로움 등을 한 권에 담아 소개한다. 출판사에서는 '전라도 출신 작가의 흡입력 있고 감칠맛 나는 이야기를 따라가다 보면 어느새 천년 역사가 정리된다'고 소개했다. '사료와 사진 자료를 함께 제시해 당시의 중심 인물과 사건이 탄생한 배경을 쉽게 이해할 수 있는 종합안내서'라는 설명도 덧붙였다.

차례를 보니 참으로 다채롭다. 조선의 천둥소리 정여립, 유배지에서 눈물꽃을 피운 정약전과 정약용 형제, 녹두장군 전봉준, 창암 이삼만, 판소리를 집대성한 신재효, 매천 황현, 으뜸한량 한창기…. 긴 세월 동안 전라도는 많은 고난을 겪고 한을 남겼으며 한편으론 이야기를 품은 곳이 되었다. 『전라도 천년』은 전라도 사람들의 글과 사진으로 지난 천 년을 정리하고, 다가올 천 년의 희망을 노래한다. 모든 것을 떠나, 뛰어난 문사 김화성의 필력을 오랜만에 맛보고, 비가 언뜻 스치던 그날 밤의 홍탁 향기를 추억

할 수 있어 반갑기 그지없다. 아, 그리고 『전라도 천년』을 읽으면 다음의 말이 무슨 뜻인지 알게 될지도 모른다.

"어이, 나가 마리여, 어저끄 거시기랑 거시기 허다가 거시기 헌티 거시기 혔는디, 걍 거시기 혀부렀다."

마침 오늘* 반가운 글을 읽었다. 요즘 글짓기 강사로 전국은 물론 미주 지역에까지 명성을 떨치는 백승권이 썼다. 그가 소셜네트워크서비스SNS에 올린 글이 마음을 사로잡는다. 그와 나는 호남선의 경험을 공유하기에, 가슴 뭉클할밖에!

"오랜만에 무궁화호 열차를 탔다. 대학교 때 술 마시다 바다가 보고 싶으면 무작정 용산역으로 달려와서 열 시 공오 분 발 목포행 막차를 타던 기억이 돋는다. 목포에 내려 바다 한번 보고 해장국 한 그릇 먹고 다시 상행 열차에 몸을 실었다. 여름엔 피서객, 등산객까지 뒤섞여 처음 보는 사람들끼리 술잔을 주고받고 기타 치며 노래도 함께 부르던 그 열차. 이리 역에서 십오 분 정도 정차할 때 후다닥 달려가 가락국수 한 그릇 먹던 그 열차…."

---

* 2018년 2월 7일.

다카하시 데쓰오, 『미스터리의 사회학』

2016-04-25

다카하시 데쓰오高橋哲雄는 『미스터리의 사회학』의 한국어판 서문에서 이런 의문을 제시한다. 서양의 문학 대국인 독일과 아일랜드에서는 왜 좋은 미스터리 작품이 나오지 않았을까? 그는 자신의 의문을 비교문화적 문제의식으로 규정하고 사회과학적인 방법으로 풀 방법은 없을지 모색한다. 좋은 미스터리 작품의 결핍 내지 빈곤은 우리도 예외가 아니다. 서점에 가보면 서양의 고전 미스터리가 아니면 대개 일본 작가들의 책이 서가를 점령하고 있다.

다카하시는 영국의 고전 미스터리가 세계에서 최초로 뿌리내린 근대시민사회의 산물이라는 점을 밝힌다. 영국의 고전 미스터리는 (근대 스포츠와 마찬가지로) 여가의 산물로서 경제적 발전을 동반했다는 것이다. 그는 미스터리와 스포츠에서 다양한 유사성을 발견한다. '룰'이 있다는 점도 그중에 하나다. 또한 미스터리 장르는 다양한 문화 환경의 영향을 받은 결과 미국에서는 하드보일드로, 일본에서는 사회파나 변격추리소설 같은 형태로 지류를 형성한다.

다카하시는 '이데올로기'라는 제목을 붙인 제2부를 시작하면서 카타르시스에 대해 말한다. 아리스토텔레스는 『시학』의 6장에 이렇게 썼다. "비극은 (중략) 연민과 공포를 환기시키는 사건에 의하여 바로 이러한 감정의 카타르시스를 행한다." 연민은 고의가 아닌 잘못으로 비극적인 패배를 맞는 주인공에 대한 동정, 공포는 비극적 결과의 냉혹함에 대한 몸서리다. 카타르시스는 아놀드 하우저에 따르면 '정신적 자유'이고, 감정의 해방이다. 미스터리 장르를 연민과 공포를 거쳐 카타르시스로 연결하는 솜씨!

그런데 미스터리는 스릴러나 서스펜스라는 흡사하거나 연관된 개념과 뒤섞여 이해하기 어렵게 만든다. 포털에 글을 쓰는 작가 김세윤은 네이선 브랜스포드를 인용해 말한다. "미스터리는 범인이 누구인지 마지막 페이지에서 알 수 있다. 하지만 스릴러는 범인이 누구인지 첫 페이지에서 알 수 있다. 서스펜스도 범인의 정체를 첫 페이지에서 간파하는 건 스릴러와 같다." 다음은 알프레드 히치콕의 설명.

"네 사람이 포커를 하러 방에 들어간다. 갑자기 폭탄이 터져 모두 죽는다. 이럴 경우 관객은 단지 놀랄(surprise) 뿐이다. 그러나 나는 네 사람이 포커를 하러 들어가기 전에 한 남자가 포커판 밑에 폭탄을 장치하는 모습을 보여준다. 네 사람이 포커를 하는 동안 시한폭탄의 초침은 폭발시간에 다가간다. 폭탄이 터지기 직전에 포커를 끝내고 일어서는데 한 사람이 말한다. '차나 한 잔 하지.' 이 때 관객이 느끼는 감정이 서스펜스suspense다."

나는 다카하시의 책을 발견하자마자 서둘러 손에 넣었다. 그리고 이틀에 걸쳐 읽었다. 그러는 동안 온갖 잡념이 브라운 운동을 하는 연기 입자처럼 머릿속을 부유했다. 주로 추억과 관계가 있는 이 잡념들은 『미스터리의 사회학』의 행간에 스며들었다. 다카하시는 글을 미스터리 작가만큼이나 재미있게 쓴다. 오에 겐자부로의 소설을 처음 읽었을 때처럼, 일본어에 능통하지 못함을 한탄했다.

내가 어릴 때, 여름이면 극장에서 '공포영화'를 상영했다. 소복을 입고 산발한 처녀가 등장했다. 처녀는 한밤에 산속에 있는 무덤을 열고 나왔다(산길을 내려올 때는 비틀거리며 발밑을 조심했다). 소복과 긴 생머리는 공포감을 극대화하는 장치였다. 1960~1970년대의 골목에서는 어머니들이 딸들을 야단쳤다. "미친×처럼, 귀신처럼 머리는 풀어 헤치고 …!" 맞다, 처녀 귀신들은 살짝, 아니면 심하게 미친 것 같았다. 그러나 아무리 무서워도 궁금증은 남았다. 어쩌다 저리 됐을까? 끝까지 보면 답이 나왔다.

요즘은 옛날식 공포영화를 보기 어렵다. 최근 영화들은 폭력과 선정과 공포를 버무린 '토털 패키지'다. 오로지 공포만을 강요하는 영화는 관객을 지치게 만든다. 그뿐 아니라 지루하다. 그래도 밤길을 걸을 때 문득 영화의 한 장면을 떠올리며 흠칫 몸을 떤다면, 표 값이 아깝지 않다. 나는 산발한 처녀 때문에 자주 밤길이 두려웠다. 어린 날의 그 처녀는 내가 사춘기를 맞을 무렵 흔적도 남기지 않고 떠났다. 긴 생머리를 휘날리며. 나도 곧 처녀를 잊고 새 여인과 사랑에 빠졌다.

그녀는 영국의 세인트 메리 미드에 산다. 1971년에 현역에서 은퇴했으니 나이는 좀 많다. 이름은 제인 마플, 오빠는 에르큘 포와로고 어머니는 … 그렇다, 애거서 크리스티다. 마플은 탐정 포와로처럼 베스트셀러 작가 크리스티가 창조한 인물이다. 크리스티의 장편 열두 작품에 등장한다. 첫 작품은 『목사관의 살인(1930년)』, 마지막 작품은 『네메시스(1971)』다. 옅은 파랑색 눈동자, 다정하고 친절한 눈빛으로 주위를 살피며 늘 뜨개질을 한다.

마플은 뛰어난 기억력과 관찰력으로 사건을 해결하는 '아마추어' 탐정이다. 뇌리를 스쳐가는 기억들을 되살려 사건의 진실을 추출해낸다. 사람의 마음을 읽어내는 능력이 남다르다. 미스터리의 세계에는 수많은 스타가 있다. 셜록 홈스(코난 도일), 매그레 반장(조르주 심농), 구석의 노인(배러니스 오르치), 프렌치 경감(프리먼 윌스 크로프츠) …. 그들은 명석한 두뇌와 남다른 안목으로 세상의 속살을 들여다본다.

마플이 나오는 드라마 연작이 있다. 제럴딘 매큐언이 마플 역을 맡았다. 매큐언은 시즌 1부터 3까지, 열두 편에 출연한다. 애호가들은 누가 마플 역을 가장 잘해냈는지를 놓고 갑론을박한다. 나는 매큐언에게 한 표 주겠다. 글을 쓰거나 공부하다 지칠 때, 나는 미스터리 소설을 집어 든다. 사건의 흐름을 따라가다 보면 마플, 아니 매큐언과 함께 걷는 듯한 착각에 빠진다. 매큐언은 2015년 2월 1일에 세상을 떠났다. 그녀의 아름다운 미소는 드라마에서만 볼 수 있다.

월터 딘 마이어스의 『더 그레이티스트』

무하마드 알리 평전

2017-06-09

늘 그렇지는 않지만, 장렬한 패배는 영웅의 최후를 더 빛나게 한다. 때로는 그 빛이 영웅의 삶 전체로 확장된다. 무하마드 알리(1942-2016)의 권투인생에는 빛과 어둠이 교차한다. 처음에는 링 밖의 어둠이 링을 덮친 것 같았다. 그러나 진실은 알리가 운명과 대치하면서 필연으로 맞이한 인생의 과정이었을 뿐이다.

알리는 1967년 미군의 베트남 전쟁 개입을 반대하며 무슬림으로서 종교적인 신념을 내세워 징집을 거부했다. 그 대가를 치러야 했다. 병역 기피 혐의로 유죄 판결을 받고 헤비급 챔피언 타이틀도 박탈당했다. 1971년 대법원에서 무죄 판결을 받았지만 4년 동안 경기를 하지 못한 권투선수 알리의 전성기는 지나가 버렸다. 정치적이고 종교적이며 인종적인 선택이었다. 그때 알리는 이렇게 소리쳤다.

"내 양심은 내가 미국을 위해 나의 형제 또는 유색인종, 진흙탕 속에서 굶주린 불쌍한 사람을 쏘기를 허락하지 않는다. 왜 그들을 쏘나. 그들은 나를 검둥이라고 부르지 않았다. 그들은 나를 두들겨 팬 적도 없다. 그들은 내 국적을 빼앗지 않았다. 내 아버지 어머니를 강간하거나 죽이지 않았다. 그런데 그들을 왜 쏘나. 내가 어떻게 그들을 쏘나. 내가 어떻게 그 불쌍한 사람들을 쏘나. 그냥 나를 감옥에 가둬라."

링에 복귀한 알리가 1974년 10월 30일 무패의 철권 조지 포먼을 이기고 벨트를 되찾았을 때는 서른두 살하고도 286일이 지났다. 1964년 2월 25일 소니 리스튼(1932-1970)을 이기고 처음 챔피언이 됐을 때보다 더 빛나는 이 순간에 은퇴할 수는 없었을까. 1978년 레온 스핑크스에게 타이틀을 빼앗기고(곧 되찾기는 했지만) 래리 홈즈와 트레버 버빅(1954-2006)에게 져 은퇴의 길에 들어서기까지의 과정은 추레할 뿐이다.

하지만 신은 그에게 다른 방법으로 영원한 빛을 부어 주기로 결심했다. 1984년 알리는 파킨슨병에 걸렸다고 털어놓았다. 파킨슨병과의 투쟁은 알리가 권투선수로서뿐 아니라 한 인간으로서 숭고함을 지켜내고 위대함을 확인하는 과정이기도 했다. 리스튼을 이기고 챔피언이 된 다음 무슬림으로 개종한 알리는 하루 다섯 번 메카를 향해 기도했다. 선행을 하면 천국에서 상을 받는다고 믿었다. 파킨슨병마저 신의 축복이라고 생각했다.

"나는 여자들을 쫓아다니기를 좋아했지만 이제 그럴 수 없게 됐다. 신이 나에게 천국에 갈 기회를 주셨다."

권투선수 알리가 킨샤사에서 챔피언 포먼에게 도전한 경기는 훗날 '정글의 혈투rumble in the jungle'로 회자되며 '마닐라의 전율(Thriller in Manilla-알리와 조 프레이저의 세 번째 대결)'과 함께 전설로 남는다. 전성기의 스피드를 잃은 알리는 로프의 반동을 이용해 포먼의 펀치력을 줄이고 튼튼한 커버링으로 치명적인 타격을 피해나갔다. 포먼은 지쳤고, 알리는 8회전이 끝나기 직전에 결정타를 꽂는다.

자수정처럼 시간을 응결시켜버린 이 순간에 대해 노먼 메일러(1923-2007)보다 잘 쓴 사람은 없다. 메일러는 1968년 『밤의 군대』로 논픽션 부문에서, 1979년 『사형집행인의 노래』로 픽션 부문에서 퓰리처상을 받은 다큐멘터리 작가다. 1975년 『격투the Fight』를 출간한 메일러는 이 책에서 알리가 프레이저와 켄 노턴(1943-2013)에 지고 의기소침해져 특유의 떠벌림을 잃어갈 때로부터 이야기를 시작한다.

메일러는 이 시기의 알리가 무엇보다도 '영적인 구원'을 필요로 할 때 '검은 심장'으로부터 원하는 것을 얻어냈을 것이라고 보았다. 그러기에 "만일 알리가 검은 대륙 '아프리카'에서 승리할 수 없었다면 세계 어느 지역에서도 이기지 못했을 것"이라고 단언했으리라. 즉 알리는 아프리카의 심장부인 킨샤사(콩고민주공화국)로 원정을 가 포먼과 경기할 수 있었기 때문에 '정신적인 도움'을 받았다는 것이다.

또한 메일러는 '떠버리' 알리의 입심조차 포먼의 강렬한 침묵 앞에서 한낱 소음에 지나지 않았으며 도리어 자신의 약함을 드러냈을 뿐이라고 경기 전의 분위기를 묘사했다. 그럼에도 불구하고 알리는 자신이 원하는 방향으로 포먼을 끌어들인 적응력과 뛰어난 두뇌플레이로 승리를 따냈다. 8라운드에서 포먼이 알리의 스트레이트를 맞고 캔버스에 나뒹구는 장면을 메일러는 이렇게 그렸다.

> "나가떨어진 포먼은 한동안 그의 눈을 알리에게 고정시키고 움직이지 못했다. 알리가 세계 제일의 복서라고 인정이라도 하듯이 … 마치 임종의 순간 알리를 바라보듯 아무런 분노의 기미도 없이 알리를 올려다볼 뿐이었다."

알리가 정글의 혈투에서 살아남은 지 43년, 세상을 등진 지 1년이 지난 오늘* 우리는 메일러의 역작에 버금가는 알리의 평전을 받아 들었다. 돌베개 출판사에서 낸 이 책의 제목은 『더 그레이티스트』다. 월터 딘 마이어스가 쓴 책을 이윤선이 번역했고 남궁인이 해제를 달았다. 매우 뛰어난 동시에 우리가 상상할 수 있는 알리의 세계를 넘나들며 풍부한 이야기들로 가득 채운 책이다.

---

* 2017년.

책이 제시하는 생각의 열쇠 몇 개를 들어 설명하자면 알리가 우리에게 남긴 것은 '용기'다. 인종차별, 베트남 전쟁, 냉전 등 미국 사회를 지배한 격동의 세월 한가운데를 꿋꿋이 걸어 나간 위대한 전사의 유산이다. 마이어스가 보기에 알리의 용기는 두려움을 버리는 행위가 아니다. '용기란 두려움을 직면하는 의지, 평생 위험에 맞서는 의지, 도덕적으로 옳은 일을 반드시 해내는 의지가 있다는 뜻이다'.

또한 마이어스는 '패자들에 바치는 송가'로 알리의 위대한 승리와 투쟁에 대해서 뿐 아니라 처절한 패배와 희생에 대해 말한다. 출판사는 이 책을 '태산만큼 큰 용기나 의지로도 피해 갈 수 없는 수렁에 대한 책이며, 빈손으로 돌아서는 수많은 패자들과 궁극적으로는 아무도 승리하기 힘든 비극적인 싸움에 바치는 송가'라고 소개한다. 이 책에는 번역투 문장이 많지만 참고 읽을 가치가 있다.

"프로 권투란 피와 통증과 더 많은 고통이 있는 운동이다. 노골적인 잔인성이 당연한 운동이다. 그게 싫다면 그 선수는 그곳에 있지 말아야 한다. 이 사안의 부정적인 면은 분명하다. 상대를 인정사정없이 두들겨 패고자 하는 것이 권투 선수의 욕구라고 한다면 상대의 목표 또한 동일하다는 점이다. 인간의 몸이 치르는 희생은 충격적이다. 아치 무어가 말했듯이 '네 몸에는 일정 수의 격렬한 싸움의 흔적이 들어 있다'."

최순우,
『무량수전 배흘림 기둥에 기대서서』

2015-11-20

1786년 9월 26일 저녁, 요한 볼프강 폰 괴테는 파도바에 도착한다. 그는 전망대에 올라 주변을 살핀다. 남동쪽으로 트인 평원과 푸른 지평선 저 너머 베네치아의 산마르코 탑을 바라보며 그의 가슴은 셀렌다. 그는 이틀 뒤 베네치아에 도착한다. 이렇게 썼다.

"운명의 책 속 나의 페이지에는 내가 1786년 9월 28일 저녁, 독일 시간으로는 5시에 브렌타에서 배를 타고 석호로 들어오면서 경이로운 섬의 도시에 발을 들여놓게 되었다 쓰였다." 베네치아에서 괴테는 낯선 곳을 홀로 걸으며 '군중 속의 고독'을 체감한다.

베네치아는 괴테에게 로마 다음으로 감명을 준 도시 같다. 곤돌라를 타고 운하 사이를 오가면서 그는 바다 위에 도시를 건설한 인간에 대한 외경을 느낀다. "이는 인간의 힘을 결집시켜 만들어낸 위대하고 존경할 만한 작품이고, 지배자가 아닌 민중의 훌륭한 기념물이다."

괴테의 이탈리아 여행은 1788년에 끝난다. 여행 중에 독일에 있는 지인들에게 보낸 편지와 일기를 묶어 『이탈리아 기행Die Italienische Reise』을 펴냈다. 그가 여행길에 나설 때는 서른일곱 살, 지성과 예술적 감성이 모두 난숙했을 시기다. 책은 내용이 풍부하고 아름답다.

나는 『이탈리아 기행』을 공들여 읽었다. 페이지를 넘길 때마다 내가 여행한 이탈리아가 괴테의 설명과 함께 의식의 스크린에 또렷이 상을 맺는다. 다시 이탈리아에 가면 브래드 쇼의 가이드북을 든 마이클 포틸로처럼 괴테의 기행문을 벗 삼아 포석鋪石 위를 걸을 것이다.

회사의 지원을 받아 쾰른에서 공부할 때의 일이다. 서울에서 동료·선후배들이 가끔 찾아왔다. 그들을 대성당에 데려갔다. 그러다 보니 나도 모르게 성당의 역사와 소장 유물, 예술작품에 대해 달달 외웠다. 전문 해설사처럼 설명할 수 있었다. 두 시간을 거뜬히 때웠다.

그런데 지금, 쾰른에서 누가 나를 찾아오면 어디로 데려가 뭘 보여줄지 막막하다. 서울에 문화재가 적지 않은데, 내 도시에 대해 변변히 아는 것이 없다. 무지는 성찰을 불가능하게 하고, 아름다움에 불감하게 만든다. 그리하여 문명과 야만의 경계에 나를 세운다.

나는 최순우 선생이 쓴 『무량수전 배흘림기둥에 기대서서』를 독일에서 돌아온 뒤에 읽었다. 유홍준 교수의 『나의 문화유산답사기』를 읽고 흥미를 느껴 같은 분야의 책을 찾다 발견했다. 1994년 6월에 초판을 찍은 학고재의 베스트셀러로 20년간 50만부, 50쇄를 발행했다고 한다.

한국미의 본질을 설명한 안내서다. 우리 문화유산들을 장르별로 묶어 회화, 도자, 조각, 건축 등 여러 영역의 작품을 따뜻한 눈길로 어루만지고 있다. 최순우 선생은 유연하고 맵시 있는 문장으로 독자를 설득한다.

그는 달항아리를 '너무나 욕심이 없고 순정적이어서 마치 인간이 지닌 가식 없는 어진 마음의 본바탕을 보는 듯하다'거나 '잘생긴 며느리 같다'고 표현한다. 그의 글을 통해 예술과 전통은 낯설지 않게 다가온다. 「부석사 무량수전」을 시작하는 필치는 숨막히게 아름답다.

> 스님도 마을 사람도 인기척이 끊어진 마당에는 오색 낙엽이 그림처럼 깔려 초겨울 안개비에 촉촉이 젖고 있다. 무량수전, 안양문, 조사당, 응향각 들이 마치 그리움에 지친 듯 해쓱한 얼굴로 나를 반기고, 호젓하고도 스산스러운 희한한 아름다움은 말로 표현하기가 어렵다. 나는 무량수전 배흘림기둥에 기대서서 사무치는 고마움으로 이 아름다움의 뜻을 몇 번이고 자문자답했다.

우리 문화에 대한 사랑과 자부심은 『무량수전 배흘림기둥에 기대서서』를 비슷한 소재를 다룬 어떤 책도 흉내 낼 수 없는 경지에 올려놓았다. 예술 작품과 문화유산에 대한 최 선생의 애정은 우리 조상들이 살아낸 정겨운 삶에 대한 긍정으로 직결되기 때문이다.

그는 한국미에 대해 "우리민족의 성정이나 생활이 녹아 있어 그들이 표현한 미술품에 나타난 아름다움도 다른 나라와 비교할 수 없는 익살, 은근, 고요, 순리, 백색, 담조淡調, 추상 등 독자적인 미의 특질을 지녀 세계적인 미술품으로 당당히 자리 잡은 것"이라고 설명했다.

내가 처음 읽은 『무량수전 배흘림기둥에 기대서서』는 2002년에 찍은 보급판이다. 학고재는 지난 10월 말에 판형을 줄이고 양장본으로 바꾸어 다시 냈다. 내용은 그대로다. 학고재는 "고전을 세월의 훼손 없이 오래도록 간직하기를 바란다"고 양장본으로 낸 이유를 설명했다.

이 책을 들고 우리 강토 곳곳에 흩어진 문화 유산들과 박물관에 잠든 문화재들을 만나러 다니면 좋겠다. 책장을 넘길 때마다 깊은 숨을 내쉬는 우리의 멋과 정이니, 낯을 맞대고 보면 얼마나 갸륵하고 절절하겠는가.

스티븐 제이 굴드, 『판다의 엄지』

2016-05-20

2016년 3월 6일, 판다 두 마리가 한국에 들어왔다. 2014년 한·중 정상회담 때 합의를 한 결과라고 한다. 이날 오후 인천국제공항을 통해 들어온 판다는 암놈인 아이바오와 수놈인 러바오였다. "짐승 두 마리 들여오는데 무슨 정상 합의가 필요하냐"고 묻는다면 판다에 대해 몰라서 그럴 것이다. 판다는 중국의 '국보'이자 멸종위기 동물이다. 중국을 상징하는 동물로서(할리우드 애니메이션 〈쿵푸 판다〉를 생각해 보라) 중국의 외교 친선대사 역할을 한다.

리처드 닉슨 미국 대통령이 1972년 베이징을 방문했을 때 중국이 판다 한 쌍을 기증한 것을 시작으로 영국, 독일, 프랑스, 스페인, 멕시코, 일본 등에도 판다가 친선 사절로 나갔다. 그 판다가 한국에 온 것이다. 2014년 한·중 정상회담 때 시진핑 주석이 판다 한 쌍을 선물한 지 20개월 만이라고 했다. 국내 언론은 "우리나라는 미국과 일본, 영국 등에 이어 열네 번째 판다 보유국이 됐다"고 보도하기도 했다. 얼마 전 소설가 한강의 책이 맨 부커 인터내셔널 상을 탔을 때 확인했듯이 등위와 순위를 확인하려는 우리 언론의 집착은 참으로 엄청나다.

몸은 검고 머리는 희고, 눈 가장자리를 화장이라도 한 듯 검은 털이 둘러싼 판다는 보기에 매우 귀엽다. 전 세계에 3,000여 마리밖에 없으니 자연 상태로 방치하면 멸종할 가능성이 크다. 먹이는 오직 대나무인데, 하루의 절반을 먹는 데 쓰고 그 양은 하루 평균 12.5㎏이나 된다. 재미있는 사실은 판다가 원래 '육식동물'이었다는 점이다. 판다의 내장은 '간단한 위장과 짧은 소장'으로 이루어졌는데 이 구조는 육식동물의 내장구조와 같다는 것이다. 소와 같은 초식동물들의 위는 식물을 소화시키기 위해 네 개나 된다.

육식동물인 판다가 어쩌다 대나무만 먹게 됐을까? 여러 주장이 있지만 매우 흥미롭고도 유력한 학설은 판다가 지구의 기후가 변한 뒤 고기 맛을 잊었다는 것, 즉 '기후변화로 인한 미각 변화설'이다. 미국 미시간대 생물학과 지안지 장 교수 연구팀은 "고기를 먹을 때 맛을 느끼게 해주는 수용체가 있는데, 판다는 이 수용체가 퇴화했다"는 연구 결과를 내놓았다. 연구팀은 고대 판다의 화석을 분석해 약 420만 년 전에 이 수용체가 비활성화됐고, 이로 인해 700만~200만 년 전부터는 고기가 아니라 대나무를 먹기 시작했으리라고 추정했다.

판다의 수용체는 왜 퇴화했을까. '기후변화'를 계기로 육식을 포기하게 된 판다는 대나무를 주식으로 먹게 되었다. 판다가 왜 대나무를 먹이로 선택했는지는 정확히 알기 어렵다. 판다가 살던 곳에 대나무 숲이 무성했고 다른 동물들과의 먹이 경쟁을 피하다 보니 대나무를 먹게 됐다는 가설이 가장 유력하다. 중국학술원의 푸웬 웨이 박사는 판다의 위와 장에 서식하는 미생물을 분석해 "판다가 대나무에서 에너지를 추출해 낼 수 있는 것은 위와 장에 있는 미생물의 효소 때문"이라는 결론을 내렸다.

찰스 다윈은 『종의 기원』에서 생물의 진화과정을 '약육강식'이 아니라 '적자생존'이라는 개념으로 설명했다. 거대하고 강한 종이 아니라 새로운 변화에 빠르게 적응하고 변화하는 종이 엄혹한 환경의 변화 속에서도 살아남는다는 주장이다. 이런 주장에 비춰 보면 육식을 하다 대나무를 먹는 채식동물로 변한 판다는 '적자생존'의 좋은 예다. 판다는 큰 몸집에 어울리지 않게 능숙한 솜씨로 대나무 잎을 훑어 먹는다. 판다의 앞발을 잘 살펴보라. 발가락이 여섯 개인데, 한 개는 인간의 '엄지'처럼 나머지 발가락들과 맞댈 수 있다. 그러나 판다의 엄지발가락은 사실 손가락이 아니다. '판다의 엄지는 일반적으로 손목을 이루고 있는 작은 구성 요소인 요골종자골이라는 하나의 뼈를 중심으로 하고 있다'. 폐쇄적인 중국 서부 산악지방에 서식하며 오로지 대나무만 먹고 살아야 했던 환경에 적응하느라 임시변통 격으로 이루어진 진화의 결과물이다.

발목뼈에서 분화돼 인간의 엄지처럼 쓰는 판다의 엄지를 통해 진화가 완전성을 향해 나아가는 합목적적 활동이 아니라 때로는 임시변통처럼 보이는 불완전한 변화를 거치기도 한다는 사실을 설득한 책 『판다의 엄지』는 스티븐 제이 굴드의 대표작이다. 미국에서는 1980년에 출간되었고, 우리나라에서는 1998년에 번역본이 나왔다. 지은이가 월간지 『내추럴 히스토리』에 27년에 걸쳐 '이 생명관This View of Life'이라는 제목으로 매달 연재한 칼럼 300편 가운데 초기 원고 서른한 편을 엮은 책이다. 굴드가 자이언트 판다의 '가짜' 엄지를 해부학적으로 분석해 진화의 결과물이 그리 주도면밀하지도 완전하지도 않음을 보여 준 글(1장 '판다의 엄지')은 진화론의 대중화 역사상 전설로 통한다.

『판다의 엄지』는 진화 생물학의 역사와 출간 당시의 논쟁부터 과학자의 삶, 과학 교육, 과학 윤리 같은 문제는 물론이고 성차별, 장애인 차별 문제처럼 정치적, 사회적 이슈까지 아우르고 있다. 박식과 재치와 우아함으로 무장한 굴드는 이 방대한 주제들을 한데 버무려 과학적 개념이 어떻게 오해받고, 오용되고, 잘못된 사회적 실천을 낳는지 보여 주고, 과학 자체도 과학자 자신이나 사회의 선입견이나 바람이나 욕망 같은 것과 결합되면 어떤 식으로 오용될 수 있는지, 환원론, 결정론, 원자론 같은 단선적인 견해가 과학자들을 어떤 식으로 오류로 이끄는지 생생하게 그려 낸다.

1992년 국내에 처음 출간돼 독자들 사이에 과학과 유전학에 대한 관심을 불러일으킨 『이기적 유전자』의 저자 리처드 도킨스는 이렇게 주장했다. "유전자가 유전자를 변화되지 않은 채 보존하기 위한 하나의 방법으로 선택한 것이 몸이다. 우리는 유전자라고 알려진 이기적인 분자들을 보전하도록 프로그램된 로봇 전달자다." 다윈의 진화론에 뿌리를 두되 새로운 관점에서 과학적 사고를 전개한 도킨스의 학설은 사회생물학으로 분류할 수 있다. 진화론은 '진화는 주변부의 격리된 집단에서 오랜 기간에 걸쳐 발생했다'고 보는 점진론이 지배하고 있다.

굴드는 평생 고생물학과 지질학, 진화학을 연구한 사람이며, 또한 뛰어난 대중 저술가였다. 그는 『판다의 엄지』에서 도킨스식의 주장에 대해 반박한다. 그가 보기에 유전자는 의식적으로 스스로를 보존하려는 행위자가 아니다. 다윈의 '자연 선택'에 유전자가 직접 노출되지는 않는다. 선택되는 매개체는 오직 생물의 신체다. 유전자는 신체의 세포 속 DNA에 숨겨진 작은 물질이다. 굴드가 보기에 도킨스의 이론은 하나의 중요한 요소가 전체를 결정한다는 환원론이나 결정론에 사로잡혀 있다. 굴드가 생각하는 서구의 과학적 사고가 지니는 한계 내지 단점이다.

환원론이나 결정론은 작은 범위에서 단순한 현상을 해석하는 데는 유용할지 몰라도 진화의 역사를 몸에 새긴 생물 자체를 분석하는 데는 적합하지 않다. 일부 과학자들은 특정 인종이나 남녀 사이에 뇌 용량 차가 있다고 주장하거나 공룡의 단기간에 걸친 멸종 원인이 체격에 비해 지나치게 작은 뇌 때문이라고 추정한다. 굴드는 인간의 특정 집단을 생물학적으로 평가하려는 모든 시도를 '터무니없는 중상모략'이라고 비판한다. 또한 공룡의 멸종은 생명계가 피해갈 수 없는 숙명이었을 뿐 실패는 아니었다고 주장한다. 진화의 점진론을 반박하는 굴드의 이론은 '단속 평형론'이다. 생물 계통은 장구한 시간이 흘러도 거의 변하지 않지만 이따금 급격한 종의 분화를 거친다. 그러므로 진화는 단속과 차등적 생존의 결과다.

스티븐 제이 굴드는 2002년 5월 20일 세상을 떠났다. 그로부터 14년이 지난* 오늘, 나는 기자들이 모두 퇴근해 텅 빈 편집국 구석에 앉아 『판다의 엄지』를 뒤적거린다. 오늘은 금요일이고, 이틀에 걸친 주말이 기다리고 있다. 짙은 하늘색 표지로 덮은 이 책은 노란색 띠지가 감싸고 있는데 거기 "이 책을 만나는 건 행운이다"라는 아이작 아시모프의 헌사가 인쇄되었다. 아시모프는 러시아에서 태어나 미국에서 활동하며 과학소설로 성공한 사람이다. 특히 SF소설가로서 미래사未來史 SF를 주로 썼다. 굴드보다 10년 일찍 죽었는데, 영원한 미지의 세계라는 점에서 아시모프와 굴드는 상상력의 지평선 어느 지점에서 만났을지도 모른다.

* 2016년.

박정원, 『신이 된 인간들』

2018-02-02

헤라클레스는 고통스럽게 죽었다. 스스로 장작더미에 올라 몸을 불살랐다. 불길의 뜨거움보다 그로 하여금 죽음을 선택하도록 한 생전의 고통이 더 컸다. 일찍이 그는 아내 데이아네이라를 겁탈하려던 네소스를 활을 쏘아 죽였다. 반인반마半人半馬의 네소스는 죽으면서 헤라클레스의 아내에게 '사랑의 묘약'이라며 자신의 피를 준다. 하지만 그 피에는 헤라클레스의 화살촉에 바른 히드라의 독이 퍼져 있었다.

훗날 헤라클레스는 오이칼리아에 원정을 가서 전리품으로 아름다운 공주 이올레를 얻는다. 남편의 사랑을 잃을까 두려웠던 데이아네이라는 네소스의 피, 곧 히드라의 독을 바른 옷을 남편에게 입힌다. 독은 삽시간에 헤라클레스의 온몸에 퍼졌다. 고통을 이기지 못한 헤라클레스는 결국 자신의 몸을 고통과 더불어

불살라 버리기로 결심한다.

인과율因果律은 그리스의 신화를 지배하는 강력한 코드 중의 하나다. 영웅이든 비루한 자든 행동에 책임을 져야 한다. 특히 인간이라면 예외가 없다. 헤라클레스도 오이디푸스나 이아손이 그랬듯 대가를 치러야 했다. 그의 생애는 온통 살육과 도둑질, 사기로 점철됐기 때문이다. 헤라 여신이 내린 과업을 수행했다고 하지만 그때마다 피범벅을 면치 못했다.

물론 헤라클레스의 과업 완수를 문명화의 알레고리이며 상징象徵으로 보는 시각도 있다. 김문갑의 견해에 따르면 헤라클레스의 행위는 '원시적 야만상태로부터 문명세계로의 진입'을 은유한다. 아무튼 헤라클레스는 죽었고, 아비인 제우스가 아들을 들어다 하늘의 별자리에 자리 잡게 했다. 전승에 따라서는 헤라클레스가 불길 속에서 올림포스로 승천해 신이 됐다고도 한다.

영웅의 죽음은 단지 죽음으로 그쳐서는 안 된다. 헤라클레스뿐인가. 바다의 괴물을 죽이고 안드로메다를 구해 아내로 삼은 페르세우스도, 신화 세계의 일류 사냥꾼으로 아르테미스의 사랑을 받은 오리온도 별자리가 됐다. 신들은 변덕스럽고도 너그러워 아폴론이 선물한 오르페우스의 황금 리라마저 하늘의 별자리로 만들었다. 곧 '거문고자리'다.

대중의 의식 속에 선명히 아로새겨진 영웅들의 죽음은 그 자체로 소멸이 아니라 변신이어야 마땅하다. 이는 동서양과 고금을 통틀어 변함이 없으되 그 표현에 차이가 있을 뿐이다. 예수도 마호메트도 세상과 작별하려면 승천 외에 다른 방법이 없었을 것이다. 그에 비하면 화장火葬돼 사리를 남긴 부처의 최후는 놀랄 만큼 직설적이다.

승천과 변신은 대중의 지독한 원망願望을 담는다. 아사달에 도읍을 정하고 단군조선을 개국해 우리 겨레의 역사를 시작한 국조國祖 단군은 연수 1908년을 누리고 산신령이 된다. 선량한 민심이 단군을 무덤으로 보낼 수는 없었던 것이다. 이와 다름없는 원망이 숙부의 손에 죽은 단종의 넋을 태백산에 산신령으로 보내고 임경업을 무속巫俗의 수호신으로 삼았으리라.

새 책 『신이 된 인간들』은 저널리스트이기도 한 저자가 민중의 기대와 원망의 기저를 통찰한 결과다. 저자는 주로 산신山神을 이야기한다. 산신에는 자연신과 인신人神이 있는데 이 책에서는 주로 죽은 뒤 산신이 된 인물들과 그 배경에 초점을 맞췄다. 저자가 보기에 역사 속 인물이 산신이 됐다면 그 인물이 민중의 마음속에 영원히 살아 있는 존재가 됐다는 뜻이다. 한 인물이 산신이 되는 과정에서 신화와 전설, 역사가 뒤섞인다.

하지만 저자는 "현대의 신화 연구가들은 신화와 역사를 더는 대립 구도로 받아들이지 않고, 신화가 담고 있는 의미와 역사적 진실들을 다양한 관점에서 밝혀내고 있다"면서 "우리 신선 신화도 언젠가는 역사로 편입될 날이 있을 것"이라고 기대한다. 신화와 전설의 간극을 메워가는 소조塑造의 가치를 말하는 것이다. 머리말을 읽으면 저자의 관심이 어디에서 출발해 어느 곳을 지향하는지 짐작할 수 있다.

'신을 알고자 하는 것은 인간의 기원을 파악하기 위한 노력의 일환이다. 인간의 기원을 알기 위해서는 신을 파악하는 작업이 우선돼야 한다. 왜냐하면, 신의 세계는 지상 인간의 생활에 그 원천을 두고 있기 때문이다. (중략) 인간이 없다면 신도 존재할 수도 없고, 필요 없는 존재이다. 결국, 인간과 신은 불가분의 관계인 셈이다. 신을 알기 위한 노력은 인간을 더 깊이 알기 위한 작업으로 결론 내릴 수 있다.'

고나희의 『여행의 취향』

일상여행자

2017-05-12

"1786년 9월 3일. 나는 새벽 3시에 카를스바트를 몰래 빠져 나왔다. 그렇게 하지 않으면 사람들이 나를 놓아주지 않을지도 모르기 때문이었다."

요한 볼프강 폰 괴테가 쓴 『이탈리아 기행』은 이렇게 시작된다. 카를스바트는 독일어 지명이다. 지금은 카를로비바리라고 부른다. 체코 서부에 있는 도시다. 인구는 지난해 기준으로 4만 9326명. 좋은 온천이 있고, 매년 7월 '카를로비바리 영화제'가 열린다. 괴테의 여행은 카를스바트를 떠난 뒤 1788년 6월 18일까지 약 22개월이 걸렸다. 여행길에 오르면서 "나는 살아가는 법을 다시 배워야 하는 어린아이와 같다"고 한 괴테는 이 여행이 자신을 '다시 태어나게 하고 혁신시키고 충실을 기할 수 있게' 했다고 적었다. 여행에서 돌아온 후에 쓴 연작시 「로마 엘레지」는 로마를 여행한 괴테의 감정을 생생하게 보여준다.

"이제 고전의 땅에서 나는 기쁘고 영감에 차 있다. 옛날과 오늘의 세계가 더 큰 소리 더 큰 매력으로 말을 건넨다."

괴테는 레겐스부르크, 뮌헨, 베로나, 베네치아, 피렌체 등을 거쳐 로마에 이르고 나폴리와 시칠리아로 넘어간다. 여러 곳을 누볐지만 목적지는 로마였다. 괴테는 1786년 12월 3일 로마에 도착한 날이 '나의 제2의 탄생일이자 진정한 삶이 다시 시작된 날'이라고 기록했다. 또한 일 년 반가량 로마에 머무르는 동안 칼 아우구스트 공에게 보낸 편지에 '이곳에서 예술가로서 자신을 새롭게 발견했으며 처음으로 자신과의 일체감을 느꼈다'라고 고백했듯이 이탈리아 여행은 괴테에게 예술가로서의 정체성을 회복하고 내면이 성숙하는 전환점이 되었다.

당시에도 '여행 안내서'는 있었다. 괴테는 고고학자 요한 요하임 빙켈만이 쓴 『고대 예술의 역사』(1764)를 읽었을 것이다. 이 책은 당대에 이탈리아 여행을 원하는 사람들에게 좋은 참고 자료가 되었다. 빙켈만은 로마를 '세계의 대학'이라고 했거니와(『고전해설 ZIP』 · 지만지), 18세기 말 유럽에서는 서구 문명의 기원으로서 로마 문명에 대한 탐구와 '그랑투어Grand Tour'가 유행하면서 영국과 프랑스, 독일 지식인들의 로마 여행이 잦았다. 청출어람이라고 했듯이, 괴테의 이탈리아 기행문은 빙켈만을 넘어 문학예술사에 빛나는 유산으로 남아 있다.

괴테는 아주 적극적인 여행자였다. 베수비오 화산에 네 번이나 올라갔다. 서기 79년에 폼페이를 돌과 재로 덮은 그 화산은 괴테가 폼페이를 방문했을 때도 폭발하여 나그네의 호기심을 자극했다. 괴테는 1787년 3월 6일 안내자와 함께 베수비오 정상을 향해 걷는다. 용암이 분출하는 모습을 눈앞에서 보고 싶어 분화구 입구까지 접근한 그는 화산이 활동을 시작해 굉음을 토하며 돌덩이를 날리는 바람에 위험한 지경에 빠지기도 한다. 하지만 그는 '위험스러운 상황은 그 속에 무언가 매력적인 요소가 있고 그 위험을 무릅쓰도록 인간의 반항심을 부추긴다'고 썼다.

고래로 문학과 사상의 대가들이 여행을 하며 그들의 내면을 올곧게 다지고 깊이를 더했다. 앙드레 지드는 『콩고기행』에서 자연과 인간을 통찰하면서 아프리카에 대한 프랑스 식민주의의 불의를 고발하였다. 하인리히 하이네는 『하르츠 기행』에서 자신의 이상이 어떻게 산문정신을 바탕으로 한 문학성과 연결되는지 보여주었다. 박지원의 『열하일기』는 당대 조선의 지성을 보여주는 뛰어난 기행문이다. 사실 헤로도토스의 『역사Historiae』도 거대한 기행문학에 다름 아니다. 무라카미 하루키가 그리스의 섬들을 여행하고 쓴 『먼 북소리』는 충만한 정서와 넘치는 상상력으로 감동과 재미를 더해준다.

여행기와 기행문학이 문사나 사상가의 전유물이던 시대는 지나갔다. 최근에는 '여행작가'라는 명함을 걸고 수많은 젊은이들이 재기 넘치는 여행기를 써내고 있다. 이들은 뛰어난 글 솜씨와 사진 실력을 겸비하고 현장(주로 해외)에 뛰어들어 체험한 사실을 정리한다. 이들이 만들어내는 결과물 역시 크게 보아 기행문학이라고 할 수 있다. 가장 최근에 출판인 고나희가 낸 『여행의 취향』(더블:엔)도 그러한 책이다.*

고나희는 전형적인 '요즘 청년'이며 여행작가다. 그는 이 책에서 '다음 여행지에 대해 생각하고 계획하는 것을 낙으로 삼으며 일상을 여행으로, 여행을 일상으로 여기는 일상여행자'의 면모를 보여준다.

인간은 그들이 살아내는 삶이 늘상 그렇듯 정처 없는 시간의 나그네다. 고도로 지성과 지력이 발달한 자들에게 여행은 본능이자 숙명이 된다. 레프 톨스토이가 아스타포보라는 작은 시골 기차역에서 숨을 거두었음은 우연한 일이 아니다. 전혜린은 '먼 곳을 향한 그리움Fernweh'에 대해 이야기하였다. 그녀가 인용한 잉게보르크 바흐만의 시(「섬의 노래-Lieder von einer Insel」)는 이렇다.

누구든 떠날 때에는 여름내 모은
조개들과 함께 모자를
바다에 던져버리고
머리칼 흩날리며 떠나야 하리

---

* 고나희는 자신의 책이 에세이라고 주장했다. 사전은 에세이를 '주로 무거운 내용을 담고 있는 논리적이고 객관적인 수필'이라고 설명한다.

사랑을 위해 차린
식탁도 바다 속에 던져버리고
잔에 남은 포도주도
바다에 쏟아야 하리
물고기들에게 제 몫의 빵을 던져주고
피 한 방울 바닷물에 섞어야 하리
나이프를 파도에 실어 보내고
구두마저 바다 속에 가라앉혀야 하리
심장과 닻과 십자가
그리고 머리칼 흩날리며 떠나야 하리
언젠가 그는 다시 돌아오리니
언제냐고?
묻지 말아라.

스노우캣의 『옹동스』

“주인이 죽으면 먼저 간 반려동물이 마중 나온대요”

2017-10-13

사진을 본다. 세상을 떠나기 전 어머니, 두 아이, 우리 부부가 식탁에 앉아 카메라를 바라본다. 오래된 디지털 카메라로 찍어서, 확대를 하면 모자이크 현상이 발생해 제대로 알아보기 어렵게 된다. 13년이 지난 지금, 확대를 해서 자세히 보려고 하면 흐릿해지는 이 사진은 나에게 추억의 본질을 말해주는 듯하다.

내가 지금부터 쓰려는 이야기는 우리 식구가 아직 여섯 명일 때, 내가 외국에서 공부할 때 우리 집에 와 식구가 된 털북숭이 강아지, 2002년 가을에 우리집에 와 2017년 9월 30일 오후 9시 55분 우리 부부의 품 안에서 숨을 거둔 몰티즈Maltese 한 마리에 대한 이야기다. 녀석의 이름은 모데라토 칸타빌레, 애칭은 칸타였다. ‘보통 빠르기로 노래하듯이’라는 음악용어를 딸이 골랐다.

칸타는 내가 2004년 아테네올림픽 취재를 마치고 집에 돌아왔을 때, 2011년 세모歲暮에 다니던 회사에 사표를 내고 집에 돌아왔을 때, 식구들이 모두 잠든 한밤에 가슴 높이까지 몇 번이고 뛰어오르며 환영했다. 녀석은 뜨거운 환영의 이벤트를 평생 동안 매일 저녁 빠짐없이 거행하였다. 칸타는 나에게 이타카로 돌아간 오디세우스를 맞이하는 아르고스와 같았다. 내 무릎에 앉아 잠들기를 원했고, 내가 생각에 사로잡힌 밤마다 곁을 지켰다.

정말이지 녀석은 특별했다.

이 견종은 지중해의 몰타Malta 섬에서 처음 생겨나 몰티즈라는 이름을 갖게 되었다. 체중이 3.2㎏ 이하인 소형견이라는데, 칸타는 덩치가 컸다. 움직임은 모데라토가 아니라 알레그로나 프레스토였고, 식성이 좋다 못해 식탐까지 있었다. 특히 식구들이 피자나 빵을 먹을 때는 식탁 주변에서 어찌나 노골적으로 시위를 하는지 한 조각 떼어주지 않고는 배기지 못할 정도였다. 나는 고향이 지중해라 그렇게 피자와 빵을 좋아하는 모양이라고 짐작했다.

나이가 많기는 했지만 건강했기에 1~2년 더 살 줄 알았다. 하지만 칸타는 췌장이 갑자기 나빠져 고통 속에 마지막 시간을 보냈다. 동물병원 의사는 안락사를 권했다. 그러나 나에게는 녀석의 생명을 거둘 권리가 없기에, 고통스럽지만 지켜보며 위로할 수밖에 없었다. 칸타가 마지막 숨을 몰아쉰 다음 나는 목이 멘 채 허둥지둥 심폐소생을 시도했다. 아내가 엉엉 울면서 말렸다. "이제 그만 쉬게 해 줘요…."

칸타가 우리 품에서 죽었다고는 해도 너무나 괴로운 시간이었기에 이별의 의식 따위를 생각할 겨를이 없었다. 슬픈 작별은 반나절쯤 전, 병원에서 있었다고 한다. 평소 칸타를 귀여워한 장모가 병원에서 수액을 맞는 녀석을 보러 갔다. 축 늘어져 있던 녀석은 장모가 병원을 떠나려 하자 눈을 번쩍 떴다. 녀석의 몸에 연결한 상태측정기에서 경고음이 울리고, 혈압이 치솟으면서 수액을 연결한 관이 쑥 빠졌다고 한다. 이 말을 전해 듣고 가슴이 아팠다.

칸타는 김포에 있는 반려동물 장례식장에서 화장되어 새하얀 유골함에 몸을 담았다. 다가오는 겨울을 녀석과 함께 견디고, 슬픔도 어지간히 깊은 곳에 간직한 다음 시골에 있는 내 집 정원에 묻어줄 생각이다. 거기에는 생전에 어머니가 심은 단풍나무 두 그루가 있다. 어머니는 한 그루를 큰아이에게, 다른 한 그루를 작은아이에게 선물했다. 그 아래에 묻겠다.

16년이나 함께 산 칸타와 작별한 우리 식구들은 어려운 시간을 보내고 있다. 슬픔은 극심한 우울증을 불렀다. 나는 페이스북의 문을 닫아버렸다. 다른 생각을 하지 않으려고 책이나 붙들고 늘어지는 나에게 어느 저녁 아들이 책을 두 권 가져다주었다. 제목은 『옹동스』. 고양이 집사의 이야기였다. 1권은 2015년 3월, 2권은 2016년 10월에 초판이 나왔다. 예쁜 그림과 따뜻한 글이 담겨, 늘 곁에 두고 싶은 고운 책이었다.* 거기서 이런 구절을 찾았다.

---

* 이 글을 쓰기 위해 스노우캣의 블로그와 연재 페이지를 살펴보다가 나옹이라는

사람이 죽으면 먼저 가 있던 반려동물이 마중 나온다는 얘기가 있다.
나는 이 이야기를 무척 좋아한다.
그 때 되면 우리는 서로의 생각을 다 알 수 있을 것 같다.
그 때 나옹(고양이)에게 물어볼 것이다.
"넌 나를 어떻게 생각했어?"
"응, 그건 말이지 …"
그 때 되면 다 알 수 있을 것 같다.

이 글을 읽고 어딘가에 숨어서 울고 싶어졌다. 나는 생각했다. '아, 칸타는 지금쯤 녀석이 세 살 되던 가을날 세상을 떠난 내 어머니를 만났겠구나. 어머니는 아버지에게 칸타를 소개했겠지. 칸타는 지금쯤 나와 내 아이들과 생김새가 비슷한 어른들 틈에서 즐거운 시간을 보내고 있을 거야. 그리고 내가 죽어 레테(이승과 저승을 가르는 강)를 건널 때면 맞은편 기슭에 나와 꼬리를 흔들며 멍멍 짖겠지. 그 때 되면 우리는 서로의 생각을 다 알 수 있으리라. 녀석에게 물어봐야지. 넌 나를 어떻게 생각했어?'

고양이 집사의 책에서 본 이야기가 사실이었으면 좋겠다. 그렇다면 그 곳에 흐르는 시간은 성경(시편90) 구절처럼 '천 년도 하루와 같아, 지나간 어제 같고 깨어 있는 밤과 같'기를. 부디 천국

고양이가 지난달 세상을 떠났음을 알았다. 작가는 2017년 9월 25일자 블로그에 '나옹이 무지개 다리 건넜습니다'라고 적었다. 다행히 평온하게 세상을 떠났다고 한다. 나옹이의 명복을 빈다. 천국에서 칸타를 만났을지도 모른다.

에서는 10년이 1분이었으면 좋겠다. 녀석이 너무 오래 기다리지 않도록.

칸타야. 다시 만나, 꼭.

김태훈의
『우리가 사랑한 빵집 성심당』

2016-10-28

'빵집' 성심당은 대전시 중구 대종로 480번길 15, 옛 주소로는 은행동 145번지에 있다. '전국 3대 빵집'을 꼽을 때 빠지지 않는 곳이다. 나머지 두 곳은 군산의 이성당과 안동의 맘모스제과다. 『우리가 사랑한 빵집 성심당』은 대전에 있는 빵집에 대해 쓴 책이다. 성심당의 역사는 60년이나 된다. 1956년 대전역 앞에 자리 잡은 작은 찐빵 집에서 시작해 1968년 동구 중동, 1970년 중구 은행동으로 이전했다. 하지만 성심당의 역사를 알려면 1950년 함경남도 흥남시, 12월의 바람 찬 흥남부두로 거슬러 올라가야 한다. 성심당 창업자 임길순(1912~1997)은 아내와 어린 네 딸을 이끌고 고향 함주를 떠났다. 자유를 찾아, 아니 살기 위해 피난선에 오르려 아비규환을 이룬 그 생지옥에서 임길순은 용케도 마지막 피난선에 몸을 싣는다. 메러디스 빅토리아호였다.

마침내 배 한 척만 남은 22일 아침, 부두에는 아직 1만 5천 명에 가까운 인파가 강추위 속에서 간절하게 순서를 기다리고 있었다. …(중략) … 바다 위에 떠 있던 마지막 배가 부두에 접안하고 피난민을 맞이할 준비를 마칠 즈음 아침에 만난 미군이 헌병 지프차를 타고 나타났다. …(중략) … 기적처럼 배에 자리를 잡고 나자 일순간에 긴장이 풀리며 안도의 한숨이 흘러나왔다. 자리가 좁아도, 허기가 져도 어느 누구도 불평하지 않았다. 임길순은 그때 다짐했다. "이번에 살아날 수 있다면 평생 어려운 이웃을 위해 살겠다"고.

그 다짐이 60년 역사를 지켜온 성심당의 정신이요 철학이다. 우여곡절 끝에 대전에 자리 잡은 임길순은 성당에서 받은 밀가루 두 포대를 밑천으로 대전역 앞에 천막을 치고 찐빵을 만들어 팔았다. 성심당의 시작이다. 60년이 지난 지금, 성심당은 비교할 곳을 찾기 어려운 문화를 간직한 채 건강하게 운영되고 있다. 가장 돋보이는 부분은 '상생'. 성심당의 건물 외벽에는 수도꼭지 하나가 바깥으로 나와 있다. 매장 앞 포장마차들이 물을 편히 쓸 수 있도록 일부러 바깥으로 설치한 것이다. 제과업계 가운데 처음으로 주5일 근무를 도입했고 전 직원에게 매출을 공개한다. 이윤의 15%는 직원에게 성과보수로 지급한다. 인사고과의 40%는 '동료에 대한 사랑과 배려'가 평가 기준이라고 한다. 이 빵집은 가급적 지역의 농산물을 재료로 사용하고, 항상 신선한 빵을 제공하기 위해 네 시간이 지난 빵은 팔지 않는다. 포장재도 친환경 종이를 사용한다. 책을 낸 출판사의 이름은 '남해의 봄날'이다. 아름답기 그지없다. 사무실이 통영에 있다고 한다. '남해의 봄날'에서는 책 소개를 이렇게 썼다.

> 성심당은 단순히 유명 빵집이 아니다. 대전의 최부자집으로 불리며 성심당 덕분에 대전 시내에 굶는 사람이 없다는 이야기가 전해질 만큼 오랜 시간 어려운 이웃을 위해 빵을 나누어 왔다. 하루 빵 생산량의 3분의 1을 기부하고, 매달 3,000만 원 이상 빵을 기부하는 성심당은 1956년 대전역 노점 찐빵집으로 시작해 400여 명이 함께 일하는 기업으로 성장했다. 세계적인 경제학자 루이지노 브루니 교수가 "성심당의 철학과 경영방식이 다른 곳으로 퍼져 나가 중소기업 100개가 생겨난다면 대기업 중심의 한국경제 구조 자체가 바뀔 것이다"라고 극찬한 성심당은 어떻게 대전 시민의 자부심이자 한국 경제의 대안으로 주목받게 된 것일까? 갑작스런 화재로 성심당이 잿더미가 된 상황에 기적적으로 회생하는 이야기에서는 한 편의 영화를 보는 듯하며, 메가히트 튀김 소보로와 연일 신제품을 쏟아 내는 흥미진진한 개발 스토리는 「제빵왕 김탁구」를 능가한다. 교황의 식탁을 위해 빵을 만들고, 한국 베이커리의 역사이자 동네 빵집이 도시와 함께 성장하며 모두가 행복한 경제를 이뤄가는 기적의 스토리.

눈에 띄는 곳이 여럿 있다. 예를 들면 이런 곳. '1999년은 IMF 외환위기가 터진 지 2년도 채 안 되던 시기로 사회 전체가 구조조정으로 몸살을 앓고 있었다. 기업들은 회사를 살린다는 명분으로 인건비부터 손을 댔다. 명예퇴직과 정리 해고가 범람했고, 그 결과 가정이 파괴되고 노숙자가 폭증했다. 경영난에 빠진 성심당도 전문가들에게 조언을 구했다. 전문가들은 직원 수와 제품 수가 너무 많아서 비효율적이라고 지적했다. 해결책은 간단했다. 인건비를 줄이고 제품의 종류를 단순화하라는 것이었다. 그러나 부부는 이 조언을 따르지 않았다. 오히려 사람을 쳐내는 구조조정 대신 매출을 더 올리는 쪽으로 방향을 잡았다.'

보통 신문에서는 책을 낸 출판사에서 보낸 보도자료를 가지고 서평을 쓰고 책 소개도 한다. 이 책은 아시아경제 문화부에 오지 않았다. 성당에 나가는 나는 지난주 미사에 참례했다가 젊은 사제가 강론 때 소개한 이 책 이야기를 듣고 관심을 가졌다. 어린 시절 나는 무척이나 빵을 좋아했다. 부모나 동네 어른들은 빵과 밀가루 음식을 좋아하는 나를 '쫑국놈'이라고 불렀다. 이유는 모르겠다. 아버지는 검소했지만 아들 먹이는 데는 돈을 아끼지 않았다. 내가 동네 분식집에서 찐빵을 먹는 걸 퇴근길에 보고 주인에게 지폐를 건네며 "얘가 달라는 대로 줘라"고 하던 기억이 난다. 한번은 나를 '빵공장'에 데려가 원하는 만큼 빵을 상자에 담도록 했다. 퇴근하는 길에 '영양빵'과 '목장우유'를 사다 주던 생각도 난다. 빵도 우유도 따뜻했다. 빵에서는 짭짤한 맛이 났다. 어머니는 우유에 소금을 조금 넣어 먹으라고 했으나 나는 달콤한 맛이 좋아 설탕을 넣어 먹었다.

어릴 때 친구들과 모여 떠들곤 하던 곳, 여자 친구를 만난 곳도 빵집이다. 여드름이 난 사내애들은 적은 돈으로도 양을 채울 수 있는 '곰보빵'을 자주 사먹었다. 여자 친구를 만나면 단팥빵이나 크림빵, 잼 같은 것이 들어가 달콤한 제과점 빵을 주문했다. 우유를 함께 주문하곤 했다. 어느 날 여자 친구에게 바람을 맞고 정신이 나간 나머지 계산도 하지 않고 빵집에서 나온 기억이 난다. 지하철 1호선 동대문역 근처에 있는 작은 빵집, 옥호가 '상록수'였는데 나는 종로서적에 가서 새로 나온 책을 뒤적일 때에야 정신이 들어 무전취식했다는 사실을 깨달았다. 그날 나를 바람맞힌 여자 친구는 평생에 걸쳐 그 대가를 치르고 있다. 그러나 미안하게도 빵에 대한 나의 기억은 여자 친구보다 내 아버지에게로 직결된다. 나는 성심당 이야기를 읽으며 아버지를 떠올렸다. 농구선수 김유택만큼 키가 커서 어디를 가든 구경거리가 되었던 거인. 그가 내 방에 들어와 별 말 없이 책상에 빵 봉지를 내려놓고 나가던 어린 날의 저녁, 그 뒷모습을 떠올렸다.

나는 요즘도 빵을 자주 먹는다. 특히 주말이면 아침 일찍 빵을 사다가 구워 커피와 함께 먹는다. 한 번도 빵이 싫지 않았다.

손광수의 『음유시인 밥 딜런』

2015-10-30

〈아임 낫 데어I'm Not There〉는 밥 딜런의 전기 영화다. 배우 여섯 명이 다양한 모습으로 딜런을 연기한다. 히스 레저, 리처드 기어, 크리스천 베일, 벤 위쇼, 케이트 블란쳇, 마커스 칼 프랭클린이 등장한다. 영화는 군도群島처럼 흩어진 딜런의 다양한 캐릭터 사이를 순례한다. 그리고 낯선 곳에 관객을 내려놓은 다음 말한다.

"나는 거기 없다."

나는 딜런이 '거기' 있든 없든 상관없다. 딜런은 원래 거기 없는 인간이기 때문이다. 블란쳇은 팬들이 잘 아는(안다고 생각하는) 딜런을 연기한다. 딜런은 포크로 스타가 됐지만 포크에 대한 배신 또는 반란 혐의로 더 큰 명성을 얻었다. 1965년 7월 25일, 딜런은 전기 기타를 들고 무대에 올랐다. 팝 음악사에 회자되는 뉴포트 포크 페스티벌이다.

손광수는 『음유시인 밥 딜런』에서 딜런의 노래를 '읽었다'. 인터넷 책방의 블로그에 책 소개를 이렇게 했다. "사랑과 저항의 가수 밥 딜런의 노래와 가사에 담겨 있는 이야기를 풀어놓았다. 음악을 좋아하는 이라면 재미있게 읽어볼 만하다." 이건 안 읽어보고 쓴 글이다. 『음유시인 밥 딜런』은 어려운 책이다.

『음유시인 밥 딜런』을 잘 읽으려면 준비를 단단히 해야 한다. 첫째, 딜런의 음악을 좋아하거나 자주 들었어야 한다. 둘째, 시 내지 문학에 대한 소양까지는 몰라도 상식은 있어야 한다. 그래도 쉽지는 않을 것이다. 책 속에서 딜런은 파편처럼 흩어진다. 책 속을 오가는 시에 대한 언어들은 박사학위를 받은 영문학자의 담론으로 형상화되었다.

손광수는 딜런의 작사作詞 능력에 주목한다. 딜런이 쓰는 노랫말은 '문학적으로도' 수려하다는 평가를 받는다. 딜런은 1997년에 노벨 문학상 후보로 추천됐다. 추천서의 내용은 이렇다. "그의 언어와 음악은 시와 음악 간의 핵심적이며 오랜 기간 존중되어 온 관계가 회복되도록 도왔고, 세계 역사를 변화시킬 만큼 세계로 스며들었다."

이 대목에서 지독하게 궁금해진다면 『음유시인 밥 딜런』을 읽을 수 있다. 손광수는 사력을 다해 딜런의 가사가 구체적으로 어떻게 시적인지, 정말 그를 시인이라고 불러도 좋은지 설명하고 있기 때문이다. 그는 "누구도 흉내 내지 못할 독자적 표현 방식과

'시적인' 가사에 담은 삶에 대한 비전이 딜런을 빛나게 한다"고 했다.

책이 말하려는 주제와는 별도로, 나는 딜런을 시의 영역에서 말하려는 수많은 노력을 통해 '집착'을 본다. 시란 어떠해야 한다는 차원에서 뿐 아니라 시인이냐 아니냐를 말하고 싶어 하는 것이다. 골룸이 반지를 탐하듯 시인의 관을 갈구하지만 진짜를 구하기는 어렵다. 시는 사실 생각만큼 가까운 곳에 있지도 않다.

시 쓰기가 달콤한 언어를 생산하는 일이며 재치 있는 말솜씨, 아름다운 표현기술에 그친다면 아무도 시인이 되고자 노력하지 않을 것이다. 달콤한 재치와 아름다움 정도는 우리가 매일 보는 광고 카피, 새로 지은 화장실에서 소변을 보기 위해 바지 지퍼를 내릴 때 눈앞에 걸린 작은 액자 속에서 볼 수 있다.

또한 시인의 무리 가운데도 폐기해야 할 부류가 있다. 이들은 신춘문예나 문예지를 통해 생산되었으나 시인의 타이틀을 문신 새긴 채 자신이 속한 집단의 어느 구석에선가 때로는 구차하게 때로는 오만하게 서식한다. 동네 양아치가 슬쩍 시퍼런 해골 그림을 보여주듯 언뜻 보기에만 휘황찬란한 내공, 그 편린을 과시하려는 속물들 천지다.

딜런은 말했다. "시인이란 자신을 시인이라고 부르고 싶어 하지 않는 사람이에요. 자신을 시인이라고 부르고 싶어 하는 사람은 시인일 수 없는 것이죠. 봐요, 나는 시인이라고 말해보고 싶어요. 정말 내가 시인이라고 생각하고 싶어요. 그러나 시인이라고 불리는 모든 속물들 때문에 그럴 수 없는 겁니다."

손광수는 『음유시인 밥 딜런』을 올해(2015년) 6월 30일자로 냈다. 이보다 앞서 2월 28일자로 나온 문예지 『시작』의 봄호에 「밥 딜런 노래의 몇 가지 주제들」이라는 산문을 기고한다. 그는 이 산문에서 『음유시인 밥 딜런』을 갈음하고도 남을 인상적인 주장을 한다. "문제는 대중이 열광하고 바라던 딜런과 '이미 다른 곳으로 이동해버린' 실제 딜런과의 괴리이다."

1960년대 미국의 '포크 운동'은 전자음을 배제한 어쿠스틱 음악만이 민중의 음악이자 정치적으로 급진적인 음악이라고 믿었다. 일렉트릭 기타의 록은 상업주의, 표준화된 음악산업과 대량문화, 민중의 종속화를 뜻했다. 그런데 손광수는 딜런은 끊임없이 변화하는 예술가이며 포크(통기타)에서 록(전기 기타)으로의 변화는 그 일부였다고 본다.

책에는 내가 좋아한 「커피 한 잔 더One more cup of coffee」가 나오지 않는다. "너의 아버지는 방랑자였지. 그가 네게 선택하는 법과 칼 던지는 기술을 가르쳐줄 거야. 그의 왕국에는 이방인이 들어갈 수 없어. 음식 한 접시 더 달라고 할 때 떨리는 그의 목소리. 계곡 아래로 길 떠나기 전에 커피 한 잔 더." 새로 나온 커피는 맛이 전과 다르다.

아주 오래 전, 대학을 마친 지 얼마 되지 않았을 어느 해 봄엔가 나는 손광수가 졸업한 학교에 가서 재학생들의 시화전을 본 적이 있다. 그는 졸업반이었고, 어느 모로 보아도 선비였다. 그가 뒷짐을 진 채 시화를 한 점 한 점 살펴보고 있었다. 그때 나는 생각했다. "저 친구도 시인을 꿈꾸었을지 모르겠군."

이 글을 쓰기 위해 자료를 뒤지다가, 그가 딜런의 노래를 부르는 모습을 유튜브를 통해 보았다. 그때 깨달았다. 지금 손광수는 이미 시인인 채 제 앞에 놓인 나날들을 살아내고 있는 것이다. 아니, 내가 여기에서 "시냐 아니냐", "시인이냐 아니냐" 같이 한심한 이야기를 늘어놓는 동안에 그는 이미 다른 곳에 가 있다. 그의 책은 내게 말한다.

"I'm Not There."

틱낫한 스님, 『너는 이미 기적이다』

행복으로 가는 길은 없다.
행복이 곧 길이다.

2017-02-24

베트남의 스님들 중에는 '틱' 씨가 많다. 속가俗家를 버리고 석가모니, 곧 부처의 문중에 든다는 뜻으로 '석釋'을 성으로 삼았기 때문이다. 석을 베트남 발음으로 읽으면 틱이 된다. 이 사실을 잘 몰랐기에, 나는 틱낫한釋一行 스님이 틱광둑(釋廣德 · 1897~1963) 스님의 제자라는 몇몇 보도와 온라인 정보를 믿었다.

불광출판사에 근무하는 유권준 기획실장이 나의 무지를 깨우쳤다. 나는 그에게 "인터넷에 보니 두 스님이 스승과 제자로 나오던데…"하고 애매하게 물었다. 유 실장은 "나도 처음에 그렇게 알았다. 그러나 베트남 쪽 기록을 보니 틱낫한 스님의 스승이 따로 계신다. 두 스님은 출가한 절도 다르다"고 했다. 출가한 절이 다르면 가족도 사제도 아니기 쉽다.

틱낫한 스님의 새 책 『너는 이미 기적이다』를 받아 들고 상상의 나래를 펴던 나는 쓴 입맛을 다셨다. 유 실장은 나의 아쉬움을 눈치챘는지 달래듯이 말했다. "사제지간은 아니어도 비슷한 시기에 베트남의 스님으로서 불교적 저항을 했던 두 분의 삶에는 비슷한 면이 많습니다." 그렇다. 기자들은 뭔가 드라마틱한 에피소드를 꿰어 기사를 만들려는 습관(악습)이 있다.

털어놓자면, 나는 틱광둑 스님의 '소신공양'으로 이야기를 시작하고 싶었다. 스님은 1963년 6월 11일 응오딘지엠 정권의 인권탄압과 불교 차별정책에 항거해 호치민시(전 사이공시) 도심에서 온몸에 휘발유를 붓고 불을 당겼다. 끔찍한 불길 속에 미동조차 없이 결가부좌 그대로 열반한 스님을 AP통신 기자 말콤 브라운이 촬영해 세상에 알렸다.

서양인들이 어찌 스님의 열반을 이해했겠는가. 미국의 인권운동가 마틴 루서 킹 목사도 스님의 열반을 '자살'이라고 생각했다고 한다. 이때에 틱낫한 스님이 서신을 보낸다. '소신공양은 불교적 생사관에 따른 것이요, 기독교의 도덕관념과 전혀 다르다. 무도한 정권에 경종을 울리고 전쟁의 참화로 신음하는 베트남 중생의 고통을 세계에 알리기 위한 행동이다.'

어느 곳 어느 시대든 무도한 축생畜生이 있으니 슬픈 일이다. 스님들의 소신공양이 이어지자 응오딘지엠 동생의 부인이 '바비큐파티'라고 조롱했다. 악행에는 하늘도 분노하는 법. 1963년 11월 1일 군부가 쿠데타를 일으켜 응오딘지엠의 목숨을 거두었다. 반전여론이 들끓고 베트남 민중의 저항이 거세지자 응오딘지엠 정권을 조종하던 미국이 '패'를 바꿨다는 주장이 있다.

저 남방의 황량한 시대를 건너온 틱낫한 스님의 만행卍行이 어찌 순탄했겠는가. 스님의 속명은 응엔 쑤언 바오이다. 1926년 후에 시에서 태어났다. 열여섯 살에 투 히에우라는 사찰로 출가, 탄쿠이 찬탓 스님을 은사로 받들었다. 베트남 중부의 바오 쿠옥 수도원에서 불법을 배운 틱낫한 스님은 베트남 대승불교를 대표하는 스님으로 참여불교의 성격이 강한 접현종을 창시했다.

스님은 베트남 전쟁 당시 세계를 누비며 조국의 참상을 알리고 반전 평화운동을 했다. 1967년에는 마틴 루서 킹 목사의 추천으로 노벨평화상 후보에 오르기도 했다. 그러나 스님의 활동을 경계한 남·북 베트남 정부가 모두 그의 귀국을 불허하여 1967년부터 39년에 걸쳐 망명 생활을 했다. 지금은 프랑스 보르도에 있는 '자두마을'에 머무르며 부처님의 가르침을 나누고 있다.

틱낫한 스님이 달라이 라마, 프란치스코 교황과 더불어 현대인의 영적 지도자임을 우리는 잘 안다. 틱낫한 스님의 언어는 저 소신공양의 불길과 시대의 질곡 속에 정화되어 각별한 힘으로 감동과 위로를 선물한다. 우리의 영혼을 어루만지며 내면 깊숙이 파고든 상처를 치유한다.

이번에 번역 발간된 『너는 이미 기적이다』는 이제 속수俗壽 91

세에* 이른 스님이 그동안 남긴 책과 글에서 가려 뽑은 말씀을 모은 책이다. 표제를 빌려온 글은 쉰다섯 번째에 나온다.

> 사람들은 물 위를 걷거나 공중에 뜨는 것을 기적이라고 생각한다. 하지만 진짜 기적은 물 위를 걷거나 공중에 뜨는 것이 아니라 땅 위를 걷는 것이다. 날마다 우리는 온갖 기적들 속에 파묻혀 살면서 그것들을 알아보지 못한다. 파란 하늘, 흰 구름, 초록색 나뭇잎, 호기심으로 반짝이는 아이의 검은 눈동자, 그리고 그것들을 보는 우리의 두 눈, 이 모두가 진짜 기적이다.

몇 줄 더 읽자. "행복으로 가는 길은 없다. 행복이 곧 길이다. 깨달음으로 가는 길은 없다. 깨달음이 곧 길이다." "침묵은 말을 하지 않거나, 어떠한 행동도 하지 않는 것을 뜻하지 않는다. 그것은 네 속에 어지러운 말이 없는 것이다." "당신의 그 슬픔을 향해 웃어 줄 수 있어야 합니다. 왜냐하면 우리는 슬픔보다 더 큰 존재이기 때문입니다." "강물 위에 떨어진 조약돌은 물속으로 가라앉는다. 그러고는 아무 노력도 하지 않았는데 강바닥에 가서 닿는다." "우리가 붓다에게 꽃 한 송이를 드리면, 그분은 꽃의 아름다움을 감상하면서 크게 고마워하리라고 나는 생각한다."

책의 원래 제목은 '너의 참 본향Your True Home'이다. 편집을 맡은 멜빈 맥러드는 '여는 글'에 이렇게 썼다. "이 책에 실린 간결하

---

* 2017년 현재.

고 함축적인 가르침은 …(중략) … 통찰과 지침이다. 실재의 본성에 대한 분명하고 직접적인 통찰을 주는 가르침들은, 현상과 마음과 신경증과 고통과 깨달음의 참된 본성을 드러낸다. 그 가르침들은 상호내재, 비어 있음, 목적 없음, 깨달음, 열반을 포함하는 다양한 주제를 다룬다. 한 마디로 불교의 지혜를 완벽하게 보여준다." - 과연 그러하다!

틱낫한 스님은 한국에 세 번 왔다. 1995년, 2003년, 2013년. 마지막으로 왔을 때 기자들을 만나 나눈 말씀들은 대개 '벙벙'했다. 이해와 연민 그리고 치유. 부부 갈등, 청년실업, 심지어 남북한 갈등도 근본적인 처방은 같았다. "행복은 돈과 명성, 권력이 아니라 이해와 연민, 형제애에서 온다." 글쎄 …. 자살에 대해 묻자 스님은 다시 입을 열었다. "자살하는 이유는 자신의 강렬한 감정을 다루지 못해서다. 우리는 감정보다 훨씬 더 큰 존재다. 왜 감정 때문에 우리 자신을 죽여야 하는가." - 대교약졸大巧若拙이라, 큰 지혜는 마치 어리석은 듯하나니!

이영미, 『한국대중예술사, 신파성으로 읽다』

시대의 변주곡 '신파'

2016-05-30

'신파新派'라는 낱말을 떠올릴 때 우리 내면은 혼란스럽다. 언어와 감각과 인식이 충돌한다. 우리는 신파가 무엇인지 안다고 생각한다. 촌스럽고 저질스럽고 낡았다고 생각한다. 촌스러움과 저질스러움과 낡음은 우스꽝스러움을 낳는다. 그런데 신파는 새로운 물결이며, 영어로는 뉴웨이브new wave가 아닌가.

이영미는 차근차근 설명한다. 책은 논문 덩어리다. 그는 이렇게 시작한다. "이 책은 근·현대 한국대중예술·대중문학에 나타난 '신파성'이 시대에 따라 어떻게 변주·변화되었는지, 그리고 그 의미는 무엇인지를 살피는 연구다." 그의 학문은 깊다. 그래서 그의 글은 읽기에 어렵지 않다.

신파는 일제강점기 대중예술사의 첫 장에서부터 지금까지 지속적으로 여러 종류의 예술에서 고루 쓰인 말이다. '새로운 경향의 연극'이라는 의미로 출발하여 일본으로부터 유입된 특정한 공연관행을 지닌 연극 양식을 이르는 말로 정착한다. '과장된 대사 억양과 움직임, 과도한 비애를 드러내는 최루적 경향 …'.

이영미가 보기에 신파, 신파성을 띤 작품들은 20세기 중반부터 촌스럽고 통속적이며 저속하다는 비판과 조롱을 받아왔다. '신파', '신파적'이란 말은 그 자체로 평가절하의 언어가 되었다는 것이다. 그럼에도 신파적 미감美感은 인기의 중심에 있었고, 20세기 후반에도 오랫동안 대중적 인기를 모아왔다.

신파성에 대한 연구는 "대중이 세상의 슬픔과 고통을 어떻게 받아들이고 견디고 드러내며 살아갔는지 살펴보는 일"이다. 대중예술은 고통스러운 세계에 대한 거부 · 저항이라는 측면과 고통의 정서적 해소 · 위안을 통해 순응하게 하는 양면성이 있다. 그러니 그 연구는 예술의 본질에 대한 점검이다.

이영미는 강영희가 1989년에 발표한 논문 「일제강점기 신파 양식에 대한 연구」에 주목한다. 신파의 특성은 '행위와 관념의 이율배반'이다. 이율배반은 비주체적 자아가 현실의 전횡성에 압도당함으로써 발생한다. 여기서 피해의식과 죄의식이 복합된 자학적 감정이 생기고 과잉된 눈물이 해소적 위안으로서 표출된다.

이영미는 신파성과 그 전유방식이 자본주의적 근대의 대중이 지니는 세계전유 방식 중 기초적인 것으로 본다. 신파성의 핵심을 억압적 세계 속에서 욕구와 욕망을 억눌린 무력한 자아가 저항하지 못하고 '스스로' 굴복함으로써 갖게 되는 자학과 자기연민의 태도로 보는 것이다.

저자는 신파성의 정체를 찾아 시간여행을 떠난다. 신문연재소설 「쌍옥루(1912)」와 「장한몽(1913)」, 연극 〈사랑에 속고 돈에 울고(1936)〉, 이미자의 노래 〈동백 아가씨(1964)〉를 거쳐 영화 〈미워도 다시 한 번(1968)〉, 심수봉의 노래 〈남자는 배 여자는 항구(1984)〉, 텔레비전 드라마 〈모래시계(1995)〉를 살핀다.

「장한몽」을 모르는 독자도 '김중배의 다이아 반지'는 안다. "김중배의 다이아 반지가 그렇게도 탐이 났단 말이냐? … 놓아라. 놓지 않으면, 이 다 떨어진 구둣발로 네 가슴 짝을 차버리고 말겠다!", "수일 씨의 아픔이 사라지고 괴로움이 풀리신다면, 백 번 천 번이라도 이 멍든 가슴팍을 짓밟아주세요!"

연극과 영화 심지어 코미디로 수없이 재생된 이 대사. 원본 「장한몽」에 이런 대사는 없다. 그러나 허구의 작품 세계에 그럴 법한 대사 한 줄 치기는 가끔 있는 일이다. '애드리브'가 이 전통을 계승하지 않는가. 그런데 가령 이런 애드리브, 압도적이고도 불가해한 이 들이댐은 어떻게 설명해야 하는가.

"부모님을 다 흉탄에 잃고 고아가 되어 어린 동생들을 데리고 … 집으로 이사하여 보니 방 다섯 개 중에 관리인과 가정부 방, 짐을 놔둔 방을 빼니 사용할 수 있는 방은 두 개 뿐이더라 …."

나의 독서는 책에서 자기연민, 굴복, 회피 같은 언어를 만나 행간을 부유한다. 책을 덮고 생각하느니, 만약 신파가 혐오스럽다면 신파의 원죄인가 오·남용의 대가인가. 신파는 회피의 기술일까. 그래서 자꾸 밖으로 달아나게 만드는가. 신파는 공포의 산물인가. 그래서 알아듣지 못할 말로 철벽을 치게 만드는가.

5부

시인·작가

독일 시인
미하엘 오거스틴

2015-05-19

미하엘 오거스틴Michael Augustin은 독일의 시인이다. 뤼벡에서 태어나 브레멘에서 살면서 브레멘 라디오 방송국에서 일한다. 번역도 한다. 그의 작품들은 영어, 이탈리아어, 폴란드어, 게일어, 네덜란드어로 번역되었다. 국내에는 그의 책이 번역되지 않았다. 그러나 영어로 번역된 시집을 구할 수 있다.

오거스틴은 시인으로서 프리드리히-헤벨Friedrich-Hebbel 상과 쿠르트-마그누스Kurt-Magnus 상을 받았다. 1984년에는 미국 아이오와대학의 국제 작가 프로그램IWP에 참여했고, 이때 한국 시인 박제천을 만났다. 박제천은 이때 일을 시에 담았다

> 아이오와에서 녀석과 함께 들르는 술집은 두 군데
> 아일랜드 맥주만 파는 집과 18개국 55종의 맥주를 파는 집

아일랜드 맥주를 마시며 우리는 아일랜드 시인들을 위해 건배했고
수많은 나라의 맥주를 음미하며 우리는 다른 세계 다른 사람들을 위해 건배했다
그런 밤마다 우리는 아이오와의 새벽거리를 걸어서 돌아왔다
낯선 거리와 거리, 불은 켜 있으나 두드릴 수 없는 집 사이로 어깨동무를 하며
어두운 밤바람 사이로 트림과 기침을 하며
그때마다 길바닥에 깔린 우리의 그림자는 고기 지느러미처럼 퍼덕거렸다
버릇처럼
다리를 지날 적엔 검은 개울물에 번쩍번쩍 빛나는 오줌을 싸 갈겼다
서른 살 무렵이 서러우냐고 내가 물었다
녀석은 제 고향 이름이 금박으로 찍힌 브레멘 라이터를 내밀었다.
담뱃불을 붙이며 장가는 안 드냐고 내가 물었다.
녀석은 토요일 밤이면 라디오 마이크와 씨름을 하노라 바쁘기 그지없다고 하였다
말이 불통해 답답하냐고 녀석이 말했다
장발에 콧수염을 단 네 녀석 모습이 해적 같다고 내가 말했다.
다음날 아침 녀석은 영한사전을 꺼내더니 한국어로 술고래라고 중얼거렸다
누가, 우리가…… 그러다 우리는 또 한 잔 하기로 하였다
녀석은 서른두 살짜리 서독의 시인, 그날 이후로
해적과 술고래는 더욱 진진하게 술을 마셔댔다.*

---

* 박제천, 「어깨동무」 전문. 제5시집 『어둠보다 멀리』 수록.

오거스틴은 브레멘의 구시가지를 자전거로 출퇴근하며 시와 일과 인생을 즐긴다. 분데스리가 축구팀 베르더 브레멘의 광적인 팬으로서 베르더가 전성기를 구가하던 1990년대 초반을 그리워한다. 나는 더블린에서 나온 그의 시집 『티끌 모아 태산Mickle Makes Muckle』을 읽고 그를 인터뷰하기로 결심했다.

당신은 뤼벡에서 태어났다. 나는 20년 전 겨울에 뤼벡에서 뜨거운 포도주를 마시며 축구를 본 적이 있다. 아름다운 밤이었다. 뤼벡을 소개한다면?

"나는 물론 발트해 해안, 독일 북쪽에 있는 고향 뤼벡과 정서적으로 연결되어 있다. 나는 제2차 세계대전이 종결된 지 8년 뒤인 1953년 그곳에서 태어났다. 할아버지와 어머니가 그러했듯이, 나 역시 뤼벡에서 자라면서 이른 나이에 역사적 감각을 익히게 됐다. 특징적인 구조의 붉은 벽돌 건물, 오래된 상인의 주택들과 거대한 교회 등 아름다운 중세 도심의 일부는 여전히 전쟁과 폭격으로 인한 상흔을 떠안고 있었다. 한편으로는 나를 매혹시킨 드넓게 펼쳐진 바다가 여행을 떠나고 싶은 충동을 불러일으켰다. 한자동맹 가맹도시Hanseatic인 고향의 전통을 간직한 바다, 소년 시절에 바라보기 좋아했던 선박들, 스웨덴이나 핀란드, 덴마크와 노르웨이를 뤼벡과 연결하는 거대한 페리 보트들…. 그런가하면 '철의 장막'이던 동독의 국경이 그곳에 있었다. 철의 장막, 철조망, 지뢰…. 음, 또한 뤼벡은 작가 토마스와 하인리히 만의 고향이고, 토마스 만의 노벨 문학상 수상작 「부덴브로크가의 사람들Buddenbrooks」의 배경이 되는 도시이기도 하다. 빌리 브란트도 뤼벡에서 태어났다.* 그는 독일과 동유럽 이웃 사이의 얼음을 깰 수 있게 한 '동방 정책'의 위대한 설계자다. 나는 학교 잡지에 글을 쓰고 있을 때 그를 만나 이야기할 기회가 있었다. 빌리 브란트는 나중에 노벨 평화상을 받았다. 덧붙여 또 다른 노벨 문학상 수상자를 언급하지 않을 수 없는데, 귄터 그라스다. 그는 발트해의 단치히에서 태어나**, 만년을 뤼벡 교외의 시골인 발렌도르프에서 보냈다. 슬프게도 그는 뤼벡의 병원에서 2주 전에 세상을 떠났다.*** 라디오 브레멘 방송에서 그와 시를 주제로 심층 인터뷰를 하기 위해 그를 방문한 지 얼마 되지 않을 때의 일이다. 아마 그것이 마지막 라디오 인터뷰가 아니었을까 싶다. 무척 슬프다. 그는 세계적인 소설가로 알려져 있지만, 뛰어난 시인이기도 했다. 그는 산문을 쓰기 전인 1956년에 시인으로 등단했다. 당신의 독자가 뤼벡을 방문한다면 '귄터 그라스 하우스'를 추천하겠다.**** 귄터 그라스 하우스는 작가, 조각가, 그래픽 아티스트들에게 헌정된 장소다. 물론 뤼벡에는 토마스 만과 빌리 브란트를 기리는 박물관도 있다."

---

* 본명은 헤베르트 에른스트 칼 프람(Karl Herbert Frahm). 1969년부터 1974년까지 독일연방공화국의 제4대 총리로 일했으며 1961년부터 1988년까지 독일 사회민주당을 이끈 정치인이다. 독소조약 체결 등 소련·폴란드·동독을 중심으로 '동방외교'를 추진, 동서의 긴장 완화를 위해 노력했고 동독을 국가로 인정해 양국의 안정에 기여했다. 이러한 공로를 인정받아 1971년 노벨 평화상을 수상하였다.

** 단치히(Danzig)는 독일어 지명이다. 현재는 폴란드의 그단스크(Gdańsk)이다.

*** 귄터 그라스는 2015년 4월 13일에 사망했다.

**** Günter-Grass-Haus

나는 당신과 관련하여 뤼벡과 브레멘, 더블린, 아이오와 같은 장소를 떠올린다. 이 도시들은 당신의 시에 어떤 영향을 주었는가? 당신이 독일인이며 브레멘에서 산다는 사실은 당신이 시를 쓰는 데 어느 정도 영향을 주는가?

"발트해는 여행 충동을 불러일으켰다. 발트해와 연결된 자전적 내용을 담은 「동쪽 바다 이야기(Ostsee-Storys·2012)」가 그러하듯이 내 책에 많이 등장한다. 1979년부터는 베를린에서 일했는데, 이 시기의 삶 역시 나의 시는 물론이고 라디오 다큐멘터리 작업에 흔적으로 남아 있다. 내 딸도 이곳에서 태어났다. 또 베르더 브레멘 축구팀이 내 삶의 일부가 되기도 했고*. 그리고 더블린. 이곳에서는 1975~76년에 앵글로 아일랜드 문학과 민속학을 공부하는 학생으로 1년 반 정도를 보냈다. 나는 플란 오브라이언, 제임스 조이스, 패트릭 카바나, 브랜단 베한, 윌리엄 버틀러 예이츠, 존 싱의 여러 고전을 읽었다. 아일랜드 문학에 대해 독일 문학사의 특정 시기에 대해서 내가 아는 것보다 훨씬 많이 안다고 생각한다. 더블린에서 살 때, 나의 가슴과 영혼, 그리고 세계를 바라보는 방식에 항구적으로 영향을 준 피어스 허친슨, 시머스 히니, 마이클 머피 등 작가들을 만났다. 더 많은 이름들이 있지만, 몇몇만 언급한다. 그리고 나의 몇몇 시가 아일랜드어로 번역되었음을 자랑스럽게 그리고 기쁘게 생각한다. 아일랜드 출판사에서 책 두 권이 번역되기도 했다. 또한 나는 독일 PEN 회원일 뿐 아니라 아일랜드 PEN 회원이기도 하다. 더블린은 나에게 언제까지나 고향과 같은 존재일 것이

* 오거스틴은 점잖은 사람이지만 내가 응원하는 레버쿠젠 축구팀이 브레멘에 이긴 다음 자랑을 하거나 놀리면 정말로 화를 낸다.

다. 아일랜드가 독일의 반대편에 있지만, 그것이 바로 내가 이곳을 좋아하는 이유다. 아이오와 역시 내 삶을 변화시킨 장소 중에 하나다. 아이오와 대학의 유명한 국제 글쓰기 프로그램IWP에 초대받아 1984년에 몇 달 살았을 뿐이지만. 내 아내, 인도 태생의 시인 수자타 바트Sujata Bhatt를 만난 마법의 장소이기도 하다."

당신이 독일인이고 브레멘에 산다는 것이 당신의 시 쓰기에 영향을 주는가?

"글쎄, 시 쓰기는 밥벌이가 안 되므로 브레멘 라디오에서 일한다. 다큐멘터리를 제작하고 하인리히 뵐, 고트 프리트 벤, 베르톨트 브레히트, 귄터 그라스, 토마스 만 등의 작가에 대한 오디오 책도 만든다. 20세기와 21세기의 시를 기록하는 프로그램도 진행한다. 이런 식으로 내가 일반적인 문학과 특별히 시를 촉진할 수 있는 역할을 할 수 있다고 느낀다. 라디오 브레멘은 나를 지난해로 16회를 맞은 국제 연례 시 축제인 '길 위의 시Poetry on the Road'의 감독으로 임명했다. 세계 각국의 시인들을 초청한다."

어떻게 시인이 되었는가? 누구에게 시 쓰기를 배웠는가?

"소년 시절에 책을 많이 읽었다. 또한 항해사이자 마법의 이야기꾼인 할아버지로부터 옛이야기를 들으며 자랐다.* 안타깝게도 내가 겨우 열 살 때 돌아가셨지만, 여전히 내 마음 속에 살아 계시다. 눈을 감으면 그 분의 목소리를 들을 수 있다. 「동쪽 바다 이야기」

* Fiete Blieffert.

에 할아버지에 대한 이야기도 나온다. 또한 어린 시절 아버지의 타자기로 무언가 쓰기를 정말 좋아했다. 그것이 내가 시를 쓰게 된 계기다. 우선 손으로 시를 적은 후에, 스페이스나 모양을 가지고 놀면서 타자기로 내용을 옮겼다. 이상하게 들릴 수도 있지만, 이것이 내 시의 시작이다."

누가 당신에게 영향을 주었는가?

"열네다섯 살쯤 됐을 때 처음 베르톨트 브레히트의 시를 읽고 밥 딜런의 노래를 들었다. 그 후로 딜런 토마스, 에리히 프리트의 시와 프란츠 카프카의 산문, 그리고 쿠르트 투홀스키의 풍자를 발견했다. 이건 약간 기술적일 수 있는데, 글쓰기 수법이랄까? 하지만 나에게는 '읽는다'는 행위가 언제나 고도의 감각적인 경험을 준다. 나의 기준이 문학의 질을 판가름하는 기준은 아니지만, 심장의 두근거림, 흥분 등이 나에게는 기준이 된다. 좋은 문학, 좋은 시라고 내가 생각하는 것은 나에게 '한 방'을 먹인 듯 취하게 하는 듯하다."

당신은 라디오 방송을 한다. 시를 읽고 쓰는 데 있어, 또한 문학의 유통과 소비에 있어 라디오는 어떤 역할을 할 수 있는가?

"이 질문에 대한 답은 이미 약간 한 것 같다. 독일 라디오는 세계 제2차 대전 이후 많은 작가 · 시인들에게 믿을 수 없을 만큼 큰 역할을 하고 있다. 라디오 드라마는 영향력이 크다. 하인리히 뵐, 귄터 아이히, 아르노 슈미트, 잉게보르크 바흐만 같은 소설가와 시인들은 그들의 작업을 방송할 수 있는 기회를 제공한 라디오 네트워크를 통해 살아남았다. 수십 년이 흘러 많은 것이 변했지만 라디오는 시인은 물론 문학 안에서 여전히 주요한 역할을 맡고 있다."

시와 문학, 그리고 여타의 장르는 어떻게 영향을 주고받는가. 특히 당신의 입장에서 볼 때에.

"시와 산문을 말하는 것인가? 나는 지속적으로 하나의 장르에서 다른 장르로 이동한다. 순수시도 쓰지만, 산문시도 쓰고, 짧은 산문, 미니 드라마, 콜라주 시도 쓰고 있다. 때때로 이 모든 글들에 라벨을 붙여야만 하는지도 잘 모르겠다. 내게는 장르 구분이 별 문제가 아니다. 상업 소설가들은 조금 낫겠지만, 시인들은 책방에 공간을 확보하기 위해 싸워야 한다. 하지만 상황은 최근 몇 년간 아주 조금 나아졌을 뿐이다. 올해 내 친구인 얀 바그너가 그의 새로운 시집으로 독일 문학상을 수상했다. 한 번도 없었던 일이다. 오직 소설가만이 그 상을 받아왔다. 그러니, 보다시피 시인과 시에도 희망이 있어 보인다."

당신은 외국의 작가들과 활발히 교류하고 연대한다. 시인의 교류는 어떤 점에서 유익한가? 시에서 협업은 가능한가?

"특히 내 동료들과 함께 시에 대한 생각을 공유하는 일은 절대적으로 필요하다. 내가 페스티벌을 계획하는 이유이기도 한데, 이 페스티벌은 독자나 청취자만을 위해 열리는 것이 아니라, 다른 시인을 만나고자 하는 시인들을 위한 것이기도 하다. 그리고 다른 작가나 음악가들과 시로 협업하는 프로젝트도 한다. 그렇지만 시를 쓰는 일은 보통 개인적인 행동으로 남게 마련이다. 시를 쓸 때만큼은 방해 받고 싶지 않다. 시 쓰기가 끝난 뒤에, 논의와 비평의 시간을 열어 둔다."

당신의 시와 책은 여러 나라의 언어로 번역되어 읽힌다. 얼마나 많이 번역되었는가?

"영어, 아일랜드어, 스페인어, 폴란드어, 이탈리아어, 그리스어로 번역되었다. 올해는 「동쪽 바다 이야기」가 스웨덴에서 출판될 예정이고 멕시코와 스페인어로 시 몇 편을 번역해서 추려낼 생각이라서 지금부터 몇 주간 번역하려고 한다."

당신이 생각하기에 시는 번역이 가능한 예술인가?

"물론이다."

한국어로 번역된 시는 없다. 박제천 시인이 내게 당신의 작품을 소개해 주었다. 개인적으로 읽고 번역해보았지만 출판하지는 않았다.

"그런 이야기를 들으니 기쁘다. 박제천 시인은 몇 해 전에 내 시 몇 편과 동료들의 시를 인쇄했다. 시인 김광규와 그의 아내가 내 시를 읽기 위해 번역했었는데, 한참 전에 내가 서울에 머무를 때였다."

한국어는 라틴어에 기반을 두지 않기에 번역하기에 쉽지 않다는 시각도 있다.

"그에 대해서는 당신이 더 잘 알 것이다. 번역의 성패는 두 문화를 고향으로 두어, 그 사이에 틈새를 연결해 줄 뛰어난 번역자에게 달려 있다. 독일어로 번역된 한국 시 몇 편을 읽었는데, 내가 생각하기에 정말 훌륭했다. 하지만 문법적인 실수로 가득한 시나 산문의 잘못된 번역도 보아왔다. 어떤 언어이냐에 관계없이 번역자가 충분히 훌륭하지 않으면, (번역은) 재앙이다. 언젠가 내 시가 한국어로도 번역되기를 기대한다."

언제 한국에서 출판할 예정인가?

"나도 궁금하다. 언젠가는 되었으면 좋겠다."

당신은 동양의 시와 문화에 관심이 있다. 특히 하이쿠俳句.

"그렇다. 나는 세 줄짜리 시로 구성된 책을 한 권 출판했다. 『도둑맞은 빛Geklautes Licht』이다. 그러나 그 시를 하이쿠라고 부르고 싶지는 않다."

하이쿠의 매력은 무엇인가?

"나는 하이쿠의 형식처럼 제약된 공간에서 유희하기를 즐긴다. 일종의 도전이고, 또 중독이 되기도 한다. 위대한 일본 시인들의 하이쿠는 타의 추종을 불허한다. 하지만 나는 잭 케루악 같은 작가의 하이쿠 역시 좋아한다. 나의 아일랜드어 번역가인 가브리엘 로젠스톡이 쓴 작품이나, 스웨덴의 노벨상 수상 작가인 토마스 트란스트뢰메르의 작품도 좋아한다. 그는 나와 내 아내가 스톡홀름을 방문하기 한 해 전에 상을 받았는데 올해 그가 죽었다는 소식을 들으니 슬프다."

박제천과 친구다. 어떻게 친구가 되었나. 아이오와에서의 일화를 들었다.

"우리 둘은 아이오와 대학이 주최한 국제창작프로그램IWP의 게스트였다. 내 기억으론 대략 마흔 명쯤 되는 각국의 작가들이 몇 달을 함께 지냈다. 순수한 유토피아랄까, 정말 놀라운 시간이었다. 박제천과 나는 침실과 부엌 그리고 아주 아주 많은 맥주를 공유했다. 손짓, 발짓으로 의사소통을 했지만 잘 통했고 우리가 쓰던 부엌은 아시아, 아프리카, 유럽의 동료 작가들에게 인기 있는 미팅 장소가 됐다. 때로는 한국인 학생을 통역사로 우리 사이에 앉혀놓고, 시나 다른 것들에 대해 토론하기도 했다. 우리 모두에게 즐겁고 잊을 수 없는 기억이다."

그 외에 한국의 시인을 아는가?

"그렇다. 여러 한국 시인들을 만나보았다. 김광규 시인에 대해서는 이미 말했는데, 그의 시는 독일에서도 읽히고 있다. 잘 번역되었다. 그는 세련된 시인이다. 그와 그의 아내 그리고 그들의 딸이 독일과 한국의 교류를 위해 많은 활동을 하고 있다. 개인적으로 매우 고맙다. 김지하라는 시인을 서울에서 만났을 때, 매우 감동을 받기도 했다. 나는 학생일 때 그의 시를 처음 읽었는데, 그때 김지하는 수감 중이었다. 또한 고은을 다시 만난다면 매우 기쁠 것 같다. 베를린에서 열린 시 축제에서 낭독을 한 적이 있다. 내 생각에 고은은 지금 이 세상에 살아있는 시인 중에 가장 흥미로운 사람인 것 같다. 만일 내가 스톡홀름의 노벨 문학상 협회에서 이야기할 수 있다면, 그를 다음 노벨 문학상의 수상자로 발표할 것이다. 뛰어난 시인이다.* ”

한국에는 몇 번이나 다녀갔나?

“세 번이다. 처음에는 한국어-독일어, 독일어-한국어의 번역가를 만나기 위해서 갔다. 두 번째는 월드컵 경기를 보러 갔는데, 서울의 독일문화원Goethe Institut에서 열린 컨퍼런스에서 짧은 발표를 할 기회가 있었다. 축구와 시에 대한 발표였다. 세 번째는 2007년이었고 아내와 함께 방문했다. 한국 번역 문학회의 게스트로 초대되어 한국 문학과 관련한 라디오 프로그램을 리서치했다. 그때도 컨퍼런스에서 이야기할 기회가 있었다. 아내와 나는 서울의 한 여자대학교에서 낭독을 했다. 정말 행복했다. 다시 한 번 한국에 가고 싶다.”

한국에서 당신의 책이 출간된다면 어떻게 소개되기를 바라는가?

“놀랍도다, 놀라워! 독일인도 웃길 줄 안다!”

한국의 독자들에게 메시지를.

“시인들을 지지해주세요, 그들의 책을 사고, 시를 읽어 주십시오!”

---

* 오거스틴이 2018년 초에 벌어진 미투(#Me Too) 운동과 고은 시인이 관련된 소식을 전해 들었다면 어떻게 생각할지 궁금하다.

아르헨티나 시인
에스테반 무어

2017-08-18

에스테반 무어Esteban Moore는 아르헨티나의 시인이다. 『화염의 밤(1982)』, 『세상의 섭리(1983)』, 『카사블랑카의 보기(1987)』, 『1982-1987년 시선집(1988)』, 『헛된 시간들(1994)』, 『세기말의 찰나들(1999)』, 『나머지 시의 작은 부분들(1999)』과 같은 시집을 냈다. 그는 번역가로서도 명성이 높다. 찰스 부코프스키, 레이먼드 카버, 로런스 퍼링게티, 앨런 긴즈버그, 그레고리 코르소, 게리 스나이더, 빌 버슨, 안네 월드먼, 안드레이 코드르스큐, 셰이머스 히니를 비롯한 시인들의 작품을 번역해 왔다.

1990년에는 긴즈버그와 안네 발트만이 1974년 창립한 미국 콜로라도의 잭 케루악 시학교에 초청돼 그곳에서 번역 작업을 진행했다. 1994년에는 빈 시학교에서 시와 번역을 강의했다. 무어는 계속 문학의 외연을 넓혀가면서 아르헨티나의 로사리오와 우루과이의 몬테비데오(이상 1993), 콜롬비아의 메데인과 베네수엘라의 발렌시아(이상 1995)에서 열린 문학제에 참가했다.

1998년에는 아미리 바라카가 그를 앨런 긴즈버그 헌정 위원회의 위원으로 추천했다. 무어는 생전에 긴즈버그와 교류한 인연을 생각해서 위원회에 참여했다. 무어의 작품들은 영어, 이탈리아어, 독일어, 포르투갈어로 번역됐고 여러 선집에 포함됐다. 그의 작품들은 '역설 속에서 주목할 만한 운율을 구사한다'는 평가를 받는다. 그는 아르헨티나와 해외 저작물의 번역 작업도 병행하고 있는데, 최근에는 현대 아일랜드 시 선집을 번역했다.

무어는 소셜네트워크서비스SNS를 중심으로 활발히 전개되는 세계 시인들의 여러 페스티벌에도 자주 모습을 나타내고 있다. 내가 읽은 그의 작품들은 개성이 뚜렷했는데, 한국에 그다지 알려지지 않은 몇몇 남미 시인들 사이에서도 남다른 면을 드러냈다. 무어는 지적 사유를 기초로 언어의 윤곽을 드러내고 상상력을 전개함으로써 독자들에게 명징한 정서와 메시지를 전송한다. 『당신을 닮은 돌Stone as you』은 무어의 특징을 잘 보여준다.

당신은 부에노스아이레스에서 태어났다. 당신이 부에노스아이레스에 산다는 사실은 당신이 시를 쓰는 데 어느 정도 영향을 주는가.

"나는 1952년에 부에노스아이레스에서 태어나 아주 어릴 땐 시골에서 자랐지만 열 살이 되던 해에 가족과 함께 부에노스아이레스로 돌아왔다. 부에노스아이레스는 나의 도시, 지구 위의 나의 장소다. 나의 시는 부에노스아이레스의 현실로부터 많은 영향을 받는다."

당신은 어떤 사람인가.

"나는 팜파스의 거대한 평원에서 어린 시절을 보냈다. 학생일 때부터 시를 썼고, 오늘까지도 그 일을 계속하고 있다. 고등학교를 졸업한 뒤 주간 잡지사에서 일했다. 이후 다른 직업을 가졌다가 공무원이 됐고, 2003년에 다시 저널리스트로 일했다. 현재 나의 직업은 프리랜서이며, 사실은 글을 쓰는 유령이다."

누가 당신에게 영향을 주었는가. 혹시 보르헤스 Jorge Luis Borges**.**

"나는 약 2년 동안 정기적으로 보르헤스를 만났다. 그는 위대한 시인으로서 나에게 큰 영향을 끼쳤다. 그는 언어야말로 시의 진정한 고향임을 항상 내게 상기시켰고, 잊지 말라고 했다. 그리고 내가 번역을 통해 접한 영국과 미국 시인들의 영향을 받았다는 사실도 밝혀둔다. 나는 영어를 사용하는 시인들의 시를 제법 많이 번역했다. 위스턴 휴 오든, 에즈라 파운드, 퍼링게티를 비롯한 여러 시인들의 시를 계속해서 다시 읽는다."

당신은 '역설 속에서 주목할 만한 운율을 구사한다'는 평가를 받는다. 당신의 시에서 역설은 무엇인가.

"정말 모르겠다. 하지만, 난 많은 시에서 아이러니와 유머를 조금씩 조심스럽게 사용한다고 말할 수 있다."

가장 최근에 번역된 당신의 작품은 무엇인가.

"시집 전체가 번역된 적은 없다. 내 시의 일부만 번역됐을 뿐이다. 최근 프랑스어를 사용하는 캐나다에서 아르헨티나 시집이 출판됐는데, 그 책에 내 시의 일부가 포함돼 있다."

당신은 시인인 동시에 번역가다. 당신이 생각하기에 시는 완전한 번역이 가능한 예술인가.

"글쎄, 완벽하다고는 말할 수 없을 것이다. 하지만 당신이 시를 시로 읽게 할 수 있는 방식으로, 다른 언어로 다시 쓰는 방법을 발견할 수 있다고 생각한다. 새로운 언어로 작동하게 하는 것이다."

당신은 외국의 작가들과 활발히 교류하고 연대한다. 시인의 교류는 어떤 점에서 유익한가. 시에서 협업은 가능한가.

"정말로 그렇다. 나의 문학은 공동 작업 프로젝트에 참여하는 다른 시인들과 함께 일하면서 풍성해지고 있다."

한국에서 당신의 책이 출간된다면 어떻게 소개되기를 바라는가.

"아마도 두 언어와 문화 사이의 차이점을 독자에게 보여줄 수 있을 것이다."

당신의 메시지는 무엇인가.

"읽고, 읽고, 또 읽어라. 쓰기를 계속할 수 있는 유일한 방법이다. 그리고 물론 고전을 잊지 말아야 한다. "

소설가 정찬주

전남도청 홈피에 소설 「이순신의 7년」 연재 중

2015-03-17

이순신은 53년에 걸친 생애 중에 마지막 7년을 전라도에서 보냈다. 1591년 전라좌수사로 부임해 1598년 노량해전에서 전사하기까지다. 정찬주의 소설 「이순신의 7년」은 이 시기를 다룬다. 두 가지 점이 특이하다. 첫째, 지방자치단체(전라남도)의 홈페이지에 연재된다.* 둘째, 등장인물들이 '지방어地方語'를 사용한다. 이순신이 충청도 말을 하고 군관들은 전라도 말로 대답한다. 이순신이 군관 송희립과 함께 여도진을 살필 때의 일.

"송 군관, 여도진이 이상허지 않는감?"
"지 눈에는 수군진지로는 최곤디요."
"진지는 그려. 근디 자꾸 이상헌 생각이 든단 말이여."

---

* http://www.jeonnam.go.kr

"방비도 지가 보기에는 무난헌디요 잉."
"간밤 꿈자리가 사나우니께 그런감?"
"새로 멩근 전선도 문제가 읎었고라우."
"대꾸 뭣이 캥기니께 그려."

정찬주는 전라남도 화순에 산다. 신라고찰 쌍봉사를 마주보는 산기슭에 흙과 나무로 집을 짓고 '이불재耳佛齋'라 했다. 그를 인터뷰한 2015년 3월 14~15일, 서재는 작전사령부를 연상케 했다. 벽에 남해안의 지형과 수로를 표시한 전지 크기 지도가 걸렸다. 책상 위에 '방언사전'이 놓이고 서가에는 사서가 빈틈없이 꽂혔다. 여기서 매주 원고지 예순 장을 쓴다. 사립문에 '집필중'이라는 피객패避客牌를 걸었다.

정찬주는 왜 주인공들에게 지방어로 말하게 할까. 이순신은 서울 건천동(현재 인현동)에서 태어났지만 여덟 살 때 충청남도 아산에 있는 외가로 내려가 무과에 급제한 서른두 살까지 살았다. 정찬주는 이 기록으로 미루어 이순신이 충청어를 사용했을 것으로 본다. 언어는 내면을 비추는 거울이다. 사람은 언어로 사고한다. 그는 언젠가 이불재를 방문한 손님에게서 들은 말을 소개했다. "예수는 공생활을 시작하기 전에 목수 일을 했다. 사나이들 사이에 통하는 거친 언어도 사용했을지 모른다."

이순신을 다룬 소설은 많다. 작품 속 이순신은 '구국의 영웅'으로서 탁월한 지휘관이자 전사戰士이다. 최근의 소설 속에서는 지극히 세련된, 고뇌하는 남성상으로 나온다. 이순신이 '한산섬 달 밝은 밤에 수루에 홀로 앉아' 진한 아메리카노를 마시지 않았을까 싶을 정도다. 그러나 충청도 말을 급하게 하는 정찬주의 이순신은 아무 장식도 없는 있는 그대로의 이순신이어야 한다.

정찬주는 1980년대를 대표하는 소설가 가운데 한 명이다.* 1987년 8월에 현대문학사가 펴낸 『80년대소설그룹신작소설집』에는 현길언 · 최수철 · 조승기 · 이창동 · 윤정모 · 김향숙 등 젊은 작가 열두 명의 작품이 실렸다. '1980년대 올스타'라 할 이 책의 제호 '그림자와 칼'은 정찬주 소설의 제목이다. 그의 작품을 평론가 유한근은 '서정적 리얼리즘'으로 해석한다. 그의 유일한 단편집 『새들은 허공에 발자국을 남기지 않는다』는 단편소설이라는 장르가 지닌 아름다움을 극한까지 보여준다. 그러나 정찬주는 1990년대 이후 단편소설 쓰기를 멈추었다. 그뿐 아니라 문단에서 홀연히 자취를 감췄다.

정찬주라는 이름은 이후 간행된 일련의 장편소설을 통해 확인된다. 성철 스님을 소재로 쓴 『산은 산 물은 물』은 밀리언셀러가 됐다. 2001년 화순에 이불재를 지은 뒤로는 세속과 인연을 끊고

---

* 정찬주는 1953년 2월 11일 전라남도 보성에서 태어났다. 1983년 소설 「유다학사」가 『한국문학』 신인상에 당선돼 등단했다. 단편집 『새들은 허공에 발자국을 남기지 않는다』, 장편소설 『산은 산 물은 물』, 『천강에 비친 달』 등을 발표했다. 1996년 행원문학상, 2011년 화쟁문화대상 수상. 「이순신의 7년」은 2018년 3월 완성되어 책으로 나왔다.

작품으로만 소통했다. 그런 그가 지방자치단체 홈페이지에 소설을 연재하는 일은 뜻밖이다. 3년 전,* 이낙연 지사가 국회의원일 때이다.**

이불재를 방문한 그가 "예로부터 예향이자 의향인 호남의 정체성을 드러낼 만한 활동이 없겠느냐"고 물었다. 정찬주는 이때 이순신 이야기를 했다.

"이순신은 '호남이 없으면 나라도 없다(약무호남 시무국가; 若無湖南 是無國家)'고 했다. 유득공이 정조 19년(1795년) 왕명에 따라 편찬한 『이충무공전서李忠武公全書』에 실린 글이다. 이 지사에게 이 얘기를 했다. 그 뒤 잊고 있었는데, 지사에 취임한 뒤 문화 팀 관계자를 보냈더라. 대하소설의 지면을 얻기 어려울 때 이 지사가 발표공간을 내줘 고마웠다."

「이순신의 7년」은 정찬주가 10년 넘게 준비한 작품이다. 지금 연재되는 글은 사료와 고증, 답사의 결과다. 그의 서재를 채운 『난중일기』와 『이충무공전서』, 『조선왕조실록』, 『연려실기술』, 「징비록」이 포함돼 있는 『서애집』, 『호남절의록』, 『임진잡록』 등 사서들은 책갈피가 너덜거린다. 그는 역사적 상상력을 넘어 역사적 리얼리즘의 세계로 나아간다. 기록을 검증할 때마다 임진왜란에 대한 우리의 인식이 얼마나 퇴행적이며, 식민사관이 깊은 데

---

* 2015년 시점이다.

** 이낙연은 나중에 문재인 정부에서 국무총리로 일한다.

까지 스몄는지 깨닫는다고 한다.

"임진왜란은 왜군의 침입을 격퇴한, '승리한 전쟁'이다. 개전 후 2개월만 불리했고 그 이후로는 분투의 과정이다. 왜는 보병 16만 명, 수군 1만 1,000명, 예비병력 14만 명에 이르는 대군을 파병했지만 다 죽고 8만여 명만 살아 돌아갔다."

"한 고등학교 교과서는 제2차 진주성 전투에 대해 '왜군은 10일 만에 진주성을 함락했다'고 썼다. 주어가 왜군이다. '진주성 안에 든 우리 관군과 의병이 10일 동안이나 분투했으나 중과부적으로 성을 내주었다'고 써야 맞다."

정찬주는 「이순신의 7년」에서 무엇을 말하려 하는가. 그의 목표는 임진왜란을 역사적 사건으로서 총체적으로 다루는 데 있다. 정치 · 경제 · 사회 · 문화, 음식과 풍속마저 아우르고자 한다. "이순신을 이순신일 수 있게 했던 호남, 그곳 출신의 장수와 군졸, 의병, 민초들의 이야기를 다루지만 끝내는 지역과 시대를 뛰어넘어 보편성을 지닌 작품으로 완성하려 합니다."

인터뷰를 마친 다음, 배웅하러 나온 그는 사립문에 걸린 피객패를 말없이 바로잡았다.

제 2영역시집 『SF-Consensus(SF-교감)』 출간한 박제천

멋스럽고 맛깔스러운 삶 표현, "시인은 속세와 한통속돼야"

2017-04-28

지난달* 28일, 서울 동숭동에 있는 예술가의 집에서 문학아카데미가 주최한 시의 축제가 열렸다. 한 해에 네 번, 계절 따라 시인들이 모여 자작시를 낭송하고 친교도 나누는 자리다. 축제의 주인은 박제천이다. 하지만 그의 자리는 비어 있었다. 그리고 행사장의 분위기는 마치 누군가를 애도하는 듯 착 가라앉아 있었다. 박제천은 행사가 열리기 한 주일 전 서울대학병원으로 실려갔다. 거기서 한동안 현실 밖의 세계를 주유했다. 축제에 참석한 시인들 사이에 "선생께서 위독하다"는 소문이 떠돌았다. 그들은 박제천의 애연과 알코올 사랑이 그를 쓰러뜨렸다고 생각했다. 그러나 사실은 알레르기 때문이었다. 과일주가 그의 체질에 맞지

* 2017년 3월.

않는다. 누군가 바친 미주美酒를 받아 마셨다가 발작을 일으켰다.

박제천은 며칠 뒤 깨어나 지인들에게 "와인이나 마시자"고 전화를 했다. 와인은 괜찮다. 나도 그가 퇴원한 이틀 뒤에 목소리를 들었다. 카카오톡이 먼저 왔다. 'HI'라고 외치는 이모티콘에 이어 "바쁘냐"는 문자가 떴다. 얼른 전화를 했다. 그는 한 잔 하자고 했다. 일주일 뒤 혜화동에 있는 그의 아파트에서 알콜도수 13.5%짜리 와인을 세 병 땄다. 거기서 노래하는 듯 아름다운 그의 시와 인생 강의를 들었다. 마지막 잔을 비우고 일어설 때 그는 책 한 권을 쥐어 주었다. 새 시집이었는데, 온통 영문자로 인쇄했다. 제목은 『SF-Consensus(SF-교감)』. 고창수 시인이 번역한 박제천 제2 영역시집이다. 「SF-Consensus」 등 여든 편을 수록했다. 나는 성균관대 입구, 중앙차로에 있는 버스정류장 철제의자에 앉아 시집을 펼쳤다. 표제작을 찾아 읽었다.

금강초롱 꽃잎 속 황금 꽃술로 발돋움하는 너를 본다
氣치료를 받고 와서, 태어나 처음으로 들여다보는 배꼽
금강초롱 꽃잎 속 배꼽에서 배꼽으로 퍼져나가는
우주의 파동을 느낀다
꽃잎 가득, 배꼽 가득,
눈부신 햇살도 눈 시린 눈발도 모두 받아들여
황금꽃술로 발돋움하는 너를 본다
단전에 가득 불을 피워 덥히는 내 삶도

어머니의, 그 어머니의 해소기침도
예서 물려 받았단다
꽃잎 속에 손을 넣으면
문득 외계의 하늘이 서른 세 하늘로 층층이 쌓이고
그 어느 하늘에 금강초롱으로 피어나는
어머니의 배꼽 있으니
나 있는 여기서도 개벽의 꽃 속으로 들어가는 길 보이느니,
그곳에서 내 배꼽을 꾹꾹 누르는 손길을 느끼느니

박제천의 시가 영어로 번역돼 해외에서 출간되기는 처음이 아니다. 1997년에 미국 코넬대학교에서 동아시아 시리즈 88호로 출간한 첫 영역시집 『별 하늘에 배를 띄우고Sending the Ship Out to the Stars』에 그의 초기작이 실렸다. 또한 그의 시는 프랑스어, 스페인어, 중국어, 베트남어, 일본어 등으로 번역되어 각국에 알려졌다. 대한민국의 시인이 노벨상을 받는다면 박제천이 가장 먼저는 아닐까. 시는 산문에 비해 번역하기 어렵다는 통념이 있다. 박제천은 다르게 생각한다. "번역을 해도 시에 담은 에센스는 훼손될 수 없다고 생각해요. 라임rhyme을 말하지만 영미권에서도 자유시를 많이 쓰니까 크게 중요하지 않습니다. 다만 시 자체에 대한 이해가 깊은 사람이 번역해야겠죠."

나는 박제천의 친구인 미하엘 오거스틴을 생각했다. 독일 시인 오거스틴은 2015년 아시아경제와 인터뷰하면서 "(번역의 성패

는) 두 문화를 고향으로 두어, 그 사이에서 틈새를 연결해 줄 뛰어난 번역자에게 달려 있다"고 했다. 박제천은 오거스틴과 1984년 미국 아이오와 국제창작프로그램IWP에서 만났다. 두 사람은 IWP의 초청시인으로 메이플라워아파트 8층에서 석 달 동안 살았다. 오거스틴은 "박제천과 나는 침실과 부엌 그리고 아주 많은 맥주를 함께 했다"고 했다. 박제천도 선명하게 기억한다.

박제천은 이때를 "세계를 바라보는 시각이 물리적으로 환기된 시기"라고 했다. 그는 "디테일에서 차이를 보았다. 우리는 자기소개서에 아무개, 시인, 몇 년도 어디어디 등단, 이런 식으로 쓴다. 거기 모인 예술가들은 그렇게 안 썼다. 저서만 적은 사람도 있고 … 그냥 시인이 아니라 자기가 가장 잘 표현할 수 있는 도구가 시니까 시를 쓴다는 식이었다"라고 했다. 아이오와에서의 환기는 갑작스런 일이 아니다. 박제천이 청년 문사 시절 품었던 꿈의 씨앗이 발아한 것이다. 그는 영향을 받은 시인으로 토마스 엘리엇, 샤를 보들레르, 아르튀르 랭보를 꼽았다. 특히 엘리엇은 균형 잡힌 시각으로 세계를 바라보고, 동양정신에 대한 깊은 이해를 작품에 관철한 인물이다. 박제천이 보기에 당시唐詩를 번역해 이미지를 추출해냄으로써 영미 현대시의 20세기를 점화한 에즈라 파운드도 엘리엇만큼 훌륭하지 않다.

박제천은 매우 복잡한 시인이다. 첫 시집 『장자시』에서부터 동양정신과 우주를 아우르며 세계를 향해 열린 감성을 드러낸다.

그는 "나는 아무도 흉내 내지 않았고 아무도 나를 가르치지 않았다"고 한다. 오로지 홀로 시업을 거듭해 한국어 시집만 열다섯 권을 냈다. 그의 동양정신과 우주는 2005년 7월 아내와 사별한 뒤 자신만의 내세관으로 나아간다. 다음은 시 「전화놀이」.

한밤중 [할버지 전화받으세요] 소리에 잠에서 깨어났다
문득 창에 뜬 이름을 보니 지옥이다
받지 않기로 한다 아마 가까이 와 있나보다
밤하늘 바라보니
온 하늘 가득 문자메시지들이 반짝인다
별들은 모두들 진동으로 돌려놓았나보다
풍뎅이들 날개치는 소리만 번쩍번쩍 날아다닌다
불침번 서는 자미성과 부처님만
가끔 오줌 지리듯 부르르 몸을 떤다
하지만 나처럼 창에 뜬 이름만 확인한 채
전화를 받지 않는다

낮에는 제 잘난 맛에 잘 놀다가
한밤중 마음이 깜깜할 때나 전화를 하면
정말 밉상이겠다
먼 데 사는 여자에게 전화를 하려다,
문자메시지만 보낸다
이승 시간은 참, 길다오.

시인은 한밤중에 걸려온 전화에 아내의 이름이 뜨자 받지 않고 "이승 시간은 참 길다오"라며 문자메시지를 보내는데, 그곳은 우주의 저편이리라. 병원에서 깊이 잠들었을 때, 그곳에 다녀왔을 것이다. 이 시가 실린 박제천의 제12시집 『달마나무(2010)』는 아내에 대한 사랑과 추모로 가득 찬 시집이다. 일렁이는 그의 정서는 14시집 『마틸다』로 이어진다. 마틸다는 흔히 보기 어려운 연가곡집인데, 시집의 제목은 천주교에 귀의한 아내의 세례명이다.

나는 지난 25일* 서울 대학로에 있는 그의 사무실에 가서 시인과 한 시간 남짓 대화했다. 스마트폰을 사용해 녹음을 하고 메모도 했으나 둘 다 자세히 살피지 않았다. 박제천은 보길도 바닷가의 조약돌이 은근한 파도에 서로 몸을 기댔다 떼었다 하는 듯 매끄럽고도 리드미컬한 목소리로 시와 인생에 대하여 설명했다. 문인화에 낙관을 찍는 듯한 그의 언어는 나의 뇌리에 선명하게 남아 굳이 메모를 보거나 녹음을 풀어볼 필요도 없을 것 같았다.

시업 52년. 시인은 어디로 가려 하는가. 그는 눈을 달마처럼 부릅뜨면서 말했다. "풍류정신." 사람과 세계와 삶이 유별하지 않은 세계, 우리네 멋스럽고 맛깔스러운 삶의 더 깊은 지경까지 표현하고 싶다고 했다. "결국 시인이란 자신이 사는 세계의 바닥을 들여다봐야 해요. 그러려면 한통속이 되는 수밖에요. 그것은 이 땅에서 수천 년을 살아온 사람들의 숨결, 정신일 테니까요." 기자

* 2017년이다.

는 자리에서 일어서면서 알코올 도수 14%짜리 와인을 한 병 탁자에 내려놓았다. 박제천은 우리 시의 큰스승이니 그 앞에 조아린 자의 속수束脩일레라.

첫 작품집 『급소』 펴낸 소설가 김덕희

2017-07-07

가브리엘 가르시아 마르케스는 1981년에 미국 저술가 피터 헤스 스톤과 인터뷰를 했다. 이 내용은 『파리 리뷰』의 1981년 겨울 호에 실렸다. 스톤이 묻는다. "저널리즘이 할 수 없는 일을 소설이 할 수 있다고 생각하십니까?" 마르케스가 대답한다. "아무것도 없습니다. 소설과 저널리즘엔 별다른 차이가 없습니다. 소재도 같고, 주제도 같고, 글을 쓰는 방법이나 언어도 똑같습니다." 스톤이 재차 묻는다. "저널리스트와 소설가는 진실과 상상력 사이에서 균형을 맞추는 데 다른 책임감을 갖고 있지 않나요?" 마르케스가 대답한다. "저널리즘에서는 기사가 가짜라는 한 가지 사실만이 기사 전체에 편견을 갖게 합니다. 반면 소설에서는 이야기가 진짜라는 한 가지 사실이 작품 전체를 정당화해 줍니다."('작가란 무엇인가' 재인용)

김덕희의 첫 소설집 『급소』에 해설(「늪지에서 침을 놓는 법」)을 쓴 김형중은 "문학은 마치 곤충의 더듬이와 같아서, 한 시대의 맨 앞자리에서 눈앞에 놓인 공동체의 위험과 비극을 미리 감지하는 역할을 하는 일종의 사회적 기관"이라고 했다. 그러면서 (이 말이 맞는다면) 김덕희가 보여주는 저와 같은 소설적 경향이 우리 사회의 일반적인 경향과 무관할 수 없다고 짚는다. 소설이 장착한 서사의 힘은 이미 권위주의 시대를 관통하는 동안 그 강인함을 증명하고도 남았다. 장르로서 시는 '데모가'의 가사로 이행하면서 특정한 힘의 주체가 되었거니와, 소설은 『장길산』과 『토지』와 『태백산맥』을 통하여 우리 시대의 한복판에 진입하는 저돌성을 발휘했다. 김형중은 해설 앞부분에서 '생태계'를 키워드로 제시하면서 '2000년대에 등장해 이즈음 존재감을 드러내기 시작한 일군의 신예작가들'을 언급하고 이들에게 '세계'나 '사회' 따위는 없으며 그들의 소설이 배경으로 삼는 무대는 '생태계' 혹은 '서식지'와 다름없다고 설명한다.

탁견이기는 하지만, 소설집 『급소』를 읽고 나면 이와 같은 해설이 김덕희의 소설 세계를 설명하는 데 충분하지 않거나 부분적일 가능성이 있다는 의심을 품게 된다. 모노로 듣는 빅밴드의 브라스. 서식지나 생태계 같은 표현은 부패하거나 발효하여 가스가 끓어오르는 원격의 늪지를 떠올리게 만든다. 하지만 김덕희가 즐겨 사용하는 수미상관의 순환구조는 모순으로 가득 찬 뫼비

우스의 띠나 진공 속의 폐쇄회로가 아니다. 정교한 프랙털 구조로서 상상력과 세계관이라는 채널을 통하여 무한히 확장하고 확대되어 나간다. 바흐의 푸가처럼 정교한 정신의 건축물이라고 해야 온당할 것이다. 그러니 김덕희의 소설은 더듬이거나 꽁무니이거나 아니면 둘 다이며 어느 쪽이든 상관이 없다. 김덕희가 소설가로서 입심과 체력, 고집스런 관찰과 서술의 힘을 드러낸 작품으로 「낫이 짖을 때」를 꼽을 수 있다. 이 작품에는 그림을 그리는 (더 정확하게는 베끼는) 솜씨가 뛰어난 노비 수복이가 등장한다. 그는 글자(한자렷다)조차 한 점 한 획 어김없이 그려내는데, 이 재주를 눈여겨본 주인이 목숨이 달렸을지 모를 필사를 맡긴다.

독서 경험이 풍부한 독자라면 엎드려 뜻 모를 글자를 베껴 그린 수복에게서 수많은 이미지의 스펙트럼을 추출해 낼 것이다. 즉 수복은 움베르토 에코의 『장미의 이름』에 등장하는 베네딕트 수도원의 수도사들이며 오르한 파묵이 쓴 『내 이름은 빨강』에 등장하는 화원장 오스만이다. 기독교의 사제는 미사를 집전하면서 양피지에 필사한 복음을 읽되 단에 높이 올라 '하느님의 말씀'을 소리 높여 전한 다음 성경을 들어 보이며 이렇게 외친다. "주님의 말씀입니다!" 이는 "알라후 아크바르"와 같은 말이며 양피지에 적힌 일자일획은 중세의 믿는 자들이 보기에 수복이 써내려간 사초와 다름없다. 오호라, 수도사의 필사행위는 읽는 자가 아니라 읽지 못하는 자를 위한 노역이 아니겠는가. 김덕희의 소설, 그가 창조한 수복은 에코의 데칼코마니이거나 거울에 비친 본능이다. 글을 해득해서는 안 되는 운명 또는 현실, 문자를 읽고 이해하는 행위에 대한 두려움은 아버지의 공포이자 체념이며 자기 보전의 한 방식이다. 『내 이름은 빨강』에서 화원장 오스만은 황금 바늘로 스스로 눈을 찔러 장님이 된다. 시력을 버림으로써 궁정 세밀화의 전통을 사수하려는 화공의 선택이다. 김덕희는 수복의 아버지를 통하여 삶이란 아슬아슬한 곡예이며 한 인간이야말로 살아 있는 한 깊이를 알기 어려운 타임캡슐임을 보여준다.

김덕희는 여러 소설에서 순환구조에 대한 천착을 보여준다. 이 순환은 뱀이 제 꼬리를 물고 희롱하다 스스로를 삼켜 버리는 것과 같은 파멸이 예고된 원형의 터널이 아니다. 오히려 무한한 확장의 가능성을 내포한 원심력 충만한 순환으로서 독자의 의식세계를 무한히 잡아 늘여 끝끝내는 수습할 길이 없게 만들 정도다. 「낫이 짖을 때」는 첫 문장 "나는 글을 읽을 줄 모른다"로 시작해 같은 문장으로 끝난다. 그럼으로써 강력한 깨달음을 경고하지만 당신은 이 소설을 다 읽은 다음 리어나도 디캐프리오가 주연한 영화 〈인셉션Inception〉을 떠올릴지도 모른다. 팽이가 돈다. 의식과 무의식, 현실과 꿈의 경계에서 팽이가 돈다. 열릴 듯 열리지 않는 문처럼, 닫혀 있지만 곧 열릴 문처럼 시간은 당신을 겁박한다. 즉, 김덕희는 당신의 인생을 추궁한다.

김덕희는 소설가가 되기 전에, 소설가가 되기 위해 다른 소설가가 쓴 작품을 많이 베꼈다고 한다. 그는 김승옥과 오정희와 김영하의 작품을 베꼈다. 김덕희의 생각에 김승옥은 한글세대의 작가로서 배워둘 점이 많았다. 오정희는 아름답고 잔잔하지만 강한 묘사로써 사람의 멱살을 잡아끄는 힘이 있다고 한다. 김영하는 독자 · 사회와 호흡하는 작가라고 생각한다. 독서를 하는 여러 가지 방법 중에서도 손으로 하는 독서라고 해야 할 베껴 쓰기는 가슴속 가장 깊은 곳에 예술가의 언어를 가져다 쌓는 일이리라. 김덕희는 다른 소설가의 작품을 옮겨 적는 동안에 한 문장 한 문장을 눈에 익히고 마음에 새기면서 반드시 그렇게 쓰지 않을 수 없었던 소설가의 '사정'을 짐작하고자 애썼다고 한다. 그럼으로써 자신도 필연일 수밖에 없는 언어를 골라 우리에게 다가왔을 것이다.

김덕희는 지난 4일* 서울 초동에 있는 아시아경제 편집국에 찾아와 사진을 찍었다.**

그는 등단한 지 4년이나 됐지만 문학청년과도 같은 순수와 열정을 간직한 채 조용하지만 단호한 언어로 소설과 문학 이야기를 하고 갔다. 그에게 짓궂은 질문을 던졌다.

"작품에 성애性愛 장면이 많이 나오나요?"

"아니요. 그 직전의 단계를 암시하는 부분은 있습니다…."

---

* 2017년 7월 4일이다.

** 김덕희는 경북 포항에서 태어나 동국대학교 국어국문 · 문예창작학부를 졸업했다. 2013년 단편 「전복」으로 중앙신인문학상을 수상했다.

"성적인 표현을 피하고 싶나요?"

"아니요. 필요하면 할 겁니다."

그에게 움베르토 에코가 『파리 리뷰』를 위해 라일라 아잠 잔가네와 한 인터뷰 얘기를 해주었다. 잔가네가 묻는다.

"당신의 소설 전체에서 성적인 장면이 묘사된 것은 두 군데 뿐입니다. 하나는 「장미의 이름」에서이고, 다른 하나는 「바우돌리노」에서입니다. 혹시 특별한 이유가 있으신가요?"

에코가 대답했다.

"성에 대해서 쓰는 것보다는 직접 하는 걸 좋아하기 때문이라고 생각되네요."

김덕희가 배시시 웃을 때 두 볼이 살짝 붉어졌다. 날은 더웠고, 인터뷰를 한 공간은 무척이나 햇볕이 많이 들어서 오래 앉아 있기에는 적당하지 않았다.

칠레 시인 세르히오 바디야 카스티요

리얼리티 해체의 세계 다룬 '트랜스리얼리즘의 창시자'

2017-05-26

"위키피디아에 내가 아직 한국어로는 소개되지 않았더군요. 당신이 해주면 얼마나 좋을까요. 산티아고에서 안부를 전하며."

칠레 시인 세르히오 바디야 카스티요가 페이스북 메신저를 이용해 연락했다. 그는 시인들의 국제적인 연대를 추구하는 몇몇 인터넷 동아리와 관계망 덕에 나와 연결되었다. 이런 동아리와 관계망은 유럽과 남미에 두루 퍼져 있다. 특히 남미 쪽에서 활발한 듯하다. 브라질을 빼고는 모두 스페인어를 사용하니까 연대하는 데 장애가 적을 것이다.

세르히오는 지난* 4월 13일 오전 5시 1분에 스페인어 메시지를 보냈다. 내가 대답을 미루자 닷새 뒤 한글로 같은 내용을 다시

* 2017년이다.

보냈다. 번역기를 돌린 것 같았다. 나는 오래 전에 스페인 출장을 갔다가 배운 말로 "알았다(Si, entiendo)"고 대답했다. 그는 엄지손가락을 치켜든 그림문자를 보냈다.

그 뒤 세르히오는 내 이마에 달라붙어 떨어지지 않았다. 엄지손가락으로 스티커를 붙인 것 같았다. 그래서 어린이날 오후 11시 2분에 연락을 했다. "시인이 아니라 기자로서 당신과 당신의 작품에 관심이 있습니다. 칠레 문학은 한국에 잘 알려진 편이 아니에요. 파블로 네루다밖에 모르는 사람도 많을걸요. 질문을 할 테니 대답해 줄래요?" 엄지손가락.

바디야는 아버지(호세)의 성, 카스티요는 어머니(마리아)의 성이다. 세르히오는 1947년 11월 30일에 칠레의 발파라이소에서 태어났다. 그의 아버지는 뱃사람으로 알려졌는데 세르히오가 적은 대로 해군이었을 것이다. 1973년에 칠레에서 쿠데타가 일어난 다음 20년에 걸친 세르히오의 망명생활이 시작되었으니까.

재미있는 사실은 세르히오가 아버지의 영향으로 유랑생활을 동경했다는 점이다. 그는 긴 시간을 스웨덴에서 보냈지만 루마니아에서도 살았고 북아프리카와 중동을 여행하기도 했다. 칠레 대학에서 저널리즘, 스톡홀름대학에서 사회인류학을 공부한 그는 스웨덴 라디오 방송국에서 13년 동안 일하며 스웨덴의 시를 영어로 번역했다. 1993년에 칠레로 돌아가기 전 몇 년 동안은 언론사와 대학에서 일했다.

카스티요는 1973년 첫 시집(Amid the Cement and the Grass)을

발파라이소에서 자비 출판했다. 1981년부터 1987년까지 스칸디나비아 문화의 영향을 강하게 받은 일련의 시집이 높은 평가를 받으며 유럽 문단에 존재를 각인했다. 그의 초기 시는 신화와 우화를 소재로 삼은 작품이 많다.

세르히오는 칠레로 돌아간 다음 전과는 다른 작품을 쓰기 시작했다. 『노르딕 사가』가 그 시작이었다. 그의 후기 작품들은 트랜스리얼리즘이라는 형식으로 압축된다. 세르히오는 현실에 도전하며 유령과 다름없는 세계를 창조한다. 단어와 시간, 차원의 변화가 시의 틀 안에서 중요한 역할을 한다. 최근의 시에서는 시간의 착란 내지 교차가 빈번히 일어나기도 한다.

당신은 트랜스리얼리즘의 창시자로 알려졌다. 트랜스리얼리즘이 뭔가?

"나는 리얼리티를 완전히 이해하게 해줄 콘텍스트의 온전한 형태를 찾고자 했다. 한 텍스트 속에 과거, 현재와 미래까지 포함하는 프랙털(fractal·같은 구조가 작은 규모에서 큰 규모까지 반복되어 나타나는 형태)을 사용하여 그 콘텍스트를 찾아내려 했다. 이때 나는 리얼리티란 내가 상상해온 여러 플롯의 현상화라는 점을 인식했다. 나는 시간이란 개념을 비동시성, 두음문자, 시간이동 등으로 대체했다."

망명시기의 삶과 문학에 대해 말해 달라.

"나는 20년 동안 내 나라로 돌아오지 못했다. 그동안 칠레인으로서 내 영혼이나 정체성은 완전히 벗겨져 나갔다. 1년 반 정도 산

루마니아에서 나는 칠레 시인 오마 라라와 티토 발렌수엘라, 그리고 아마도 세계적으로 영향력이 있는 사람 중 하나였을 마린 소레스쿠를 사귀었다. 스웨덴에서 17년 정도 살며 아드리안 산티니, 카를로스 게이비츠, 세르히오 인판테 등과 함께 칠레 시인 모임인 '스톡홀름 워크숍 그룹'을 창설했다. 스웨덴 작가 순 악셀손의 도움이 컸다. 그는 스칸디나비아에 있는 중요한 시인들을 모두 연결해 주었다. 그중에 2011년 노벨상 수상자인 토마스 트란스트뢰머도 있었다."

당신의 예술적 배경을 설명한다면?

"내 아버지는 해병이었고, 출판은 하지 않았지만 시를 쓰셨다. 그리고 스페인과 남미의 고전들을 많이 읽으셨다. 나 또한 유베날리스, 카툴루스, 핀다르, 호메로스의 시와 바쇼의 하이쿠를 읽고 감명을 받았다. 고등학교에 다닐 때 훌륭한 선생님인 루이스 발레를 만났는데 그는 내게 횔덜린, 릴케, 노발리스 같은 독일 낭만주의 시인뿐 아니라 랭보, 말라르메, 로트레아몽, 베를렌 같은 프랑스 상징주의 시인들을 소개했다. 대학에 가서는 초현실주의의 영향을 받은 1960년대 젊은이들의 시들을 읽었다. 동시대의 단체 중 내가 원래부터 관련이 있는 곳은 'ACLIT'다. 발파라시오에 있는 창작자들의 집단이다."

파블로 네루다의 영향은.

"거의 없다. 보편적 역사의 특정 에피소드를 묘사하는 거대한 스케일 같은 기본적 요소가 비슷할지는 모르겠다. 네루다의 『지상의 거주지』(1933)는 나보다 훨씬 앞 세대의 작품이다."

당신의 최고 작품을 꼽는다면?

"내 생각엔 『도마뱀의 시대』(2016)다. 이 책이 아니라면 -비평가들과 동료 시인들에 따르면- 『노르딕 사가』(1996)다. 『도마뱀의 시대』는 1990년과 2015년 사이에 쓴 내 글 중에서도 최고만 모은 책이다. 『노르딕 사가』에는 스칸디나비아의 전설을 모았다. 하지만 어디까지나 내가 이야기하고, 또 나의 시적인 언어로 풀어낸 나의 전설이다."

당신이 아는 한국 작가나 예술가가 있는가.

"인상적인 시인을 꼽는다면 단연 고은이다. 그가 쓴 「문의마을에 가서」, 「새벽길」, 「백두산」을 읽었다. 고은과 나는 리얼리티의 해체적 형태인 여백이란 주제에 관심이 있다. 사회적 정의에 대한 요구는 우리를 집어 삼키기도 하고, 떠나게 만들기도 한다."

상트페테르부르크

세르히오 바디야 카스티요

옛 레닌그라드의 어느 변두리에서 조지프 브로드스키를* 보았네.
그가 멀리 떨어진 경계로 돌아가기를 원하는 듯
흐릿한 눈으로 바라본 네바(강)는 마비되어 실망스럽고도 초라하였네
창백한 겨울 태양 아래서.
휴대용 라디오를 든 한 무리의 젊은이들이 그의 곁을 스쳐가네
볼륨을 한껏 높인 채로.
그의 발 아래-움직이는-딱딱하게 굳은 눈에 덮인 배수구가 삐걱거리고
돌풍이 숨은 쌍돛 범선의 돛대를 구부리니
얼음 조각 아래서 뒤뚱거리네.
동부 발트 해협은 섬들 사이에서 얼어붙었고
안개는 방랑자의 정처 없는 기억을 지워버리네
긴 항해를 마친 뱃사람들은 보드카와 맥주로 축하하고
굴뚝은 한 줄기 담배 연기를 뿜어내느니
오직 불길만이 이 겨울의 오만함을 녹일 수 있으리!
바에 앉은 소녀들은 녹황색 가드 한 잔을 들고 웃네
아르고호의 젊은 선원은 고주망태가 되어 테이블 사이를 지나느니
숲속의 벌거벗은 님프를 상상한다네.
어두운 방은 오늘 밤 나를 기다리네.
오랜 불면의 시간
내가 잃어버리고 말 금빛 자물쇠는
내가 한때 순수하게 사랑한 적들의 땅에 있네.
오늘 아침 조지프 브로드스키를 다시 보았네.
레닌그라드의 변두리
마치 머나먼 확실함으로 돌아가길 원하는 듯
우울하고 초췌한 그를
창백한 겨울 태양 아래서.

---

* 조지프 브로드스키: 소련의 망명 시인. 1987년 노벨문학상 수상자.

고 김강태 가상 인터뷰
계간 『시작』 2013년 가을호

결국은 좋은 시만 남습니다.
여러분 모두를 사랑합니다.

1.

나는 운전을 하고 있었다. 그날은 2013년 7월 2일, 화요일이었고 비가 내렸다. 조수석에는 한국체대에서 교수로 일하는 동국대학교 선배를 태웠다. 우리는 '만해마을'에 다녀오는 길이었다. 설악에 깃들인 문화의 전당. 어느 스님이 운영하다 동국대학교에 맡겼다. 모교에서 교직원으로 일해 온 국문학과 선배가 총책임자가 되어 부임했다. 환갑이 멀지 않은 나이에 주말부부 신세가 된 그를 축하 겸 위로하러 갔다.

빗줄기가 거센 오후 늦게, 서울로 돌아오는 길 위에서 나는 '김강태를 가상인터뷰하지 않겠느냐?'는 제안을 받았다. 휴대전화기를 통해 들려오는 목소리는 아득했다. 저쪽에서 무엇인가 말할 때마다 세찬 빗줄기가 자동차 지붕을 두들겼다. 목소리 옆에 김강태가 앉아 있었을 것이다. 몸을 기울인 채 귀동냥했을지도 모른다. 그리고 물었으리라. “뭐래? 한대?” 나는 그 광경을 떠올리면서 쓰겠다고 했다. 내가 해야 할 일이라는 생각도 했다.

그런데 전화를 끊고 나니, 나는 김강태에 대하여 아무것도 알 수 없게 되었다. 그가 보이지 않는다. 영생의 우주 속을 거닐고 있을 그의 세계를 나는 모른다. 그리고 추억을 되짚으면, 같은 차원에 속했을 때의 김강태도 이해할 수 없게 된다. 그가 죽은 지 10년이 지났다. 이제 나는 그를 사랑하지도 않고 이해하지도 않는다. 슬픔이 안개처럼 피어올라 시야를 가려 버렸다. 슬픔만 있고 김강태는 없다.

김강태의 이름을 떠올리는 한, 나는 ‘사랑’을 생각할 수밖에 없다. 그의 사랑은 호환되지 않아서, 자신만 사용할 수 있다. 그러므로 폐기되어 문막의 공동묘지에 수납되었다. 직사각형으로 영역을 정한 봉분들이 줄을 맞췄다. 검은 돌로 깎은 묘비가 주인을 알린다. 무덤마다 묘지를 분양받은 종교단체의 규칙에 따라 계급이 매겨졌다. 김강태가 주일마다 교회에 가서 기도한다는 얘기는 못 들었다. 공동묘지에서 그는 아마도 영원히 ‘집사’다. 이런 니미.

나는 영생(의 행복?)을 즐기고 있을 김강태를 불러내 정중하게 몇 말씀 청해야 하는 걸까? 초혼이나 접신과 같은 절차를 거쳐 한 밤의 어느 시간에 그와 통혼通魂해야 하는 걸까? 그러면 그는 머리를 풀고 맨발로 공간 속을 걸어 나에게 올까? 그는 어디에 있는가? 이제는 그의 얼굴도 기억이 나지 않는다. '네이버'를 찍으니 그는 탈모가 상당히 진행된 중년의 '작가'다. ('다음'에는 '전 소설가'로 나온다.) 그의 사진조차 낯설다.

2.

나는 그를 한낮의 세검정에서 만났다. 북악산에 쏟아진 장맛비가 급류를 이루어 집 앞의 계곡을 흘러내렸다. 나는 그 소리를 수많은 석공이 날카롭고 굳은 끌을 일제히 두들겨 화강암을 쪼아내는 소리로 들었다. 내 캄캄한 의식의 공간이 작은 기척과 더불어 열렸다. 거기로 그가 들어섰다. 기척은 잔기침과 같았다. 그렇다, 김강태를 나는 소리로써 들은 것이다. 그 뒤로도 김강태는 간간이 잔기침을 했다. 그의 잔기침 소리는 활자의 무더기가 되어 후두둑 키보드 위로 쏟아졌다.

> 소리에도 혀가 있다 소리에도 촉감이 있다 하다 만 몸짓의 혼, 소리의 잔흔일 게다 때로는 그것이 징징징 우는 빛일 때가 있다 은밀비밀 서로의 몸을 닦으며 울음 몰래 날으던 소리혼, 어둠의 등뼈를 갈라 비늘처럼 남몰래 튕겨나곤 한다 어느 달빛 사이 흰 가슴을 내보이는 어둠에 귀 기울여 보라 소리의 혼이 종종 일어서고 있다 마치 흠집난 빗방울만 등빛에 영롱하듯 내 귀의 달팽이관을 긁으며 소리가 총총총 발자욱을 끌고 간다 소리의, 소리혼의 끝은 천 길 어둠이다
>
> - 김강태, 「소리 혼」 전문

쥐라기 동굴과 같았던, 뜯어고치기 전의 충무로 환승역에서 마주쳤을 때처럼 김강태는 나를 포옹하고 볼에 입을 맞추고 '하하하하…' 웃었다. 우리는 술 냄새로 가득 찬 막차를 타고 까무룩한 시간 속을 달렸다. 도착한 곳은 '한국디지털도서관', 거기에 '김강태의 서재'가 있다. 그는 자신만 아는 비밀번호를 두들긴 다음 나를 사랑방으로 안내했다. 그가 사랑했지만 한동안 들르지 못했던, 마지막 인사를 남긴 채 돌아오지 못했던 그 곳으로. 나는 비로소 말문이 열렸고, 그는 대답할 준비가 되어 있었다.

용케 나왔군.

"왜 갑자기 불러내고 그러나. 못 나오는 건데 (정)채봉이 형이 보증을 서서 간신히 나왔다."

왜 못 나오나.

"내가 속한 세계에도 휴가철이 따로 있다. 이렇게 오랫동안 비가 내리는 장마철은 그곳에서도 좋은 휴가철이 아니다. 더구나 이번에는 생전에 살갑게 지내던 사람들의 초대를 받았기 때문에 더 어려웠다. 생일이나 기일 같은 때가 아니라면 낯선 초대가 더 나오기 쉽다."

우리 초대에 문제가 있었나.

"그게 아니고, 내가 실수할까봐 그런 거다. 몬테펠트로Guido da

Montefeltro가 저지른 잘못 때문에 한동안 저승이 시끄러웠다고 한다. 그 사람은 이승으로 휴가를 나온 것도 아닌데 방심한 나머지 단테Dante Alighieri에게 안 해도 좋을 말을 하고 말았다."*

그게 그렇게 잘못된 일인가. 언제 적 일인가.

"저승에도 불문율은 있다. 몬테펠트로는 단테가 방문객이었다는 사실을 잘 알았어야 했다. 그러나 정상참작이 되었기 때문에 불길이 강해지거나 온도가 올라가지는 않았다. 여기서는 아득한 옛날의 일이겠지만 그곳에서는 천년이 하루 같고 하루도 천년 같다."

좋다. 돌아갈 것을 염두에 두고 질문에 답해 달라. 당신이 이곳을 떠난 지 10년이 지났다. 그동안 어디서 뭘 했는가.

"내가 어디에 있는지는 여러분이 잘 안다. 죽은 사람은 지상에 남은 사람들이 상상하는 곳으로 간다. 그리고 여러분이 상상하는 일을 한다. 자, 말해보라. 나는 저승에서 뭘 하고 있는가?"

시를 쓰고 책 읽고 누군가를 가르치고 술을 마시고, 가끔 여행도 하고 그러겠지. 아, 여자도 꼬시고.

"그래 그럴 것이다. 당신이 말한 그대로다. 여자를 꼬신다는 건…."

---

* 단테의 『지옥편』 27장에서 몬테펠트로는 생전에 거짓 조언을 한 죄로 불길 속에서 고통 받고 있다. 단테가 지상으로 돌아가리라 상상하지 못한 그는 고통과 치욕뿐인 저승의 삶에 대해 털어놓았다. T. S. 엘리엇은 「J. A. 프루프록의 연가(戀歌)」에서 이 에피소드를 에피그라프(Epigraph)로 사용하였다.

당신은 사랑이 많은 사람이었다. 특히 여자를 대할 때는 사랑이 펑펑 샘솟았지. 마음에 드는 여자가 있으면 스승이나 형제에게도 양보하지 않았잖아. 누가 모를 줄 알고. 아, 물론 꼬셔서 뭘 어떻게 해보겠다는 뜻은 아니었지. 다만 남보다 당신이 더 사랑하고 싶었을 뿐이니까.

"지나치게 많은 것을 알고 있는 당신은 아마 내가 사는 곳에 와서도 뭔가를 알아내기 위해 눈에 불을 켤 것이다. 안경도 벗지 못할 거야."

당신에게 사랑이란 무엇이었나? 왜 그렇게 많은 사랑이 필요했지?

"어느 날 나는 짙은 어둠 속에서, 마음 깊이 누군가를 미워한 사실을 몹시 뉘우친 적이 있다. 그렇게 누군가를 미워한 날은 온종일 마음이 무거웠다. 시 쓰는 일이란 타인을 순수하게 사랑하는 일일 텐데, 나 자신을 사랑하지도 못하면서 남을 사랑하겠다던 굳은 다짐 자체가 부끄럽기만 했어. 더군다나 그런 마음으로 시를 생각하겠다니. 한동안 시를 쓸 수 없었다."

시를 쓰기 위해 사랑이 필요했나, 아니면 사랑으로 인하여 시를 쓸 수밖에 없었나.

"시는 언어의 제도일 뿐이다. 예술도 마찬가지야. 영화 〈흐르는 강물〉처럼 봤지? 매클레인 목사가 설교 중에 이런 말을 한다. '완전하게 이해할 수 없어도, 완벽하게 사랑할 수는 있습니다(We can love completely without complete understanding).' '시'라고 말할 때 우리는 어느 정도 이해를 구하고 있어. 우리는 '이해가 필요하다'고 말하곤 하지. 그러나 사랑 없이는 건조한 부호의 교환일 뿐

이야. 소리 나는 징이나 요란한 꽹과리에 지나지 않는 거지. 우리가 언어로써 사랑이라고 말하던 말하지 않던 중요하지 않아. 말은 기호일 뿐이지만 사랑은 기호를 넘어서 가슴 한복판으로 넘쳐 들어가는 밀물이니까."

거 너무 사랑, 사랑 하지 마라. 당신이 남기고 간 그놈의 사랑 때문에 남아 있는 우리가 얼마나 힘들었는지 아나? 갈 때는 '아닥'하고 그냥 쿨하게 가야 하는 거 아닌가.*

"사람마다 이별의 방식은 달라도 된다."

그렇다면 시는 당신 사랑의 기술이었나.

"글쎄…. 나는 '시 쓰기란 당신이 확인한 외로움 중, 가장 깊은 외로움을 사랑하는 일'이라고 말하고 싶다. 시가 사랑이라면 사랑의 중심에 자기 자신이 있는 건 아닐까. 지독한 자기애自己愛 말이다. 누구나 향기는 있게 마련인데, 타인의 향기도 곱지만 언젠가 맡아본 자기 속내도 슬금슬금 아름다울 때도 있다. 시를 쓰는 일은 우리 마음의 결을 닦는 노동일까. 시가 자기애에 기초했다는 증거는 이런 거다. 누군가에게 시를 보이는 일은 사실 고백이다. 그 행위의 결과로 인하여 상처받고 아파할 때 마음의 속살을 언뜻 보는 거야. 나의 고백이 감동을 불러 누군가의 내면에 사랑을 불러일으

* 2003년 3월 10일. 세상을 등지기 두 달 보름을 남기고 김강태는 디지털 서재의 사랑방에 '여러분들 모두를 진심으로 온몸으로 사랑합니다.'라는 인사를 남겼다. '몸이 아주 좋아졌습니다.'라고 했지만 불꽃은 사위어 갔다. 게시물의 제목은 '그동안 고마웠습니다!'였다.

킬 때 우리는 또 얼마나 황홀해지나!"

그 황홀함을 탐하여 교직敎職을 버리고 백수시인이 되기로 했던가.

"음 그래. 나는 백수가 아니라 전업시인이라고 스스로를 불렀다. 말로 표현하기 어려울 만큼 좋았다. 그저 돌아다니며 무엇이든 원 없이 시를 쓸 작정이었다. 정말이지 시를 본격적으로 쓰고 싶었다. 그래서 사무실도 임시로 시내 쪽에다 구했다. 거기 한 곳에서 쭈그리고 시를 쓸 작심을 하니 참으로 행복했다. 그동안 삶과 관념, 매너리즘 사이에서 너무도 일찍 지치고 낡았던 것 같았다. 이제부터는 관심 갖는 분야에 좀 더 농밀하게 기울겠다고 다짐했다."

그것뿐인가.

"내 시에 대한 불만도 작용했겠지. 나의 시가 난해難解했다는 말을 수도 없이 들었다. 즉 내 시는 철저한 관념시였다. 작품마다 그 안에 무엇인가 들어있는 것처럼 포장했다. 그러니까 발표하고 나서도 뒤를 안 닦은 것처럼 늘 껄쩍지근했다. 실로 너무도 많은 시인들이 자신도 알아듣지 못하는 시, 자기만이 아는 시를 써왔던 건 아닌가 싶었다. 가장 진실·명쾌한 독자는 시인 자신이잖아. '난해'란 단어와 결별하고 싶었다. 물론 '쉬운 시'를 쓰기는 매우 힘들다. 시의 뼈가 고스란히 드러나니 많이 부끄럽다. 또 '쉬움'이 '가벼움'이 될까 걱정도 했다. 나는 내 시의 과제를 '쉬운 시를 어떻게 깊고도 무겁게 읽히느냐.'로 삼았다."

노력의 결과는 만족스러웠는가.

"나는 정신분석시학Psychopoetics이란 용어를 새로이 생각(남이 쓰지 않았기를!)해내고 매우 기분 좋았던 적이 있다. 문자 그대로 화자 심리를 연구하는 것이다. 나는 작품 속 화자 연구란 곧 시인 연구와 다름 아니라고 믿었다. 가끔씩 쓰는 비평적 해설에서 작품 속 화자 심리를 통해 시인의 의식 구조를 일관성 있게 들여다보는 행운을 누리기도 했다. 가장 중요한 지점은 거짓과 참 사이다. 나는 이곳에서 눈길을 돌리고 싶지 않았다. 뻔히 속을 드러낸 시를 쓰면, 독자들이 그 시인의 실력을 쉽게 단정해버리곤 한다. 대개 말 많은 시, 알 수 없는 시를 쓰면 잘 모르면서도 그럴 듯하다고 입을 모은다. 이 '그럴 듯해 보이는 잡것'이 문제다."

그러한 문제의 해법은 무엇인가.

"탄탄한 속내를 좀 더 다지고, 나름의 자존심을 계속 지켜나가는 것뿐이다. 상처와 고통을 두려워해서는 안 된다. 당장 시가 되지 않더라도 내일에 대한 믿음을 갖고 열심히 시를 쓰는 거다. 자신이 만족할 만한 시를 써야 한다. 거짓된 시, 남의 환심을 사려는 시 등등, 그저 칭찬받고 싶어 하는 속악한 마음으로부터 벗어나야지. 남의 시에 감사하고 자신의 시에 대해 부단히 뜨거운 열정을 쏟을 일. 믿어라, 시는 당신을 구원할 것이다. 좋은 시는 미래에 있음을 아프게 믿는다."

미래라… 살아 있을 때 당신은 미래를 보았는가.

"나의 죽음에 대해 말하고 싶은가. 그건 곧 당신의 죽음이기도 하다. 죽음은 하나의 완성이다. 죽음을 통해서만 인생의 의미와 정체성을 파악할 수 있다. 살아가는 동안 우리는 인생에 대해 수많은 가설과 희망을 세운다. 그러나 죽음을 눈앞에 둔 순간에야 무한의 가설과 가능성은 단 하나의 실재로 변신한다. 죽음을 예측했느냐고 묻는다면, 솔직히 말해 그러지 못했다. 이제 와서 생각하면… '기미'는 있었던 것 같다."

기미?
"어느 날 지독한 사랑이 밀어닥쳐 죽음의 문턱까지 밀어붙이곤 했다. 맹독성 슬픔! 사랑은, 미량微量의 치사량으로 불현듯 나를 찾아왔다. 그리고 어느 겨울날, 겨울 가로등, 그리고 산산이 나리는 눈에 나의 눈시울이 조금씩 뜨거워졌다. 그럴 때 겨울 밤바닷가를 다녀왔다. 겨울인데도 짠 내가 나더라. 그건 일종의 선행학습, 죽음의 선체험이 아니었을까. 가까스로 나는 '나선형적인 삶'을 생각해 냈다. 지금 내가 거주하는 차원에서도 다르지 않다. 내가 기도한 건 그 순간이다."

기도?
"행복, 부디 행복하기를!"

당신의 차원에서 행복이란 어떤 뜻인가.
"과거는 미래보다 늦지 않고, 과거는 현재보다 이르지 않다. 나와 당신의 과거는 미래인 오늘 만나고 있다. 인간은 현존재로서 세계내에 거주하지만 이 세계란 우리 의식 속에서 무한히 확장한다.

당신과 내가 만나는 지금 이곳은 어디라고 생각하는가. 우리는 날아가는 시간의 화살 위에 잠시 머무르고 있다. 지금 이 시간은 우리의 과거였다. 가장 행복했던 시간을 상상하라. 그 시간을 당신에게 선물하겠다."

당신도 행복한가. 지금 이곳에 당신은 없고, 당신의 몫도 남지 않았다.
"내가 머무는 곳의 삶은 당신의 삶과 직결돼 있다. 당신의 꿈, 당신의 사랑과 소망, 당신의 행복은 곧 우리 차원의 현실이 된다. 그 반대의 경우도 물론 있다. 내가 사는 차원에서 누리는 행복이 내가 사랑하는 사람들의 행복으로 직결된다. 나의 몫이라…. 뭘 말하고 싶은지 잘 안다. 그건 나의 기독교 신앙 안에서 이해해 주기 바란다. 마르코복음 12장 24절과 25절. 잘 알겠지만 나는 『여호와는 나의 목자랍니다』라는 시집도 냈다."

그곳에서도 기도하는가.
"당근. 어느 비가 내리는 밤에 문득 그리움의 저편에서 뭐라 설명 못할 행복감이 밀려온다면 내 기도의 기척이라고 생각해도 좋다. 난 아내가 준 돈으로 목욕탕에 가지 않고 아이들과 떡볶이를 사먹은 적도 있는 악당이다. 교회를 땡땡이친 적도 물론 있고. 그렇지만 기도를 하는 방법은 잘 알고 있다. 나중에 알게 되겠지만 저승에 가면 기도할 일이 많다. (문득 손목시계를 보더니) 자, 이제 그만. 갈 때가 되었다. 우리 헤어지자. 너와 나의 차원 속으로."

보고 싶을 것이다.

"물론 나도 그렇다. 저승에도 그리움은 있다. 레테의 찬물을 아무리 들이켜도 마지막까지 지워지지 않는 이승의 문신이 그리움이다.* 이 그리움이 천국에서도 사회문제가 된 지 오래다. 하지만 우리는 다시 만나게 되어 있다. 인간의 수명은 천국의 한 호흡만큼이나 짧다."

안녕히.

"안녕히."

3.

김강태가 또 한 번 휴가를 받아 우리 세상에 나온다면, 나는 그와 함께 만리동 고개로 가고 싶다. 그가 『혼자 흔들리는 그네』(1987년, 모모)를 펴낼 때 나는 편집을 맡았다. 『혼자 흔들리는 그네』는 김강태가 발간한 시집 가운데 가장 어렵게 세상의 빛을 보았을 것이다. 마땅한 출판사를 찾지 못해 자비로 출판해야 했다. 인사동에 있는 커피숍에서 만나 편집회의를 하곤 했다. 뒤표지에 들어간 시인의 사진도 내가 찍었다. 제본은 만리동에서 했다. 우리는 절단기 속으로 들어가는 종이더미를 말없이 지켜보다 말고 순댓국에 소주를 먹으러 갔다. 그도 나도 잔을 기울이며 먼 산

---

* Lethe는 그리스 신화에 나오는 사후 세계의 강이다. 죽은 사람의 영혼이 그 물을 마시면 자기의 과거를 모두 잊어버린다고 한다.

만 바라보았지만 보는 곳은 달랐다. 아무 말 하지 않았어도 서로의 마음을 잘 알고 있었다. 그래서 말없이 헤어졌다. 그 위태롭던 겨울에 출간된 『혼자 흔들리는 그네』는 놀랍게도 재판再版을 찍었다. 나는 기념으로 서지書誌에 나의 이름을 슬쩍 끼워 넣었다. '제작: 許珍碩'. 나는 말하지 않았지만 김강태도 알고 있었다. 그럼으로써 우리는 공범자 아니면 동반자가 되었다. 그는 '연인戀人'이라고 표현했지만.

내가 『시작』의 청탁을 받고 원고를 준비할 때, 동국대학교 국문과 선배인 소설가 이용범이 페이스북을 통해 격려했다. 그는 김강태가 세상을 등진 2003년 월간 『현대시』 7월호에 「아름답고도 슬픈, 동행同行」이라는 글을 썼다. 인터뷰 기사였지만 시인의 죽음으로 인해 그의 글은 오비추어리obituary가 되어 버렸다. 이용범은 "좋은 글 써주기를. 예전에 내가 썼던 글에서 고향을 잘못 표기했는데. 그 점이 늘 마음에 걸린다."라고 했다. 이튿날에는 "(형의) 고향은 군산시 옥구읍(전 옥구면)이었을 것이다. '옥구'라는 단어만 듣고 인천에서 오래 생활했다는 사실을 근거로 미루어 짐작한 채 초고에 대충 써놓고 확인하려 했는데, 확인할 시간을 놓쳤다."라고 덧붙였다. 나는 10년 전 그가 써둔 글보다 나은 글을 쓸 수 없으리라는 사실을 직감했다.

6부

독서

『계간파란』 2016년 가을호 '들뢰즈'

왜 지금
대한민국에서 들뢰즈인가

2016-12-26

미셸 푸코가 말한다. "아마도 어느 날 20세기는 들뢰즈의 시대라고 불릴 것이다." 질 들뢰즈가 말한다. "우리를 좋아하는 사람은 웃게 만들고 그 외의 다른 사람들은 격노하게 만들려는 의도를 지닌 농담이다." 지知의 대지에 우뚝 선 두 천재의 짧은 일기토는 번개처럼 찰나를 수놓고 영겁 속으로 사라진다. 번개. 철학자 서동욱이 다음과 같이 정리하였다.

플라톤이라면 번개가 나타나기 위해 먼저 번개의 정체성(동일성)에 관한 개념(이데아)이 있어야 한다고 말하리라. 이데아는 현상세계 너머에 탁월한 형태로 있으며, 이데아를 분유分有받은 현상계의 번개는 이데아보다 열등하다. 그러나 들뢰즈에게는 번개의 동일성(이데아)보다 '차이'가 먼저다. 빛과 어둠의 '차이'에서 나온 결과물이 하나의 정체성을 지닌 조형물(번개)이다. 조형물의 정체성을 결정하는 이데아가 우선하지 않는다.

차이는 서로 차이 나는 항들을 그 자체로 긍정할 뿐 극복의 대상으로 삼지 않는다. 헤겔식 변증법에서는 부정성이 항들을 관계 맺어 종합된 새로운 항으로 발전하게 해준다. 반면 차이의 세계에서는 차이 나는 것들이 부정되지 않고, 그 자체로 '반복'되면서 사물들을 생산한다. 음악, 무용, 시의 선율이나 후렴구를 떠올려 보라. 반복은 '되풀이 되는 시간'이며, 주어진 상태들의 긍정을 조건으로 한다.

조금 어려운가? 그럴까봐 서동욱은 시인 김경주를 인용한다. 시인은 말한다. "어린 시절 목욕탕에 다녀오던 길에 아버지가 불던 휘파람이 신기했다. 언젠가 타이의 시골 화장실에서 휘파람을 불다가 이국의 골목에서 그 옛날 아버지가 분 휘파람을 만날 수 있겠다고 생각했다. 그런데 아버지의 휘파람을 만나고도 못 알아보면 너무 억울해 울 것 같았다." 보라, 반복은 과거의 시간에 뒤늦게 의미를 부여하고 그것을 소중하게 만든다.

들뢰즈는 1968년에 쓴 『차이와 반복』을 통해 우리에게 전통철학의 지평선을 옮겨 놓는 낯선 즐거움을 선물했다. 이 한 권만으로도 들뢰즈에 대한 푸코의 신원보증은 유효하다. 그러나 그는 1972년 정신분석학자 가타리와 함께 『안티오이디푸스』를 낸다. 이 책에서 주요한 개념은 '욕망'이다. 프로이트가 정의한 '무의식'과 '욕망' 개념에서 벗어나 니체적 입장에서 그 개념들과 '기계', '부분대상' 등을 재정의하고 분열-분석한다.

들뢰즈와 가타리는 68혁명 과정에서 나타난 현상들, 사람들이 그토록 강렬하게 욕망을 분출했는데 왜 금세 보수화해 버렸는가 하는 문제들을 성찰한다. "인민은 왜 예속을 영예로 여기는가? 왜 인간은, 예속을 '위해' 투쟁하는가?" 물리적 억압을 동원하는 장치들은 자발적 예속 없이 작동할 수 없다. 그렇기에 푸코는 서문에서 "어떻게 해야 우리는 말과 행동에서, 심장과 쾌락에서 파시즘을 떨쳐 낼까? 우리의 행동 속에 배어 있는 파시즘을 어떻게 해야 색출해 낼까?"라고 묻는다.

『차이와 반복』, 『안티오이디푸스』 두 권만 읽어도 들뢰즈에 대해 아는 척을 꽤 할 수 있다. 포털에서 서동욱과 같은 깊이 있는 학자들이 쉽게 풀어 둔 들뢰즈론을 읽을 수도 있다. 서점에는 들뢰즈의 철학을 쉽게 이해할 수 있게 안내하는 책들이 여럿 꽂혀 있다. 그런데 시 중심의 문학잡지 『계간파란』은 2016년 가을호 주제로 들뢰즈를 선택하고 젊은 필자 열 명을 동원해 336쪽짜리 특집을 실었다. 뒤표지에 이런 문장을 인쇄했다. '문제는 무의식의 생산이다.'

'파란'의 기획위원들은 권두언을 통해 묻는다. '왜 들뢰즈인가?' 그리고 썼다. "국가가 국민의 권리를 심연으로 밀어 넣고 자본이 국민의 삶을 상시적으로 겁탈하는 상황 하에서, 우리를 더욱 비참하게 만드는 건 국가와 권력이 '벌거벗은 임금님'처럼 도착적 쾌를 즐기고 있어서가 아니라, 우리가 그러한 욕망을 자기의 것으로 받아들이기 때문이다. 그러니 다시 묻지 않을 수 없다. 지금-여기에 터 잡은 우리의 주체성이 새로운 '판'으로 이행하기 위해서는 무엇을 해야 하는가?"

채상우 시인이 이끄는 『무크 파란』 창간호의 문학실험

권력이 된 문단, 비워서 채운다

2015-12-11

신경숙이 남의 글을 제 글에 옮겨 심었음은 거의 사실로 드러났다. 그래도 나는 내 서가에 꽂힌 그의 책을 내다 버리지 않는다. 시원하게 "맞다, 내가 그랬다"고 하면 좋았겠지만 아무 말 안 해도 그만이다. 신경숙은 "나도 내 기억을 못 믿겠다"고 알츠하이머 질환으로 고통 받는 환자가 반짝 정신이 들었을 때나 할 법한 고백을 했다. 이 지경까지 몰렸으니 욕 많이 보았다. "무슨 사과를 그따위로 하느냐"는 비판도 있었다. 세상에는 신경숙처럼 말하는 사람이 많다.

신경숙은 글을 참 잘 쓴다. 1993년 초여름에 「풍금이 있던 자리」를 읽었는데, 반 페이지쯤 읽자 그의 재능을 체감할 수 있었다. 신경숙은 미시마 유키오의 글을 가져다 썼다(고 한다). 미시마라는 자는 일본의 극우분자인데, 자위대 건물에 들어가 평화헌법을 뒤엎어야 한다는 연설을 한 뒤 할복했다. 영화 속의 사무라이 처럼 멋지게 죽음을 맞고 싶었겠지만 여기저기 피를 묻히고 동료에게 수고를 끼쳐가며 추잡하게 목숨을 놓았다. 글 잘 쓰는 여성이 그딴 놈 글 좀 갖다 쓴 게 대수인가. 갖다 쓴 솜씨도 눈이 부시다. 아주 딱 맞는 자리, 거기 아니면 들어갈 곳이 달리 없는 그 구멍에 딱 갖다 끼웠다.

신경숙의 표절 논란은 뜻하지 않게 우리 문단 내지 문화 부문의 권력이라는 문제를 소환했다. '뜻하지 않게'라고 했지만 나는 신경숙의 표절을 적발하고 고발하며 비판의 소재로 삼는 과정에 권력에 대한 갈증과 결핍이 원인으로 작용했다고 본다. 그 과정이 모양 사나웠다. 소설가의 남편이 불려나오고, 선생도 불려나왔다. 문학 권력? 그게 뭐가 문제이며 비판을 받아야 할 이유가 되나? 인간의 모여살기는 반드시 권력을 자생케 한다. 아니, 모여살기는 권력을 전제로 한다. 그 구성원이나 구성원이 되려는 자의 선택은 두 가지다. 권력에 순응하고 활용하거나 저항하고 도태되거나. 글을 쓰는 자에게 문학잡지 한 권은 그 자체로서 권력의 표상이다.

표절 소란이 잦아들고 내 기억에서도 어지간히 지워졌을 무렵, 그러니까 지난 주 목요일에 시인 채상우가 책 한 권을 보냈다. 그가 대장이 되어 창간한 『무크 파란』. 엄청나게 두꺼웠다. 다 합쳐 596쪽인데 시인 아흔여섯 명이 쓴 시와 에세이만 실었다. 소설이나 평론 따위는 없다. 시인 한 명이 여섯 쪽에 글을 실었다. 시인에 대한 간략한 소개 한 쪽, 시 두 편, 에세이 한 편이다. 증류수와도 같은 시 정신, 순수에 대한 지향이 느껴지지만 사실 착각이다. 타오르는 야망과 권력 의지를 발견하지 못한다면 눈치 없는 사람이다.

채상우에게 시인들을 끌어 모은 과정과 기준을 물었다. "기획위원 열한 명이(보라, 벌써 패를 짰다. 조직은 권력의 다른 이름이다) '현재의 한국 시단을 대표할 수 있을 시인'들을 가려 뽑되 1990년 이후에 등단한 시인들로 제한하였다. 지난 25년 동안 등단한 시인들을 대상으로 향후 25년을 내다보자는 취지에서였다." 시인을 가려 글을 맡기고 그걸 모아서 편집하는 과정, 그것이 바로 문학잡지가 권력의 표상으로서 작동하는 방식이다. 독자를 위해 책을 찍어낸다는 말은 대개 거짓말이다. 테니스 선수가 벽에 대고 공을 쳐서 다음 스트로크를 할 수 있는 탄력을 확보하듯, 시인 작가는 독자를 세워 놓고 비슷한 행동을 한다.

'자살골' 같은 주장도 한다. 채상우는 "현재 문학 관련 출판인들과 편집 위원들은 반성해야 한다. 독자와 정말 소통하고자 하는가. 오로지 문인들 혹은 출판사를 위해 잡지를 발간하고 있지 않은가. 문학을, 시를 전해 주기보다 권력을 유지하고 행사하기 위한 장치로 활용하고 있는 것은 아닌가." 안됐지만 『무크 파란』도 분명 문인과 출판사를 위해, 권력을 유지하고 행사하는 장치로 활용될 운명이다. 수록 시인 선정이라는 과정을 통해 편집 위원들은 권력을 행사했다. 무크가 잘 된다면 권력도 유지된다. 그리고 건강한 권력은 죄악이 아니다.

채상우는 2003년에 등단한 젊은 시인이다. 그의 내면에서 자기 검열이 작동하는 것 같다. 성감대가 어디인지 들키지 않으려고 노력하듯 생각에 생각을 거듭 얹어 내놓는다. 거기 냉철한 시정신이 새싹처럼 돋는다. "독자가 진정 읽고 싶은 것은 '난독증'을 불러일으키는 저 화려한 비평 용어나 득의만만한 귀족어가 아니라 시인들의 맨 살갗인 그 시뿐이 아닐까. 그리고 창비와 문지와 실천문학 같은 한 시대의 잡지들로부터 배워야 할 것이 있다면, 그들은 자신들이 무엇을 해야 하는지를 알았고 오로지 그것만을 실행했다는 점이다."

새로운 매체의 등장은, 경쟁 분야에서 어떤 방식으로든 긴장을 만들어낸다. 신문에는 몇 줄 나오지도 않았지만 문단은 이미 그 존재를 인지했으리라. 다음 행보가 궁금하다. 채상우는 무크를 내는 ㈜파란의 대표이사다. 『무크 파란』은 한 해에 두 번 나온다. 『계간 파란』을 내년 봄호부터 내고 시집도 찍어낼 생각이다. 시집을 낼 때는 기획 위원을 두어 시인과 시집에 대해 논의하겠다고 한다. '시인과 함께하고자 하는 의미'라지만 듣기 좋은 이야기고, 시집 원고를 자기들이 정한 '수준'에 맞게 손보겠다는 소리다. ㈜파란의 시집은 유명 성형외과 현관에서 쏟아져 나오는 미인들처럼 닮아 있을지 모른다.

『무크 파란』은 문단과 시장을 향해 쏘아올린 예광탄 같다. 나는 이 인쇄물 앞에서 기대와 불쾌감을 함께 느낀다. 나의 불쾌감은 로깡댕의 구토와 같다. ㈜파란에 원고를 맡기고 싶지 않다. (파란 역시 내 원고 따위는 필요하지 않으리라) 나는 후원금이나 집어넣고 이들의 무크와 잡지와 시집을 기다리면 그만이다. 그러나 채상우의 젊은 토로는 인내와 기대를 함께 요구한다. "우리가 가장 잘할 수 있는 일, 우리가 해야 할 일이 무엇인지 안다. 그것은 바로 시를 쓰고, 시로써 스스로를 개진하고, 이 세계를 새로운 방식으로 꿈꾸고, 시를 읽고 밤을 새워 토론하는 것이다."

박숙자, 『살아남지 못한 자들의 책 읽기』

2017-03-26

'삼중당문고 세대의 독서문화사'라는 부제가 눈에 쏙 들어왔다. 순간 부드럽고 탐스런 거품으로 가득한 욕조가 떠올랐다. 기획, 제작, 마감, 취재 같은 일들에 치어 지쳐버린 몸과 마음을 담가 스스로 위로하고 싶었다. 삼중당문고는 나에게 첫사랑이었고, 첫사랑을 돌이키게 하는 소품인 동시에 사는 방식을 결정하도록 재촉한 경적소리와도 같았다. 그러니 삼중당문고라는 제목을 보고 어떻게 박숙자의 책을 외면할 수 있었겠는가.

나는 1976년 여름에 삼중당문고에서 낸 책을 처음 샀다. 이광수가 쓴 『무정』. 서울 면목초등학교 앞에 있는 문구점 겸 책방, 나무로 짠 책꽂이의 중간쯤에 상하 두 권이 나란히 꽂혀 있었다. 중학생이었던 나는 이때 국어선생님을 병적으로 사랑했다. 이 사랑은 불에 덴 자리처럼 나의 삶에 선명한 흔적으로 남았다. 내 기억과 사고의 범위를 초월할 만큼 큰 영향을 미쳤다. 나는 그분이 나온 대학을 졸업했고, 그분이 권한 대로(나는 예언이라고 믿었다) '산문을 쓰는 직업'으로 평생 살아왔다. 그 길이 꼭 기자일 필요는 없었는데…. 선생님에게 제출할 독후감을 쓰기 위해 『무정』을 읽었다. 물론 숙제는 아니었다.

아무튼 나는 달콤한 상상을 하며 2017년 3월 25일과 26일을 이 책, 『살아남지 못한 자들의 책 읽기』에 바쳤다. 누군가 "그 책은 네가 상상하는 그런 책이 아니야!"하고 충고해 주었다면 얼마나 좋았을까. 마지막 쪽까지 읽은 다음, 나는 완전히 지쳤을 뿐 아니라 만신창이가 되었다. 누구를 원망하리요. 삼중당문고에 정신을 빼앗길 일이 아니었다. 책 표지 오른편에 두 줄 세로쓰기로 인쇄한 제목을 신중하게 살폈다면 책을 대하는 마음가짐이 달랐으리라. 디자이너는 힘 있게 눌린 활자의 모서리 곳곳을 떼어낸 듯 지워 분명히 경고를 하지 않았는가.

푸른역사가 내놓는 보도자료들은 아주 훌륭하다. 기자들이 스윽 긁어다가 마치 제 글인 양 격식 있는 책 소개 글을 만들거나 이리저리 손을 더해 거창하게 서평으로 가공해도 좋을 정도다. 그래서 나는 보도자료를 비교적 열심히 읽는다. 보도자료는 출판사에서 '이렇게 소개해 주었으면 좋겠다'는 메시지를 담아 보내는 글이니 적극적으로 베껴 써도 결코 표절이 되지는 않는다. 이번 보도자료도 예상을 벗어나지 않을 정도로 잘 정리되어 있다.

'책 읽기란 탐침으로 꿰뚫은 한국 현대사'.

출판사의 보도자료에 등장하는 '시대를 읽는 문화적 탐침' 네 사람은 준, 정우, 혜린, 태일이다. 준은 최인훈의 소설 『광장』의 이명준이자 『회색인』의 독고준이다. 정우는 김승옥의 『환상수첩』에 나오는 주인공이다. 전혜린은 독일 뮌헨에서 유학한 번역가, 태일은 노동청년 전태일이다. 저자는 이들을 가리켜 "제몫을 가지지 못한 벌거벗은 자들이었으나, 그럼에도 국가와 난민, 혁명과 언어, 여성과 번역(반역), 노동과 인간이 무엇인지 상상했고, 그 상상이 지금 현재의 삶이 되었다"고 했다. "우리 역사는 이들이 읽어낸 만큼의 역사"라는 저자의 통찰은 핵심을 찔러 우리 마음 한가운데 찌르는 듯한 통증을 심어 놓는다. 이 통증은 결국 나로 하여금 삼중당문고라는 잠재의식을 버리고 이 책의 행선지를 향하여 되짚어 읽어보라고 권한다. 아니, 의무를 지운다.

"이념 과잉의 시대를 견뎌야 했던 최인훈의 소설 『광장』의 주인공 '준', 혁명의 뒤끝을 앓아야 했던 김승옥 소설 『환상수첩』의 '정우' 그리고 『그리고 아무 말도 하지 않았다』란 스테디셀러를 쓴 전혜린과 인간답게 살고 싶었지만 결국 스러진 전태일… 이들이 읽고 던진 물음으로 우리 삶의 지도가 단단해졌다. 우리 역사는 그 청년들에게 빚지고 있다. 우리 역사는 이들이 읽어낸 만큼의 역사다. 이 책은 바로 그렇게 책을 읽으면서 더 나은 세상을 상상했던 청년들의 이야기를 탄탄하고 명징한 문장으로 치밀하게 담아냈다."

나는 『살아남지 못한 자들의 책 읽기』를 비교적 빨리 읽었다.* 책의 폭과 깊이에 비하면 그랬다는 뜻이다. 천천히 씹어 읽어야 할 책임에 분명하지만 약간 행운(?)이 따랐다. 우선 저자가 제시하는 레퍼런스 대부분이 나에게 익숙했다. 한 번 이상 읽어보았거나, 소장을 했거나 최소한 존재를 파악하고 있는 책 또는 자료였다. 그러니 '주석'과 '찾아보기'를 뒤적거리는 시간이 다른 독자에 비해 적게 필요했을 것이다. 거기다 저자의 글쓰기 방식은 적어도 수용자로서 그의 글을 대하는 나에게 적합한 편이어서 재빨리 읽어나가는 데 도움이 되었다. 나는 책을 덮은 다음 책으로 인해 다친 마음 여기저기를 핥으며 저자의 몇몇 문장들을 곱씹어 보았다.

박숙자는 정말 글을 잘 쓰는 사람이다. 내 입장에서 곤란한 점은 그의 강렬하고도 스피디한 문장이 독서에 방해가 되기도 한다는 사실이었다. 그의 글은 뭔가를 듣고 놀란 다음 생각해보고 삭

* 사족 : 책을 읽다가 가끔 행간에 머무르며 딴생각을 했다. 그래서 종이를 꺼내 몇 자 적기도 했다. ① 불란서 시 '시몬 너는 아느냐'는 구르몽의 시 「낙엽」의 한 구절, 그러니 '시몬 너는 좋으냐, 낙엽 밟는 소리가'에 등장하는 싯귀(Simone, aimes-tu le bruit des pas sur les feuilles mortes?)와 같은가? 이 구절을 '시몬 너는 아느냐'로 번역한 시집이 제법 있다. ② 142쪽에 마침표 하나가 빠졌고, 250쪽에 실린 미주 46번에는 아마도 '중심'이어야 할 낱말이 '줌심'으로 인쇄되었다. ③ 211쪽에 나오는 '쉬프트 운트 드럼'은 '슈투름 운트 드랑(Sturm und Drang)'을 말하는가? ④ 253쪽에 나오는 '내 죽음을 헛되이 하지 마라'는 '내 죽음을 헛되이 말라'와는 다른가?

일, 그런 시간을 주지 않는다. 앞장서서 걸으며 길을 트는 탐험대장처럼 결연하고도 단호하게 광복 이후 우리가 감당해야 했던 고통스런 시간의 숲을 주파해버린다. 물론 감사하게도 한 주제를 시작하는 도입부에 예문을 제시해서 읽힌 다음 이어지는 단락에서 그 부분을 '복습'해주는 친절을 베풀기는 한다. 그러나 저자의 발견과 통찰은 대개 한 주제가 석양처럼 저물어가는 부분에 무게의 중심을 두고 있다. 그 부분에서 저자는 곧잘 문학적 끝내기, 때로는 잠언을 연상시키는 심연의 언어로 말한다.

또한 저자는 탁월한 작가로서 성실하기 그지없다. 166쪽과 182쪽이 증거이다. 더 결정적인 곳은 204쪽. 전혜린이 문장에서 독일어 병기를 할 수밖에 없었음을 통찰한 저자는 이어지는 문장에서 길게 예문을 풀어 주며 다시 전혜린식으로 독일어 병기를 해 독자로 하여금 충분히 이해할 수 있게 한다. '쥐 덕분에 카뮈의 『페스트』가 자주 언급되었다'거나 '역사상 쥐의 위상이 가장 높아진 시기였다'는 대목에서는 일류 작가의 골계가 보인다. '주머니에 딱히 넣을 것이 있었던 것은 아니었지만 그렇다고 주머니가 없는 것은 희망이 없는 것처럼 슬픈 일이었다'는 대목에서는 "사람이 비밀이 없다는 것은 재산이 없는 것처럼 가난하고 허전한 일"이라는 이상의 소설 첫 문장을 슬쩍 변주하지 않는가.

강진, 백승권의 『손바닥 자서전 특강』

2017-12-08

오야마 마스타쓰大山倍達! 우리말 이름은 최영의崔永宜이다. 전라북도 김제에서 태어나 일본에서 활동한 무술가. 극진공수도를 창시한 사람으로, 베이비붐 세대의 소년들은 소년잡지에 실린 「대야망」이라는 연재만화를 보면서 그의 존재를 새겼다. 양동근이 주연한 우리 영화 〈바람의 파이터〉에서 주인공으로 나오는 인물이다. 배우 송강호가 〈넘버3〉에서 말을 더듬어가며 찬양한 전설의 파이터가 바로 오야마다.

"옛날에 최영의라는 분이 계셨어, 최영의. 전세계를 돌며 맞장을 뜨셨던 분이셨지. 이분이 황소 뿔 여러 개 작살내셨어, 황소 뿔. 이분 스타일이 그래. 딱 소 앞에 서. '너 소냐, 황소 …. 나 최영의야' 하고 소뿔 딱 잡아. 그리고 X나게, 가라데로 X나게 내려치는 거야, X나게. 황소 뿔 뽀개질 때까지. 코쟁이랑 맞장뜰 때도 마찬가지야. (중략) 무대뽀, 무대뽀 정신!"

글도 이렇게 써야 한다는 말을 자주 들었다. "아무 생각 할 필요 없어. 그냥 막 쓰는 거야. 무진장 쓰다 보면 다 알게 돼." 글쎄. 그러면 얼마나 좋았을까. 그 말이 사실이라면 『손바닥 자서전 특강』 같은 책이 왜 필요했을까. 이 책을 쓴 사람이 글쓰기를 가르쳐 밥을 벌고, 여기저기 불려 다니는 명성을 어떻게 누렸겠는가.

글쓰기란 눈길을 걷듯 막막하고 두려운 일이다. 곳곳에 함정과 덫이 숨어 발목을 붙들리고 온몸이 빠져들기 십상이다. 무엇보다도 말은 다루기 어려운 재료여서 밑천을 드러내고 본래 맛을 해치기 쉽다. 그리고 우리 언어의 식탁에는 수입산과 유전자를 조작해 생산한 낱말과 문장들이 넘쳐난다. 예를 들어 'one of the best'는 영어 기사 중에 자주 보이지만 우리말의 논리에는 맞지 않는다.

무애 선생이 「면학勉學의 서書」에서 "독학서獨學書 문법 설명의 '삼인칭 단수'란 말의 뜻을 나는 몰라, '독서 백편 의자현讀書百遍義自見'이란 고언古諺만 믿고 밤낮 며칠을 그 항목만 자꾸 염독念讀하였으나(X나게 읽었으나), 종시 '의자현'이 안 되어 (중략) 젊은 신임 교원에게 그 말뜻을 설명 받아 알았을 때의 그 기쁨"을 토로함에 이르러서는 곧게 겹치기 어려운 언어의 숙명을 절감한다.

"내가 일인칭, 너는 이인칭, 나와 너 외엔 우수마발이 다 삼인칭야라."

내 말을 다루기조차 이토록 험한 일이거늘 남을 가르쳐 문장을 이루게 한다는 발상은 어지간한 용기로는 하기 어렵다. 아시아경제 문화부로 매주 쏟아져 들어오는 새 책들 중에는 글쓰기 요령을 일러주는 교재가 적지 않다. 나는 글쓴이들의 내공은 물론 글쓰기를 가르치겠다는 그 용기에 고개를 숙이지 않을 수 없다. 앎을 넘어 가르침으로 가는 길은 참으로 멀기 때문이다.

『손바닥 자서전 특강』은 소설가 강진과 글쓰기 강사 백승권이 함께 썼다. 소설가가 왜 글쓰기 책을 썼는지는 모르겠다. 다만 백승권은 글과 가르침의 내력을 더러 알기에 응원하고픈 마음이 없지 않다. 그는 일찍이 동국대학교 국문학과에 다니면서 시인 정광호와 함께 야학에 나가 우리말을 가르쳤다. 그 이전에 시인이 되고자 우리 현대문학의 요람과도 같은 학교에 입학했다. 10년 전에는 청와대에서 월급을 받으며 '대통령의 글'(대국민 메시지)을 썼다.

백승권의 생업은 글쓰기 강의다. 벌써 여러 해 이 일을 해오고 있다. 강의 솜씨가 시원찮아도, 수강생들이 누리는 효과가 미미해도 그를 찾는 강의실은 사라져 버렸으리라. 그러나 백승권은 해가 갈수록 시간에 쫓기고, 불려 다니는 거리도 멀어져간다. 오죽하면 그토록 사랑하는 밭일조차 엄두내지 못할까. 주말농장을 접은 지도 꽤 됐다고 한다. 그러니 세상의 인정을 받는 글쓰기 선생으로서 비결을 전하는 책을 썼다 해서 허물이 될 수는 없다.

목차만 읽어도 눈이 밝아진다. '나의 삶을 기록한다는 것', '무엇을 쓸 것인가', '이야기의 씨앗을 찾아서', '이야기를 완성하는 몇 가지 방법', '생생한 글쓰기를 위한 몇 가지 요령', '글의 힘은 퇴고에서 나온다' …. 자서전을 쓸 생각은 없지만, 소설가와 글쓰기 선생의 책은 지루해 하지 않고 읽었다. 다만, 책을 읽어도 글이 갑자기 잘 써지지는 않는다. 다 읽은 다음 할 일은 뻔하다. 글이 안 된다고 징징거릴 게 아니라 그럴수록 'X나게' 쓰는 거다.

정은경, 『밖으로부터의 고백』

디아스포라로 읽는 세계문학

2017-06-23

최근 디아스포라Diaspora 담론은 인문학을 중심으로 정치경제, 역사문화에 이르기까지 다양한 형태로 전개되고 있다. 특히 '코리안 디아스포라' 문학 담론은 조국(고향)에서 국외로 이민 · 이주하는 과정에서 표면화되는 현상을 텍스트 안팎으로 구심력과 원심력의 차원으로 읽어내면서 복합적으로 해석되고 있다. 김환기는 코리안 디아스포라의 역사가 "구한말 농민 계층을 중심으로 굶주림에서 벗어나기 위해 러시아 연해주, 중국의 만주지역, 북미의 하와이 등지로 이주 · 이동하면서부터 시작되었다"고 본다.

그는 "일제의 토지수탈정책에 따른 농민들의 일본행, 한국전쟁과 맞물린 결혼여성의 미국행, 전쟁고아 · 전쟁포로들의 제3국행 등이 코리안 디아스포라의 대표적인 사례"이며 "한국정부의 공식적인 이민정책에 따라 북 · 중남미지역으로 향한 이민자들과 한국의 근대화과정에서 독일로 파견된 광부 · 간호사들도 조국 바깥으로 튕겨나간 디아스포라라는 점에서 크게 다르지 않다"고 주장한다. "약 700만 명에 이르는 코리안이 세계 각지에 흩어져 살고 있다는 사실은 여전히 코리안 디아스포라의 역사가 현재진행형임을 보여주는 강력한 증거"이다.(김환기, 「코리안 디아스포라 문학 연구」)

신기영의 설명에 따르면 디아스포라는 2,300년 역사를 가진 개념이다. 유대민족이 기원전 250년경에 전쟁에 패한 뒤 고향을 떠나 각지에 흩어져 살게 되면서, 알렉산드리아의 유대인들이 이산의 경험을 표현하기 위해 처음 사용한 그리스어에서 나왔다. "전통적인 의미의 디아스포라는 추방, 퇴거, 슬픔, 피해 그리고 나약함 등과 연관된 개념이었다. 유대인의 세계 확산을 의미하던 디아스포라는 1960년대부터 민족이산을 겪은 다른 초국가적 집단들의 경험을 기술하는 보편적 개념으로 확장되었다".(신기영, 「디아스포라론과 동아시아 속의 재일코리안」)

신기영은 디아스포라는 1991년 학술잡지 『Diaspora』가 창간되면서 서구학계에서 주목받기 시작했다고 설명했다. 그럼으로써 디아스포라는 본격적인 학술 담론의 대상이 되었고 디아스포라 개념은 민족, 종족, 인종, 이주 그리고 탈식민주의를 다루는 개별연구 분야 내에 새롭게 등장한 초국가적 · 지구적 현상을 설명하기 위한 개념으로도 주목받게 되었다는 것이다. 따라서 이제

"디아스포라는 다양한 사례와 방법론을 중심으로 하는 학제간 연구를 전제로 한 기술적(descriptive and heuristic) 개념"이다.

문학평론가 정은경이 쓴 『밖으로부터의 고백-디아스포라로 읽는 세계문학』은 영혼의 국경선을 넘어 보다 넓은 시각에서 디아스포라 문학을 검토하는 기회를 제공한다.* 정은경은 '디아스포라(이산인)'를 키워드로 한 그의 두 번째 책을 펴내면서 "이국땅에 살고 있는 '한민족 동포'뿐 아니라 다양한 이방인들을 만나 보자고 했던 여행길이 여기까지 왔다"고 고백했다. 비교적 짧은 평론들을 묶은 책이지만 서평집이나 비평집이라고 부르기 어려울 만 한 무게가 있다. 정은경의 진솔한 독서 경험이 깊은 성찰로 이어져 문학적 발견과 향유에 이름을 곳곳에서 확인할 수 있다.

정은경은 로랑 세크직의 『슈테판 츠바이크의 마지막 나날』, 슈테판 츠바이크의 『어제의 세계』, 우줘류의 『아시아의 고아』, 프란츠 파농의 『검은 피부 하얀 가면』, 타예브 살리흐의 『북으로 가는 이주의 계절』, 모신 하미드의 『주저하는 근본주의자』, 노먼 메일러의 『파이트』, 로힌턴 미스트리의 삼부작,** 할레이드 호세이니의 『연을 쫓는 아이』, 아고타 크리스토프의 『존재의 세 가지 거

* 정은경은 고려대학교 독어독문학과를 졸업하고 동 대학원 국어국문학과에서 석사와 박사 학위를 취득하였으며 2003년 '세계일보'를 통해 등단하였다. 평론집으로 '지도의 암실', '디아스포라 문학' 등이 있고 연구서로는 '한국 근대소설에 나타난 악의 표상 연구'가 있다. 현재 원광대학교 문예창작학과 부교수로 일하고 있다.

** 『그토록 먼 여행』, 『적절한 균형』, 『가족 문제(Family Matter)』

짓말』, 비톨트 곰브로비치의 『포르노그라피아』, 찰스 부카우스키의 『죽음을 주머니에 넣고』, 금희의 『세상에 없는 나의 집』, 이미륵의 『압록강은 흐른다』 등 전 지구적 차원에서 발생하는 이산의 고통스러운 현장들을 재구성했다.

정은경은 자신의 독서 경험을 다음과 같이 요약하였다.

> 창밖에서 집 안을 들여다보면, 내가 알던 집이 아니다. '나'의 원근법을 뒤집어, '너'의 시선으로 보면 세상도 다르다. (중략) 나는 부유한 유대인이자 대문호였으나 나치에 의해 희생당한 슈테판 츠바이크의 절망을, 백인 여성을 욕망한 흑인 남성 무스타파 사이드의 비극을, (중략) 제국주의와 인종차별에 맞선 진짜 파이터 무하마드 알리를, 조선족 금희를, 청춘을 외설이라고 말하는 곰브로비치를, 소망을 잔혹동화로 바꿔 버린 아고타 크리스토프를, 그리고 '노력하지 마라'고 충고하는 술주정뱅이 마초 아저씨 찰스 부카우스키를 만났다.

정은경은 여러 페이지에 걸쳐 인간으로서 성찰과 예술가로서 감수성을 드러내 보인다. 아마도 부지불식간이었을 이 '노출'은 그의 평론집을 담론의 세계를 지나쳐 문학적 향유의 대상으로 떠오르게 만든다. 예를 들자면 로힌턴 미스트리의 삼부작을 읽고 쓴 '절망은 어떻게 신이 되었나'에서 정은경은 텍스트와 완벽하게 합일된 독자의 모습을 보여준다. 전폭적인 공감과 감정이입, 일종의 반성을 거쳐 깨달음에 이르는 그의 태도는 평론집을 읽는 독자에게 밖에서 안을 들여다보는 시선과 물 속에서 물 밖을 보는 시선을 함께 체험하도록 유도한다.

> 신들의 나라, 크리슈나무르티, 오쇼 라즈니쉬, 명상, 성자, 사원, 릭샤, 거지 떼와 불결한 사람들, 길거리에 버젓이 앉아 있는 소, 갠지스강의 뼛가루, 요가. 이런 것들로 이루어진 '인도'는 (중략) 나에게 '영혼'과 '탈속'을 의미했다. 로힌턴 미스트리의 충격적인 소설은, 이런 인도에 대한 이미지가 얼마나 큰 오해이며, 또한 폭력인지를 그야말로 뺨을 후려치듯, 일깨워 주었다. 에드워드 사이드의 오리엔탈리즘에 기대어, 서구 제국주의가 만든 동양에 대한 신비를 비판했던 내가 사실은 제국주의자의 시선으로 인도를 보고 있었던 것이다.*

* 97~98쪽.